CAPE COD

BY HENRY D. THOREAU

科德角

博物图鉴版

[美] 亨利 · 戴维 · 梭罗——著

曾小楚——译

華中科技大學出版社

http://www.hustp.com

中国 · 武汉

图书在版编目（CIP）数据

科德角：博物图鉴版 /（美）亨利·戴维·梭罗著；曾小楚译. -- 武汉：华中科技大学出版社，2018.10

（蓝知了）

ISBN 978-7-5680-3343-5

Ⅰ. ①科… Ⅱ. ①亨… ②曾… Ⅲ. ①散文集—美国—近代 Ⅳ. ① I712.64

中国版本图书馆 CIP 数据核字 (2017) 第 213803 号

科德角（博物图鉴版） ［美］亨利·戴维·梭罗 著 曾小楚 译

Ke De Jiao
Bowu Tujianban

策划编辑：刘晚成
责任编辑：黄 验
责任校对：祝 菲
责任监印：朱 玢
插图整理：刘晚成 刘沁鑫 刘 琦
装帧设计：璞茜设计
出版发行：华中科技大学出版社（中国·武汉） 电话：（027）81321913
武汉市东湖新技术开发区华工科技园 邮编：430223
印 刷：武汉精一佳印刷有限公司
开 本：710mm × 1000mm 1/16
印 张：16
字 数：242 千字
版 次：2018 年 10 月第 1 版第 1 次印刷
定 价：75.00 元

华中出版

本书若有印装质量问题，请向出版社营销中心调换
全国免费服务热线：400-6679-118 竭诚为您服务

Contents

目 录

Chapter 1

海滩

曼陀罗
jimsonweed

我们知道，地球表面超过三分之二的面积为海洋所覆盖，然而对于居住在离岸边几英里的内陆地区的人来说，海洋可能就跟天国一样，一点蛛丝马迹也没有。为了更好地观察大海，1849 年 10 月我去了一趟科德角（Cape Cod），第二年 6 月我又去了一次，1855 年 7 月我去了一次特鲁罗（Truro）。第一次和最后一次都有一个人和我做伴，第二次我是只身一人前往的。我在科德角一共待了约三个星期，我曾两次沿着大西洋，一次沿着科德角湾（其中四五英里的路途除外），从伊斯特姆（Eastham）走到普罗温斯敦（Provincetown），途中曾六次横穿海角。虽然是第一次看到大海，我却没有什么不适感。读者们肯定以为我会不适应，因为九月的大风刮过之后，海湾吹来的风中含有大量的盐分，连距离海边二十英里的内陆地区，窗户和树皮都落满了盐花。我经常游览康科德（Concord）周边十英里内的湖泊群，但是近来，我将远足的范围扩大到了海边。

我可能就科德角写一本书，就跟我的邻居写《人类文化》[1]一样，我看不出这有何不可。这只不过是同一事物的不同叫法而已，而且更为通俗易懂。至于书名，我想 Cape 这个词来源于法语 cap；而

1 这里应该指的是美国思想家、文学家、诗人爱默生的著名演讲稿《人类文化》（*Human Culture*）。

cap 又来源于拉丁语 caput，是“头部”的意思；caput 可能来源于动词capere，意为“抓、取”——即我们抓住一件东西的部位，例如：Take time by the forelock（抓住时机）[1]。这也是捉蛇时最为安全的部位。至于 Cod 这个词，则直接来源于 1602 年巴塞洛缪·戈斯诺德[2]船长在那里捕获的“great store of codfish”（大量的鳕鱼）。这种鱼的名字似乎起源于撒克逊语的codde，意为“存放种子的箱子”，这个词要么用来形容这种鱼的形状，要么用来指鱼肚里的大量鱼卵。当然，这个词也可能来源于 codling（未熟的小苹果）和coddle（用文火煮）——“煮得像豆子一样绿”。（参看词典[3]）

科德角是马萨诸塞州（Massachusetts）一只裸露而弯曲的手臂，肩膀在巴泽兹湾（Buzzard's Bay），手肘在马尔巴勒海角（Cape Malle barre），手腕在特鲁罗，而那个浅棕色的拳头则在普罗温斯敦。马萨诸塞州则时刻警惕地站在后面，它背靠青山山脉（Green Mountains），脚踏海底，像勇士一样保卫着马萨诸塞湾。它与北方的暴风雪搏斗，不时将对手大西洋从大地的怀里掀出去——它随时准备伸出另外一只拳头，此刻这只拳头正在安角[4]守护它的胸脯。

我在看地图时发现，海角的东面或者说前臂的外侧应该有一片连绵不断的沙滩，这片沙滩从海岸线延伸出去，长度有三十多英里，

1 在英国传说中，时间老人的头上无毛，只在前额有一撮头发，即额发（forelock），因此抓住这撮头发就等于抓住了时间，引申为抓住时机。

2 巴塞洛缪·戈斯诺德（Bartholomew Gosnold，1571—1607），英国律师、探险家和私掠船（战时特准掠捕敌方商船的武装民船）船长。

3 作者原注。

4 位于马萨诸塞州北部，是易普威治湾和马萨诸塞州湾北段的屏障。

大西洋鳕
Atlantic cod

那里将是极佳的观海地点，然而由于沙滩有个缺口，即奥尔良（Orleans）瑙塞特港（Nauset Harbor）的出海口。因此，如果要走陆路，我就必须到伊斯特姆去，也许我可以从那里毫无阻挠地走上大约二十八英里，直到雷斯角（Race Point）。

1849 年 10 月 9 日，星期二，我们离开马萨诸塞州的康科德镇。到了波士顿（Boston）后，我们发现，由于刮大风，本该前一天抵港的普罗温斯敦轮船还没有到；我们在街上看到一张题为“惨绝人寰！一百四十五人命丧科哈西特（Cohasset）”的传单，于是决定取道科哈西特。火车上有许多爱尔兰人，他们正准备去辨认尸体，安慰幸存者，并参加下午举行的葬礼。火车到达科哈西特时，几乎所有的旅客都奔向一英里外的海滩，还有许多人正从附近地区赶来。其中有几百人如潮水般地朝那个方向涌去，有些人步行，有些人坐车。有几个打猎爱好者也在其中，他们穿着猎装，带着猎枪、猎物袋、狗。我们经过墓地时，看到那里新挖了一个洞，有地下室那么大。海滩前面有一段欢快崎岖的弯路，我们在那里和几辆四轮大马车迎面相遇，马车正朝教堂驶去，每辆车上都用草绳绑着三个简陋的大盒子。无须发问，我们便知道里面装的是什么。马车的主人是丧事承办人。岸边的栅栏上系着许多匹马（套着车子），绵延一英里（或者不止）的海滩上到处都是寻找尸体和辨认残骸的人。离岸不远有个名为布鲁克的小岛，岛上有间小木屋。据说，楠塔基特（Nantasket）到锡楚埃特（Scituate）的这一段是马萨诸塞州最崎岖的海岸——海浪已将这些坚硬的黑色花岗岩袒露在我们眼前，然而尚未能将其碾碎。这里已经发生过多起海难。

这艘名为“圣·约翰”号（St. John）的双桅船是星期天早上沉没的，它满载着移民者，从爱尔兰的戈尔韦（Galway）驶来；现在已是星期二上午，海水依旧猛烈地拍打着礁石。在距离海边几杆远的一处绿色山坡上，停放着十八到二十个我之前说过的那种大盒子，周围挤满了人。已经找到的一共二十七八具尸体都停放在那里。一些人正匆匆忙忙地合上盖子，钉上铁钉，一些人正将盒子运走，还有一些人把尚未钉紧的盒盖打开，一窥裹尸布的下面，每一具尸体都已衣不蔽体，因此都盖着一块白布。我看不出大家有丝毫悲伤的表情，然而那种有条不紊、各司其职的冷静却令人感动不已。有个人正在设法辨认一具尸体，丧事承办人或者说是木匠正在大声问另一个人某个小孩是装在哪个盒子里。随着裹尸布被掀起，我看到许多大理石一样的脚和头发凌乱的脑袋，以及一个溺死女孩苍白、浮肿而又血肉模糊的尸体。她也许本打算出国，到某个美国人家里做女佣。她已经衣衫褴褛，颈上系着的一条丝带，由于脖子浮肿而半隐半现；我还看到一具蜷成一团的尸体，已经因礁石刮擦或者鱼类啃咬而体无完肤，骨头和皮肉都已裸露，但是没有流血，只是看起来红一块白一块，眼睛睁得大大的，却黯淡无光，显得死气沉沉，或者说，就像一艘装满了泥沙的搁浅轮船的舷窗。有时一个盒子里装着两三个小孩，或者是父亲（或者母亲）和孩子，盖子上可能用红色的粉笔写着“布里奇特（类似这样的名字）和姐姐的孩子”。周围的草地上布满了船帆和衣服的碎片。我后来听一个住在附近的人说，一个女人先过来，把婴儿留给妹妹，让她带过来，这个女人来到这里，一个一个盒子地找，最后在一个盒子里，可能就是写有我说的那行字的那个，看到了自己的孩子，孩子正躺在姨妈的臂弯里，好像她妹妹知道姐姐会来找她似的；三天后，这个母亲受不了刺激，死了。

我们掉转方向，沿着布满礁石的海滩走去。第一个小港湾里散落着一些船的碎片，和沙子、海草以及大量的羽毛混在一起；可是这些碎片看起来很旧，而且锈迹斑斑，我一开始以为是很多年前的一场海难留下的。我甚至想到了基德船长[1]，那些羽毛则是海鸟褪毛时留下的，附近可能还流传着一些传说。我问一名水手，那些是否就是“圣·约翰”号的残骸？他说是的。我问，撞击的地点在哪

1 威廉·基德（William Kidd），苏格兰人，1696年被派往印度洋缉拿海盗，后来自己变成了海盗。后来基德船长成为海盗的代名词。

里？他指了指我们前方的一块礁石，这块名为“鲸石（Grampus[1] Rock）”的石头距离海岸有一英里远，他说：

“你可以看到有部分船体伸出水面，看起来就像一艘小船。”

我看到了。我想链锁和锚已经把船固定住了。我问，刚才看到的那些尸体是否就是全部的遇难者？

“还不到四分之一呢。”他说。

“其他人在哪？”

“大部分就在你看到的那块东西下面。”

我们注意到，单单这个港湾的垃圾数量，就已经足以构成一艘失事大船的所有残骸和漂浮物，而且需要好些天我们才能把它们运走。这些垃圾有几英尺深，偶尔可以看到一顶帽子或者一件夹克。人群里，有人正忙着用手推车收集被海浪冲上来的海草，将它们运到潮水打不到的地方，他们常常不得不将衣服碎片和海草分开，而且随时可能发现下面藏着一具尸体。尽管可能会被淹死，但他们却没有忘记这些海草是很有价值的肥料。从表面上看，这次海难并没有震动这群人的神经。

我们看到，“圣·约翰”号曾经奋力追赶的那艘英国双桅船的桅杆，从大约一英里以南的一块礁石后面伸了出来，这艘船当时的锚链已断，不过它幸运地驶进了科哈西特港。我们沿着海滩继续往前走，看到岩石上挂着男人的衣服；再往前走，还看到了女人的披肩、衣服、草帽、船上的厨房，以及一根已经折成几段的干了的长桅杆。另一个布满礁石的小湾里，在距离海水几杆远的沙滩上，几块二十英尺高的礁石后面，躺着仍然连在一起的失事船只的一侧船舷。这块残骸可能有四十英尺长，十四英尺宽。不同于之前看到的那些碎片，这一整块的残骸，使我更惊诧于大海的威力；这么大的船骨和铁架都会裂成碎片，我发现没有东西能够抵挡住海浪；在这种情况

1 *Grampus* 既是海豚科灰海豚属的学名，也可以泛指任何小型鲸目动物。

下，钢铁必将裂成碎片，铁制的轮船将被击碎，就像鸡蛋打在石头上一样。一些木头已经朽烂，甚至能用雨伞刺穿。他们跟我说木头有用的部分已经被人取走了，还指给我们看海浪是如何把它冲上来的，那里现在已经干了。我看了看那个地方，再看看这块木头现在的样子，疑惑于它还能有什么用。再往前一点，一群人正聚集在“圣・约翰”号大副的周围，听他讲事情的经过。这个瘦瘦的年轻人看上去有些激动，他把船长称为老板。他说，他们跳进救生艇时，大船正张满帆，已经开始倾斜，救生艇里都是水，缆绳在重力的作用下断裂，就这样把他们分开了。听到这里有个人转身走了，一边走还一边说：

“好吧，我没听明白，不过他讲得够实事求是了。你看，救生艇里的水把缆绳给扯断了。一艘装满水的救生艇可是很重的……”他的嗓门极大，语气粗鲁而又显得很认真，好像已经下了赌注，可是他对事件中的人却没什么兴趣。

另有一个高大的男人正站在附近的礁石上，他的眼睛凝视着大海，嘴里不停地嚼着烟草，一副习以为常的样子。

“走吧，”他的同伴对他说，“咱们走吧。我们全都看了。没必要留下来看葬礼。”

再过去一点，我们看到有个人站在礁石上，有人告诉我们，这个人是被救起来的。他穿着一件外套和灰色的裤子，两只手插在口袋里，看起来非常冷静。我问了他几个问题，他回答了；但他似乎不愿谈论这件事，不久就走开了。他身旁站着一个身穿油布夹克的救生员，救生员告诉我们，他们在赶去救那艘英国双桅船时，曾经经过“圣・约翰”号的救生艇，他们以为救生艇已经把所有船员都救下来了，因为当时浪很大，他们看不清船上的人，他们本来可以救一些人的，假如知道船上有人的话。再过去一点是“圣・约翰”号的旗帜，正在一块礁石上晾着，四个角压着石头。船上这件柔弱却至关重要的物品，在被风暴长时间玩弄之后，注定会来到岸边。从这些礁石上望过去，可以看到一两间房子，海难的幸存者正在里面康复，他们的身体和心智刚刚经历了一番劫难，其中一个人可能会死去。

掌状海带
Oarweed

我们沿着海滩一直走到一处名为白岬（Whitehead）的海岬那里，从那可以更清楚地看到科哈西特的礁石（Cohasset Rocks）。在一个距离不到半英里的小海湾里，有个老人正和儿子以及同伴在收集海草，这些海草正是这场致人死亡的风暴留下的，他们的表情平静，仿佛世上从未有过海难，而“圣·约翰”号撞上的那块鲸石就在他们的视野之内。老人已经听说了海难的事，并且已经知道了大部分细节，但他说自从出事以来，他还没去过那里。他关心的是这些凌乱不堪的杂草，岩藻、海带和海草，他一一指给我看，他要将它们运到自家的后院；对他来说，那些尸体只不过是海浪带上来的另一种无用的海草。后来我们来到停在港湾的救生艇那儿，它正在等待另一场救援。下午我们远远地观看了葬礼，走在最前头的是船长和其他的幸存者。

总的来说，葬礼给人的印象并没有想象中深刻。假如我在某个僻静的海滩发现了一具尸体，可能我感受到的震撼更大。我反而有些同情风暴和海浪，仿佛将这些可怜的躯体抛来抛去、百般碾压，是它们唯一能做的事。如果这就是自然的法则，那为什么要将时间浪费在恐惧和同情上呢？如果末日将注定到来，我们或许不用过多地关注朋友间的离别，或者是个人终将毁灭的命运。我知道尸体可能会越来越多，就像战场上一样，直到我们的感觉变得麻木，不再觉得这和人类的共同命运有丝毫差别。如果将所有的墓地考虑在内，它们在数量上总是占优。需要我们同情的是个体和个人。一个人终其一生只能参加一次葬礼，看见一次尸体。然而我发现这个海滩的居民一点也没有受到这次事件的影响。他们日夜注视着大海，等它把死者交出来，而他们的臆测和怜悯将代替远方那些仍不知船已沉的送葬人。许多天之后，有人在海滩闲逛时发现海面有个白色的漂浮物。人们驾着小船靠近一看，才发现那是一具直立漂浮的女尸，死者头上戴的白色帽子被风吹到了脑后。我知道，在许多踽踽独行的散步者眼里，海滩本身的美已经毁了，直到他们最终意识到，这类海难是如何增加了海滩的美，并赋予它一种罕见而庄严之美的。

为什么要关心这些尸体呢？除了尸虫或鱼之外，它们实际上没有任何朋友。它们的主人打算来新大陆，就像哥伦布和清教徒一样，他们还差不到一英里就到了；可是，还没上岸，他们就到了一个甚至哥伦布也没有想到的更新的世界，然而我们却相信，与哥伦布的那个世界相比，这个世界存在的证据更加广泛，也更加令人信服——尽管迄今为止尚未有科学的证明。这不仅仅是水手们讲的故事和一些微不足道的浮木和海草，而是我们所有人都朝向彼岸不断漂去的一种趋势和本能。我看到他们的躯壳来到了岸上，然而此时，他们早已被抛到了西方一处遥远的海滩上，我们所有人都正朝着那片海滩漂去，而且终将到达那里，也许就跟他们一样，需要历经暴风雨和黑暗之后才能抵达。他们没有“历经海难之后又活了过来”，为此，我们无疑必须感谢上帝。那名安全抵达了天堂的水手，或许在世上的朋友眼里是遭遇了海难，因为他们认为波士顿港是个更好的地方。尽管他们可能看不见，可是有一名熟练的引航员走上来迎接他，一阵和煦的暖风将船吹离海岸，他的船在一个风平浪静的日子里平安抵达，他狂喜地亲吻着那片海滩，而他的旧躯壳则在这边的波浪中摇来晃去。人们总是很难与自己的躯体分离，可是，一旦死去，躯体的有无无疑就变得不重要了。他们的全部计划和希望都化成了泡影！愤怒的大西洋将大批婴儿冲在岩石上！不，不！如果“圣·约翰”号没有在这里靠岸，那它就是接到了要它驶往那儿的指令。即使最猛烈的风也不能动摇神灵的意志，这可是神灵发出的气息啊。对于正直的人而言，他的目标是鲸石和任何岩石都无法粉碎的，他反而会击碎岩石，直至取得成功。

这首写给垂死的哥伦布的诗，经过些微改动之后，也许可以送给“圣·约翰”号上的旅客：

这些不久就将结束，
那带他们去发现
遥远的未知大陆的旅途，
很快就会开始。

每个人都将独自造访那片大陆，
然而人们却没有那个地方的任何消息；
因为水手一旦离开，
就不再回来。

那块遥远荒芜的土地从未漂来
雕刻的木头，断裂的树枝；
那些已踏上那片海洋的人

曼陀罗
jimsonweed

不曾遇见天使的尸体。

不要畏惧，我的高贵的水手，
把帆扬起来；
精神点！不久你将平静地行驶在
苍穹之下，大海之上！

海水深不可测，
你无惧那里的暗流，
你的小船必须承载。
天使们扇动的翅膀。

离开这片荒凉的人间海岸，
满怀勇气，放心地走吧，
玫瑰色的云彩正在散开，
乐土就在前方。

后来，有一年夏天，我从波士顿沿着海滩，徒步走到这里。天气非常暖和，有几匹马为了获得一点风，甚至爬到了赫尔（Hull）旧堡的土墙上，虽然那里窄得无法转身。海滩上盛开着曼陀罗，看到这种遍布全世界的植物，库克船长将它和其他植物带到舱底，随他周游世界，我觉得自己就好像正行驶在四通八达的航道上。或者应该称这种植物为“北欧海盗”或者“海上霸主”，因为它并不清白；它不仅和商贸有关，还有一种与生俱来的邪恶感，仿佛是海盗们胡乱编造的故事来源。我曾听到过船上人员的叫喊，当时船距离岸边有半英里远，那声音听起来就像他们是在乡下的谷仓里似的，其实他们正在帆缆之间。那是一种纯粹乡野的声音。我望着海面，看到小岛在迅速消逝，海水贪婪地啃咬着

灰西鲱
alewife

陆地，突然，一座弧形的山脉映入眼帘，就像奥尔德顿角一样，植物学家可能会称之为啮蚀状，从那弧形的曲线可以看出它原来的面积有多大，而现在那里只有一片海水。另一方面，这些残存的小岛奇妙地重新组合成新的海滩，就像赫尔内侧的猪岛（Hog Island）一样，一切似乎都在缓缓地走向未来。这个岛的形状特别像波纹，我觉得岛上居民的盾形纹章上应该有一条波浪形的图案，象征着打在他们头上的海浪，纹章的边缘应该有一支曼陀罗，据说这种植物可以使人长时间精神错乱，而不会损害人身体健康。[1]我在赫尔镇听到最有趣的事，是远处山坡上有一股永不枯竭的泉水，人们把泉眼的位置指给我看，当时我正气喘吁吁地赶路，因此没有上去参观。假如我将穿过罗马城，我记得最久的应该是卡比托尔山[2]上的泉水。没错，我对法国人留在旧堡中的那口井颇感兴趣，那井据说有九十英尺深，底下沉着一门大炮。我数了数，楠塔基特海滩上一共有十几辆从酒吧驶来的二轮马车。骑手们不时将车驾往海边，在海水里凉快一下，我看到了海滩对于城市的价值，在于可以吹海风和泡海水浴。

1 又称詹姆斯敦草（Jamestown weed）。“这是一种早熟植物，一些到那里（即弗吉尼亚）镇压‘贝肯叛乱’的士兵采集这种植物的幼苗，煮熟后做成色拉。有些人吃了很多，结果变得非常有趣，因为他们都变成了白痴，而且持续了好几天：一个吹着羽毛；另一个愤怒地朝羽毛投掷麦秆；另外一个全身赤裸，坐在角落里，像猴子一样一边笑一边对人做鬼脸；第四个则深情地亲吻和抚摸同伴，但是一脸嘲讽地看着同伴，那表情比荷兰滑稽剧里的小丑还要好笑。他们已经精神错乱，并被关了起来，以免发生自残的行为——尽管人们注意到，他们的一切行为均天真而充满善意。他们确实脑子不太清楚。他们耍了无数的这类简单把戏，十一天后他们又恢复了原来的样子，而且根本就记不得曾经发生的事。”——比弗利（Beverly），《弗吉尼亚史》（*History of Virginia*），120页。作者原注。

2 位于罗马市内，是古罗马的市政中心的所在地。

耶路撒冷村的村民正忙着在暴雨来临之前，将晾晒的角叉菜收起来。但是阵雨从一边过去了，只在我身上洒了几滴，天气并没有变热。我只感到脸上发热，海湾里有一艘船翻了，另外几艘船正在收锚，准备靠岸。在科哈西特岩洗海水浴真是舒服极了。这里的海水比我见过的任何地方都更洁净，也更透明，里面没有一点泥土或烂泥。海底全是沙子，我可以看到海鲈在游来游去。岩石被磨损得异常光滑，那些极干净的岩藻落在你的身上，它们牢牢地吸附在岩石上，你甚至可以揪着它们往上爬，这些都增加了泡海水浴的趣味。海藻上方的藤壶带多么像花朵的蓓蕾、花瓣和种子皮啊，使我想起了某种蔬菜。它们沿着岩石的缝隙生长，就像是背心上的纽扣。那是一年中最热的几天，可是海水冰凉，我只能在里面游一两次，我想，要是发生沉船事故，被冻死比单纯淹死的可能性还要大。你只需在里面浸一次，就会将酷暑完全忘记。尽管之前热得发昏，可是你现在却需要半小时才能回忆起曾有多热。随处可见褐色的礁石，像昂首蹲伏的雄狮，公然地与大海抗争，海浪则携着沙砾，不断地撞击和冲刷着它们。退潮时留下的一汪汪海水是如此的晶莹剔透，我无法相信它们是咸的，我想喝它们。更高处是雨水留下的一个个池塘，深浅不一，温度也不一，非常适合人们在里面泡澡。而且，光滑的礁石上那些大大的岩洞，是极为便利的座椅和更衣室。凡此种种，这里是我见过的最完美的海滩。

在科哈西特时，我看见一个很浅的漂亮湖泊，与大海仅相隔一条狭窄的沙滩，湖泊面积大约有四百英亩。人们告诉我，这是春天的一次特大风暴过后，海水在沙滩上留下的，灰西鲱进来后，出海口被堵住了，现在，成千上万的灰西鲱正在死去，当地居民担心，湖水蒸发后会发生瘟疫。湖中有五个小岛礁。

在一些地图上，这带布满礁石的海岸都叫普莱森湾（Pleasant Cove）；而在科哈西特的地图上，只有“圣・约翰”号沉没的那个海湾才叫普莱森湾。大海现在看似从未发生过什么海难，它既不宏伟，也不壮观，而是像湖泊一样美丽。看不到一丝海难的痕迹，我也无法相信，许多遇难者的尸骨就埋在这些洁净的沙子下面。不过，还是继续讲述我们的首次旅行吧。

Chapter 2

公共马车上看到的风景

刚松
pitch pine

我们在布里奇沃特（Bridgewater）住了一晚，第二天早上采了一些慈姑后，我们便坐上火车，并于中午抵达了桑维奇（Sandwich）。这里是“科德角铁路”的终点站，却是我们参观科德角的起点。雨下得很大，还伴随着阵阵浓雾，而且没有停的迹象，于是我们坐上了一辆几乎快过时的交通工具——公共马车，我们跟司机说，“今天能走多远走多远。”我们已经忘了公共马车一天最多能走多远，但是我们被告知科德角的路非常“难走”，尽管他们又加上一句说，由于是沙路，下了雨反而会好走一点。车厢特别逼仄，但由于每个双人座都有一点多余的半圆形空间，司机直到等满九个人才出发，而没有考虑每个乘客的实际重量，车门关了两三次才关上，好像全是铰链或门锁的错似的，我们则为了配合他，同时调整自己的呼吸。

我们终于到了科德角，它从桑维奇一直向东延伸三十五英里，然后再向北和东北延伸三十英里，一共是六十五英里，平均宽度为五英里。中心地带的海拔有两百英尺，有些地方甚至达到三百英尺。根据美国地质学家希区柯克[1]的观点，科德角几乎全部由沙子构成，在一些地方，即便地下三百英尺深也都是沙子，地表下面一

1 爱德华·希区柯克（Edward Hitchcock，1793—1864），美国地质学家。

蒙特登慈姑
giant arrowhead

点，可能有一个被掩盖了的岩芯，这个海角是大洪水时期形成的，只有末端一小部分和海滩等地方是冲积形成的。在海角的前半部分，不时可看到大块的石头和沙子混在一起，而在最后的三十英里，看不到一块大圆石头，即使是沙砾，也难得遇到。希区柯克猜测，在时间的长河中，海洋侵蚀了陆地上的波士顿港等港湾，那些细小的岩石碎片则被海水沉积在远离海岸的地方，并形成了这条沙堤。如果对沙滩上方的地表做农业测试，你会发现有个土壤层从巴恩斯特布（Barnstable）一直延伸到特鲁罗，这个土壤层非常薄，而且越来越薄，并在特鲁罗消失。可是这件破旧的衣服有许多小洞和裂缝，不太可能及时得到修补，它们露出了海角的肌肤，海角的末端则更是完全裸露。

我立刻把书拿出来——1802 年版的《马萨诸塞州历史集》（*Collections of the Massachusetts Historical Society*）第八卷，里面有海角各镇的简介，我找到我们所处的地方，因为坐火车时我的阅读速度无法跟上火车的速度。对于那些从普利茅斯（Plymouth）过来的人，书中说道："经过一片绵延十二英里，只零星散布着几处房子的森林之后，桑维奇出现了，旅行者感到视觉上舒服了一些。"另一名作者说桑维奇是个美丽的村子。可是我想，我们的村庄只能彼此进行比较，而不能和大自然相比。我不太认同这位作者的品位，他很轻易地就给那些可能点缀着一间"漂洗作坊""一所漂亮学校"，或者是教堂和"几家机械艺术品商店"的村子贴上"美丽"的标签。乡绅们那些白绿相间的房子成排而立，面向街道，你很难说这些街道到底更像沙漠，还是更像长条形的马厩。这样的地方，只有在疲倦的旅客，或者归乡的游子，或者也许是忏悔的厌世者眼里，才可能显得美丽。而一个刚从森林里出来，心胸开阔的人，走过一条光秃秃的马路，穿过一片稀稀落落分不清是救济院还是农舍的房子，来到这样一个村子时，肯定不会觉得它有多美。但是，关于桑维奇，我们却无法细说。我们最多只有半个三明治，而且涂了黄油的那一面肯定曾经掉在地上过。[1]我只看出它是个房屋挨得很近的小镇，有个提炼沙子的玻璃厂，还有狭窄的街道。我们在这些巷道里转来转去，直到彻底迷失了方向，雨点一会儿从这边洒进来，一会儿从那边洒进来，这时我才发现，那些人待在家里可比我们待在车上舒服多了。书里也提到了这个小镇，"总的说来，居民的生活非常富裕"，我猜，意思是他们不像哲学家那样生活。不过，马车停留的吃饭时间并不长，我们没有机会检验这句话是否正确。可是，这句话的意思也可能是指"他们的产油量"。文中接着说道，"桑维奇的居民喜爱，并坚定地遵循父辈的习惯、职业和生活方式"，这使我觉得，他们终究还是和其他地方的人很像。文中还说"这种相似性使他们今天的道德和品位都无可指摘"，这句话证明了作者正是他们中的一员。没有人在咒骂父亲中度过一生，不管父亲可能给他们带来多大的灾祸。

1 美国谚语：面包落地时，永远是涂有黄油的那一面着地，即所谓的墨菲定律，你所担心的事情总是会发生。作者在这里玩了个文字游戏，因为桑维奇（Sandwich）字面上的意思就是三明治。

但是必须承认，我们这本书的版本很老，这里现在可能已经完全改变了。

我们的路线是沿着海湾，经过巴恩斯特布、雅茅斯（Yarmouth）、丹尼斯（Dennis）和布鲁斯特（Brewster），一直到奥尔良，我们的右侧是延伸到海角的低矮山丘。天气不好，不适于欣赏路边的风景，但是我们仍努力地试图看清雨中的山川与河流。这个地方大部分都是荒地，只在山上有几棵低矮的树木。我们留意到雅茅斯和丹尼斯，如果我没弄错的话，有大片四五年前种下的刚松。车子经过时，可以看到它们成排地立着，长势良好，除了有大面积的空地之外。人们告诉我们，这是利用这些土地的唯一方式。高点的地方都竖着一根杆子，上面绑着一件旧风衣或者帆布作为信号，这样，海角南部的居民，举个例子，就可以知道波士顿邮船到达北部的时间。看来海角的大部分旧衣都在这里派上了用场，留给小贩的只有寥寥几件破烂衣服。山顶的风车——饱经风霜的巨大的八边形建筑物——和散布在海滩上的盐厂，那些层层堆叠已经陷进沼泽中的成排的、乌龟似的低矮屋顶，以及小风车，对内陆的人来说，都是有趣而新鲜的事物。路边的沙地上部分覆盖着一串串类似苔藓的植物——海滩石楠[1]，车上的一个女人告诉我们，这种草叫“穷草”（poverty grass），因为它们生长的地方，根本就不长其他东西。

车内那种愉快而平等的气氛打动了我，同时打动我的还有乘客那宽厚而有趣的幽默感。他们是我们所说的那种悠然自得的人，见面时互相恭维，就跟那些终于学会怎么生活的人一样。他们并不认识，却表现出认识对方的样子，他们是如此的单纯和诚实。他们见面时友好的样子似乎不太寻常，也就是说，他们尽可能友好地见面，不受任何阻碍。他们既不害怕对方，也不为对方感到羞愧，而是满足于与大家同车，不管那人是谁。显然，这里不像新英格兰（New

1 一种学名为*Hudsonia tomentosa*的金石玫。

Hudsonia tomentosa

England）的许多地方那样，愚蠢地尊敬财富和地位。然而乘客中有些是沿途各镇的“一等公民”，大家正是这么称呼他们的：安逸地谈论农事的退休船长，就像他们所习惯的那样；一个穿着长袍，身材笔挺，外表体面的人，看起来非常可靠，是社会的精英分子，他以前可是海上的精英分子[1]；一名文雅的绅士，当年可能担任过州议会的代表；还有一个口音很重的红脸膛的科德角汉子，他已经历了太多的风浪，因此不太容易生气；一名渔夫的妻子，她在波士顿等了一星期船也没开，最后只好坐火车回来了。

从尊重事实的角度出发，我们不得不说，那天见到的几名妇女看起来都愁容满面。她们的下颌和鼻子都向前突出，牙齿全部掉光，侧面看起来就像一个尖锐的W形。她们可没有丈夫保养得那么好，或许她们是保存得很好的干制标本。（她们的丈夫则是腌制标本。）

1 原文是“the salt of sea”，作者这里玩了一把文字游戏，因为英文“社会精英”是“salt of earth”，直译为“地上的盐”，所以作者这里调侃说他不久前还是“海上的盐”。

尽管如此，我们对她们的敬意却丝毫没有减少，因为我们自己的牙齿也远远谈不上完美。

我们继续冒雨前行，通常只在邮局停一下，我们想，在这样的下雨天，写信和在我们到达时拣信，恐怕是科德角居民做的主要事情了。这里的邮局呈现出一种奇特的本地特色。马车不时地在一间低矮的商店或者住宅门前停下，穿着衬衫和皮围裙，刚把眼镜戴上的车匠或者鞋匠，手里举着山姆大叔的包，就像是给旅客准备的一块自制蛋糕，他们则跟司机说着闲话，完全不把旅客放在心上，好像他们是一件件行李似的。有一次，我们获悉当地的邮政局长是位女士，人们说她是沿路最好的邮政局长，可是我们怀疑那里的信件肯定都会经过严密的审查。当马车停在丹尼斯的邮局门前时，我们鼓起勇气，将头探出窗外，想看看我们正往哪里去，我们朦胧地看见前面耸立着一道道长满了“穷草”的荒芜山坡，它们看起来远在地平线，其实却近在眼前。我们似乎已经走到了路的尽头，可是马儿却依旧朝着原来的方向前进。我们看到的那部分丹尼斯实际上是一片特别荒凉的无人区，那种感觉我找不到一个词来形容；那样的地表，或许，就像是前天才变干的海底。满眼都是穷草，几乎看不到一棵树，然而不时可以看到一间斑驳的红色屋顶的小平房，屋顶漆成了红色，房子的其他地方却没有刷油漆，显得萧瑟而凄凉，可是房子的地基却很宽，因此屋里应该很舒服。然而我们从《地名索引》（*Gazetteer*）中得知——我们也带了这本书——1837 年，有一百五十名商船船长来自这个小镇，他们驾驶着商船来往于美国各港口。镇的南面肯定有更多房子，否则我们无法想象船长们回家时都住在哪，假如他们曾回家的话。然而事实是，他们的房子是漂浮着的，他们的家在海上。丹尼斯的这一带几乎没有一棵树，我也没有听说他们打算种树。没错，这里有个空旷的广场，广场上有座教堂，教堂周围种着一排一排的黑杨，完全就跟房屋的立柱一样笔直，四周的拐角一样地方方正正；可是，如果我没说错的话，它们都已经死了。我不禁想到，这里需要来一场复兴运动。我们的书上说，1795 年，丹尼斯建了一座“带尖顶的漂亮教堂”，也许指的就是这一座，虽然我已记不清它是否有尖顶，抑或尖顶因为同情黑杨树而坍塌了。镇上的另一座教堂被形容为“整洁”，但是关于邻镇查塔姆（Chatham）的教堂（查塔姆当时只有一座教堂），书中除了说它“情况良好”之外，也没再说什么。我相信，这两句评语既适用于实际的教堂，也适用于无形的心灵教堂。然而，不论是百老汇大街上的三一教堂，还是诺布斯科塞特（Nobscusset）的教堂，在我看来，“漂亮教堂”与“漂亮乡村”是同一类的事物。我生不逢时，没能看到一座真正漂亮的教堂。心灵美才是真的美。我不知道他们在炎热的夏天是如何遮阳的，虽然书上说“查塔姆比全国其他地方都要多雾；夏天，这些雾气替代树木，帮房屋抵挡着阳光。对于喜欢广阔视野的人来说，”——是否暗示查塔姆的居民不

美洲黑杨
eastern cottonwood

喜欢广阔的视野？——“这些雾令人讨厌，但并非有害健康。”也许，毫无遮拦的海风也起到了扇子的作用。查塔姆的史学家还说“许多家庭的早晚饭并没有什么分别，奶酪、蛋糕和馅饼，这些早餐常见食物的也同样用于晚餐。”可是这些食物是否真的经常出现在他们的餐桌上，对此我们却依然心存疑问。

起伏不平的山路到了这里，开始沿着海岸向前延伸，路的一边是海湾，一边是“崎岖的斯卡格山”——据说是科德角的最高处。山顶上可以俯瞰整个海湾，对此，我们的指南上说：“风景说不上多美，但是有一种震撼人心的庄严和壮丽。”我们正是希望被震撼到。我们经过了丹尼斯的苏埃特（Suet）村，它位于苏埃特和科维特海峡的边上，书上说这个地方，“跟诺布斯科塞特相比，”我们模模糊糊地记得经过，或者是靠近过后者，“这村子可以说相当美丽，但是，如果跟桑维奇相比，则毫无美感可言。”尽管如此，我们却更喜欢丹尼斯，比我们在海角上见过的其他小镇都要喜欢，它是如此的新奇有趣，而且在那个风雨天，它又是如此的阴郁迷人。

来自苏埃特的约翰·希尔斯船长（Captain John Sears），是全国第一个单纯使用曝晒蒸发法提取纯正海盐的人，尽管法国沿海各地早就在用这种方法提取海盐。那是在 1776 年，正值战争期间，盐非常稀少和宝贵。《历史集》（*Historical Collections*）对希尔斯船长的试验做了有趣的描述，我们第一次看到盐厂的屋顶时正好读到这里。巴恩斯特布县是北岸最适合建造盐厂的地方，这里很少有淡水注入海洋。前不久，尚有大约两百万美元的投资进入此地的这一产业。然而现在，科德角已经无法与西部的食盐进口商和制造商们竞争，其盐厂也在迅速地走向衰落。越来越多的当地居民从制盐转向捕鱼。《地名索引》无一例外地会在每个镇的标题下面告诉你，镇上捕鱼的人数有多少，渔获和鱼肝油的产量有多少，食盐的产量和消耗量有多少，有多少人从事沿海贸易，有多少人靠编棕榈叶帽子、制作皮具、靴子、鞋子和锡器为生，看完后，你的脑子里会浮现出一幅国内制造业的真实景象，这幅景象与世界其他地方的并没有什么不同。

棕榈科海枣属海枣
date palm

那天下午晚些时候，我们驶过了布鲁斯特，这个地名是以布鲁斯特长老[1]的名字命名的，恐怕担心不以他名字命名的话会把他忘记。谁没听说过布鲁斯特长老呢？谁又知道他是谁呢？布鲁斯特从外表上看是科德角的一个现代化城镇，这里是退休船长最喜欢的居住地。据说，“从这个地方扬帆出海的船长和大副，比全国任何地方的都要多”。沙滩上矗立着许多现代的美式房屋，跟坎布里奇波特[2]（Cambridgeport）的房子一模一样；你几乎可以断定，它们沿着查尔斯河顺流而下，并漂过海湾来到了这里。我称它们为“美式的”，是因为这些房子是美国人购买，并由美国木匠所“建造”的。然而它们和木材区别不大，只是在东部那些东西[3]外面涂上一层白漆作为掩饰，这是我最不感兴趣的一种漂流木。也许我们有理由为我们的造船术感到自豪，在建造轮船时不必取法希腊人、哥特人，或者是意大利人。船长们在建造海上

1 威廉·布鲁斯特（William Brewster，1568—1644），英国牧师，由于受到英国政府迫害，于1620年乘坐“五月花”号来到美国，是普利茅斯殖民地的宗教领袖。

2 紧邻波士顿市，和波士顿隔查尔斯河相望。

3 指美国东部的房屋，上文的坎布里奇波特即属于美国东部。

浮屋时没有雇佣坎布里奇波特的木匠，至于岸上的房子，假如需要模仿什么的话，努米底亚人[1]那种把船翻过来，船底朝上的风格，倒是更符合他们的想象。我们读道，“在特定的时节，用肉眼可从十八英里外的县公路上，看见韦尔弗利特（Wellfleet）和特鲁罗的窗户反射的阳光（穿过海角的内肘弯）。”我们愉快地想象着这个场景，因为我们已经有二十四小时没有见到太阳了。

1 努米底亚（Numidia），是古罗马时代的一个柏柏尔人王国，其领土大致位于现今的阿尔及利亚东北以及突尼斯的一部分。

同一个作者（约翰·辛普金斯牧师[2]）在描述以前的居民时说：“似乎没有人比他们更喜欢社交和家庭娱乐。他们并不经常去酒馆，除了公共假日。我在这里没有见到一个真正的懒人或是酒鬼。”我的同乡可就说不准了。

2 约翰·辛普金斯（John Simpson，1740—1808），美国基督教长老会牧师。

最后，我们在奥尔良的希金斯旅馆歇脚过夜，我们仿佛身处海中的沙洲，不知道当浓雾散去时，眼前出现的将是大海还是陆地。我们的车超过了两个意大利男孩，他们背着风琴，沿着海滩一路跋涉，打算到普罗温斯敦去。我们想，假如普罗温斯敦的居民将他们拒之门外，他们的命运该有多惨！接下来他们会去谁家的院子？然而我们最后认为他们选择来这里是明智之举，因为这里除了海浪声之外，没有其他的音乐。就这样，伟大的文明人早晚将派使者到新大陆的每一个海角和灯塔去，并号召野蛮人归顺，人口调查员也会到那里去。

Chapter 3

瑙塞特平原

黑胡桃
eastern black walnut
短嘴鸦
American crow

第二天是10月1日，星期四，上午雨依然下个不停，但我们决定徒步前进。我们首先询问了一番，了解一下顺着大西洋一侧的海滩走到普罗温斯敦是否可行，路上是否会遇到小溪或者沼泽。希金斯说没有什么障碍，而且路程不会比走大路长多少，但他认为沙路走起来会很“艰难”；大路已经够难走了，烂泥已经陷到马蹄那儿了。但是旅馆中一个曾走过这段路的人说，我们可以大胆放心地去，即使走在沙堤下面，有时会不太方便，遇到涨潮和刮东风时，还会很危险，因为沙地非常容易塌方。前面的四五英里，我们顺着大路走，大路在海角的肘弯处拐向北，这里是海角最狭窄的地方，这样我们就可以越过右边的一个小港湾，它是奥尔良瑙塞特港的一部分。我们发现大路的两侧很好走，尽管马走起来很“艰难”。天气跟昨天一样，风雨交加，还夹着浓雾，我们的雨伞都被风吹到了后面，在大风的帮助下，我们在沙地上走得很快。种种迹象表明我们到了一处陌生的海滩。大路在这里变成了一条蜿蜒的小路，周围是一片光秃秃的、荒芜而隆起的大地。稀稀落落的房屋之间相隔很远，而且又小又旧，虽然看起来完好无损，房子的前院（就是没有用篱笆围起来的海角）非常整洁；或者，不如说，看起来好像房子周围都被风给吹得干干净净。也许此地林木稀少，且随之而来的柴堆和其他木质家具也少得可怜，都和这种外观多少有些关系。这些房屋看起来就像是上岸的水手，立刻坐下享受稳固的大地，而毫不在意自己的姿势和服装。对它们而言，这只是陆地和已知的大陆，尚未称得上富饶和乐趣。在我眼里，再枯寂的风景也有其自身的美，而这一次，它那固有的美丽因为天气而得以增强。一切都与大海息息相关，即使在我们没有见到大片海洋，或者没有听到它的怒吼声时。说到鸟儿，这里有海鸥，说到旷野上的大车，这里有底部朝上靠着屋子摆放的小船，有时路边还有用鲸鱼肋骨编成的篱笆。而树木，假如有的话，也是比房屋还要稀少的东西，除了苹果树，山谷中有几处面积不大的苹果园。这些苹果树要么又瘦又高，顶部平坦，没有枝杈，仿佛生长于无遮蔽地带的巨大的李树丛，要么非常矮小，枝条几乎拂地，仿佛榅桲树丛。这说明，在相似的环境下，树木的生长习惯终将类似。后来，我在海角上看到许多还不到一人高的已经长成的苹果树。事实上，整个果园的果子，一个人站在地上就可摘完，可是你却几乎无法从树下爬过去。果园的主人告诉我，有些树龄有二十年的果树，只有三英尺半高，果树从距离地面六英寸的地方开始分叉，每边的枝杈有五英尺长，此外，由于四周挂满了用来捉尺蠖的装柏油的小盒子，它们看起来就像是盆栽植物，好像冬天一到就可以将它们搬进屋似的。我在另外一个地方看到过一些不比茶藨子大多少的苹果树；但是主人告诉我，那年秋天它们

白鸥
ivory gull

榅桲
quince

美洲茶藨子
American black currant

结了一桶半的苹果。如果把它们堆到一处的话，我只需一跃便可跳过它们。我测量了特鲁罗高地灯塔附近的一些苹果树，它们都是附近灌木林中采集的幼苗嫁接的。有棵已经种了十年的苹果树，平均树高十八英寸，树冠宽九英尺，顶部平坦。两年前这棵树结了一蒲式耳的果子。还有一棵树龄约二十年的苹果树，树高五英尺，树冠宽十八英尺，也一样是枝杈拂地，使你无法从底下穿过去 。这棵树两年前结了一桶苹果。主人在说到它们时，无一例外都使用了人称代词；譬如，“我把他从树林挖来种在这里，但他就是不结果。”我在附近看到了一棵最大的苹果树，这棵树最高的叶子距离地面有九英尺，树冠宽三十三英尺，从地面就开始分出五个枝杈。

有个院子里面只有一棵特别健康的树，其他的不是已经死了就是快要死了。主人告诉我，他父亲用黑鲸制作的肥料给树木施肥，把它们全浇死了，除了这棵没被浇的逃过一劫，活了过来。

这种生长习惯无疑应该鼓励，不应该像某些旅行家建议的那样，对它们进行修剪。1802 年，与奥尔良毗邻的南部小镇查塔姆没有一棵果树。而关于奥尔良的记载则写道，“距离海洋一英里以内的地方不宜种植果树。即使距离海洋远得多，那些果树也备受东风的摧残；而且，春天的暴风天过后，树皮表面会有一丝咸味。”我们注意到，树皮的表面通常覆盖着一层锈斑似的学名为 *Parmelia parietina* 的黄色地衣。

对于内陆来的人而言，海角上最漂亮却又最陌生的建筑（包括盐厂在内）非风车莫属。这是一种灰色的八边形塔状建筑，长长的木料斜着伸向背后的地面，搁在一个车轮上，通过调整车轮的角度使扇叶对准风的方向。看来扇叶在某种程度上也起到了螺旋桨的作用。车轮沿着塔状建筑已经磨损出一圈巨大的圆形车辙。附近的邻人合力转动风车，使之对准风的方向，他们可能无须借助风向标，就知道风往哪个方向吹。这些风车看起来松松垮垮，似乎还在轻微地移动，仿佛一只只受伤的大鸟，拖着一边翅膀或者一条腿，令人想起荷兰的风车。由于它们地处高位，本身又高，于是起着地标的作用，因为通常这里没有从远处地平线一眼便可望见的大树或其他物体。尽管陆地本身的轮廓非常鲜明，就连微不足道的锥形路标和沙崖，从很远的海上都能看得一清二楚。初次看到陆地的水手通常依靠风车或者教堂来导航。在乡间，我们只能依靠教堂来导航。然而教堂其实是风车的一种，它是一种由教义或民意之风驱动（极少由天堂之风驱动）的，七天转动一次的风车，它磨的是另外一种谷子，这种谷子，假如不全是麸皮和霉烂的东西的话，假如不是灰泥的话，我们想用它来制作生命的面包。

田野里零星分布着一堆堆贝壳，这些是蛤类撬开后留下的，蛤肉被拿去做鱼饵了；奥尔良的贝类非常有名，特别是蛤，或者，就像我们的作者所说的，“更准确地说，是虫子”。海滩比陆地要肥沃。居民们计算收成时，并不仅仅会计算收获了多少蒲式耳的玉米，还会计算收获了多少桶蛤。一千桶的蛤饵被认为和六千或八千蒲式耳的玉米价值相当，以前，蛤饵不费什么人工和成本便可获得，而且被认为是取之不尽，用之不竭的。“因为，”史书上说，“在把整片海滩挖了个底朝天，几乎把所有的蛤都挖出来之后，过了两年，据说那里的蛤又和原来一样多。许多人甚至证实说，有必要经常搅一搅蛤地，就像有必要给种土豆的地松松土一样；因为如果不这么做，蛤会长得太密，导致它们的个头不大。”但是人们告诉我们，那种名为砂海螂（*Mya arenaria*）的小蛤已经没有以前那么多了，或许是因为蛤地被搅得太频繁了。不过，有个抱怨他们拿蛤喂猪，因此导致蛤大量减少的人跟我说，他一个冬天就在特鲁罗挖了一百二十六美元的蛤肉。

我们穿过一条名为“耶利米排水沟（Jeremiah’s Gutter）”的小溪，它位于奥尔良和伊斯特姆之间，长度不到十四杆。据说大西洋有时会在这里和科德角湾交汇，从而将海角的北部隔离开来。海角上的河流规模都很小，因为地形狭窄，它们尚未开始奔流，就已经一头扎进了大海；而且，我们发现，即使是在空旷的沙滩上也很难跑起来。因此，再小的河道也变得很重要，并隆重地加以命名。我们读到，下一个小镇查塔姆是没有河流的。土地那荒芜的一面即使描绘出来也令人难以置信。那里的土地，或者说土壤，从外表判断，内地的农民根本不会考虑种植作物，甚至连篱笆都懒得围。海角上翻耕过的土地一般呈黄白色，就像盐和玉米面的混合物一样。这就是所谓的土壤。参观完这些地方之后，内陆来的人关于土壤和肥沃的概念将会变得混乱，并且之后一段时间内，他们都无法分辨土地和沙地。查塔姆有一处地方是围海造田形成的，历史学家这样描绘那个地方：“一种外表疑似土壤的东西开始形成了。之所以称它为‘疑似’，是因为人类的肉眼根本看不见，而且有许多人可能并不承认这一点。”我们觉得对于海角的大部分地区来说，这段话是个不错的描述。伊斯特姆以西有一片半英里宽，横跨整个镇区的“海滩”，我们第二年的夏天曾经到过那里，“海滩”的面积有一千七百英亩，现在没有一点腐殖土，尽管那里以前出产过小麦。这里的所有沙地都被称为“海滩”，不管撞击它们的是海浪还是空气，因为它们有一个共同的起源——海岸。“一些地方的沙子，”伊斯特姆的历史学家写道，“被海滩水草固定后，逐渐升高，变成了五十英尺高的沙丘，而二十五年前那里一个沙丘也没有。在另外一些地方，沙丘把小溪谷和沼泽给填平了。那些灌木牢牢扎根的地方，看起来非常奇特：大量的泥土和沙子依附着灌木，看上去就像一个小塔。在一些地方，以前覆盖着一层泥土的岩石，被风夹着沙子一阵抽打之后裸露出来，看上去就像刚从矿坑里挖出来似的。”

虽然伊斯特姆确实很荒凉，但依然能收获大量的玉米，这使我们感到非常吃惊。奥尔良的旅馆主人跟我们说，他每年要收割三四百蒲式耳的玉米，还要养许多头大肥猪。在尚普兰[1]的《探险记》（*Voyages*）中，有一张插图，画的就是1605年居住在这一带的印第安人的玉米地，中间还有他们的窝棚，用清教徒自己的话来说，这里正是1622年他们为避免饿死，向瑙塞特的印第安人“购买八或十大桶玉米和豆子”的地方。[2] 1667年，（伊斯特姆）镇上投票决定，每户必须射杀十二只拟鹂或者三只短嘴鸦，因为这些鸟对玉米危害太大，这个表决重复了多年。”1695年，又另外通过了一道命令，规定“镇上每个未婚男子只要仍保持单身，就必须射杀六只拟鹂，或者三只短嘴鸦；任何不遵守此令者不许其结婚，以此作为其拒不履行义务的惩罚。”尽管这样，拟鹂还是大肆蹂躏着玉米地。第二年夏天我在田里见过它们，同时见到的还有好多稻草人，我经常把它们误以为真的人。因此我断定，这里不是有很多年轻人没有结婚，就是有很多拟鹂。然而他们每抔土里只撒三四颗玉米，庄稼的密度也没有我们的高。1802年版的《历史集》中描述伊斯特姆的文章写道，据说“这里出产的玉米多得吃不完，每年约有一千蒲式耳的玉米被送往市场卖掉。这

1 萨缪尔·德·尚普兰（Samuel De Champlain），法国探险家，从1603年起，多次深入北美内陆进行考察，并于1608年创建了魁北克市，被誉为“新法兰西之父”。

2 他们之后停靠在一个名为玛塔切斯特（Mattachiest）的地方，并获得了更多玉米；但他们的小船被风吹走了，总督只好步行五十英里，穿越森林，返回普利茅斯。按照《莫特的故事》（*Mourt's Relation*）一书的说法，“他安全回到家，尽管已经筋疲力尽和surbated，”surbated的意思是脚底肿痛。（这个词的意大利语是sobattere，拉丁语是sub或solea battere，意为脚底受伤；这个词出现的频率很少，只在描述陷于困境的总督和相似情况的人时才使用；尽管这些人通常都有大量的差旅费供他们使用，他们想的话，完全可以免受脚痛之苦。作者原注。

红翅黑鹂
red-winged blackbird

里的田地没有石子，很快便可犁完。玉米苗长出来后，一种比山羊大一点的科德角小马，由两个男孩协助，一天很轻松便可松三到四英亩地。一年收个五百蒲式耳玉米，对一些农民来说稀松平常，不久前还有人从六十英亩地里收了八百蒲式耳的玉米。”现在也有类似的记录，事实上，有些近期的故事疑似重复了以前的故事，我相信他们在陈述时经常将例外事件视为普通情况，绝大部分土地还是和表面看起来一样贫瘠。这里居然可以种庄稼，这件事已经够了不起了，有些人认为原因可能在于空气中含有大量的水汽，温暖的沙地，以及极少出现霜冻的天气。一位正在磨石块的磨坊主告诉我，四十年前，他曾参加了一场剥玉米皮大会，一天晚上就剥了五百蒲式耳的玉米，剥好皮的玉米堆在中间，至少有六英尺高，但是现在，平均一英亩地的玉米产量只有十五到十八蒲式耳。我从未见过像此镇这样可怜而无望的玉米地，也许是因为居民们满足于一大片容易耕作的土地和少量的收成。最肥沃的土地并不总是收成最好的，沙地也许会回报辛勤的耕耘，就像西部肥沃的谷地一样。而且，据说沙地种出来的蔬菜，不施肥料，还特别的甜，尤其是南瓜，然而这种南瓜的种子一旦在内陆播种，品质很快就会退化。我可以证明，这里的蔬菜只要能够成活，看起来便出奇的青翠和健康，尽管这部分可能是因为和沙地颜色的对比。但是海角各镇的居民一般不自己种粮食，也不养猪。他们的花园通常都是从沼泽地和湿地边缘夺回来的一小块地。

整个上午，我们都听到从几英里外的东海岸传来的海浪的咆哮声，因为导致“圣・约翰”号沉没的那场风暴的影响仍在。不过，那个被我们赶超的学童并不知道我们在说什么，他早就习惯了这一切。他会用贝壳来听大海的声音，这样听起来更清楚。空气中回荡着海浪冲击大地的声音，距离海边几英里的地方都听得见，这么振奋人心的声音实在是散步的最佳伴侣。与其让狗在你的家门口咆哮，还不如让大西洋为整个海角咆哮！总体说来，我们很高兴有这场风暴，使我们得以见识大海最愤怒的一面。查尔斯・达尔文相信，强风过后，夜里在“21 英里外，隔着绵延起伏的森林”可以听到智鲁岛（Chiloe）岸边的海浪声。我们和上文提到的那个大约八岁的小男孩交谈，并让他暂时处于我们的雨伞庇护之下，因为我们认为，要了解海角居民的生活，小男孩的描述和大人的一样重要。我们从他口中知道附近哪里可以找到最好的葡萄。他的手里拎着饭盒，而且，无须经我们无礼的提问，他便为我们展示了饭盒的内容。对于爱提问的人来说，最朴素的事实总是最容易接受的。最后，我们在到达伊斯特姆教堂之前，便离开大路，折向东，朝东海岸的瑙塞特灯塔走去，三个灯塔挨在一起，距离我们有两三英里远。之所以建这么多灯塔是为了和其他的灯塔区别开来；但为了达到目的，这似乎是一种昂贵且无用的方法。我们立刻发现自己身处一片似乎辽阔无边的草原，周围没有一棵树，没有一道篱笆，放眼望去，甚至看不到一间房子，除了一两处例外。代替篱笆的，是间或被堆成微微隆起的田埂的泥土。我的同伴将其比作伊利诺伊州（Illinois）起伏的大草原。我们穿越时风雨肆虐，无疑使它显得比原来更加广袤和荒凉。周围没有山丘，只在荒原中不时地出现一个干燥的凹地，远处的地平线被浓雾笼罩着，使我们不知道自己所在的地方是高还是低。我们看到远处走过一个独行客，他的身影看起来就像巨人一样。他走路的样子无精打采，好像肩膀下面有几根带子吊着把他往上提似的，虽然脚下有平原支撑着。由于没有参照物，距离稍微远一点的大人和小孩看起来没什么分别。对于内陆的人来说，海角的风景实际上就像一幅连绵不断的海市蜃楼图。土地就这样向每个方向延伸了一两英里。这里就是曾经森林覆盖的“瑙塞特平原”，冬天寒风呼啸，雪花欢快地打在旅人的脸上。我很高兴地走出了城镇，我在那里总是感到无法形容的卑鄙和可耻，将马萨诸塞州的酒吧暂时抛到脑后，那里的成年人仍未戒掉野蛮肮脏的习惯，仍然在抽雪茄。外面的景色越是凄凉，我的情绪就越是高涨。城镇需要透气。神灵会很高兴看到他们的祭坛燃烧着纯洁的火焰。雪茄烟可不能满足他们的要求。

我们从城镇的后面绕过去，没有进入任何村庄，就这么一直走到普罗温斯敦，我们一边走一边在雨伞下看这些城镇的历史，很少遇到什么人。那些老故事是地志部分内容最丰富的，也是我们最想看的。而且，事实上，在其他许多方面也是最丰富的，因为我们发现，不管作者承认与否，那些描述这些城镇的现代文字大部分都是在引用旧文，没有任何新鲜有趣的内容。这些镇史最后都沦为那个地方的教堂史，因为那是他们唯一不得不讲的故事，并在最后引用老牧师墓碑上的拉丁文墓志铭作为结束语，那是当年用拉丁文和希腊文写下的。他们会追溯每个牧师的任命，并忠实地告诉你是谁做的序祷，谁做的布道，谁做的祝圣祈祷，谁发布的命令，谁接受新人入教，谁做的赐福祈祷，还有不时为了调查某位牧师正统与否，召开了多少次教会法院会议，以及展示会议构成人员的全部名单。由于走出这片平原需要一小时，而风景虽然奇特，却毫无变化，于是我就利用这段时间读了一点伊斯特姆的历史。

当普利茅斯委员会从印第安人手里买下伊斯特姆时，“有人问，比林斯盖特（Billingsgate）属于谁？”比林斯盖特指的是伊斯特姆以北的整个科德角。“回答是：那是一块无主之地。‘那么，’委员会说，‘它就是我们的。’印第安人回答说，没错，就是这样。”这真是一次非常出色的断言和承认。清教徒似乎认为自己是“无主”的代表。也许这是他们首次以一种平静的方式“要求得到”一块无人占领之地，至少这种方法没有经过大力改进，就像他们的后代采用的，至今仍广泛使用的方法一样。在美国人到来之前，“无主”似乎是全部美洲土地的唯一业主。然而史书上说，就在清教徒占领比林斯盖特许多年后，终于“出现了一个自称为安东尼中尉的印第安人”，声称这块地为他所有，而且他们从他手里买下了这块地。谁知道安东尼中尉不会有朝一日入主白宫呢？无论如何，我知道，如果你通过不义的手段占有了一件东西，日后肯定会有大麻烦。

曾数次出任普利茅斯总督的托马斯・普林斯是伊斯特姆殖民地的领袖。在镇上曾是他的农舍的地方，不久前还矗立着一棵梨树，据说是大约两百年前他从英国带过来并亲手种植的。在我们到那的前几个月，这棵树被风刮倒了。最近一篇文章说，这棵树近期还生机勃勃，果实虽小，但特别甜，而且平均每年可以摘十五蒲式耳的果子。一个名为赫曼・多恩（Heman Doane）的先生曾专门为这棵树写了一首诗，接下来我将引用他的诗句，一是因为这是我唯一记得的有关科德角的诗句，二是因为这写得不错。

老树，自从你漂洋过海，
在这片异国土地生出第一片叶子以来，
两百年已经过去，时光飞逝，
他们的欢乐和悲伤也一并消逝。

*****

这些星号代表省略了一些宗教色彩强烈的诗句，以及那些已经遗失的句子。

那群被放逐的人已经死了很久，

而老树！你依然矗立在

普林斯当年亲手种植的地方，

无意中成为他的家族和一生的纪念物；

成为我们光荣的父辈的纪念物，他们

从普利茅斯来到这里定居；

他们的儿孙将永远不会忘记尊敬

多恩、希金斯、斯诺，和其他伟人的名字。

*****

过去的时光削弱了你的枝条，清教徒之老树！

多年的重担压弯了你的腰；

但是，在岁月的风霜中，我们看见你依然花开一树，

并年年都结出甜美的果实。

我还可以引用多一些诗句，假如它们不是被韵脚束缚住而和一些卑劣的家伙绑在一起的话。当一头牛想躺下时，竖着的轭将使它难以忍受。

约翰·多恩执事是伊斯特姆的第一批定居者，他死于1707年，享年110岁。传说他最后几年是在摇篮里度过的。这样的人生当然不太像阿喀琉斯[1]。多恩的母亲在将他浸入冥河，以此打造他的刀枪不入之身时，肯定手一滑，让他整个身体，连脚跟也浸了进去。他为自己的农场立的界碑，现在依然屹立着，上面刻着他的名字的首个字母。

我们对这个镇的教会史有点感兴趣。原来“他们很早就建了一座小教堂，面积有二十平方英尺，屋顶是茅草盖的，这样他们

1 阿喀琉斯（Achilles）是希腊神话中的著名英雄，传说阿喀琉斯的母亲从他出生之日起，便每天倒提着他的脚跟把他浸在冥河里，以此练就了他的刀枪不入之身。然而没有浸入冥河的脚跟，最终却成为阿喀琉斯的致命弱点。

黑线鳕
haddock

的步枪随时可以向外面开火，”——当然是朝着坏人。“1662 年，镇上决定，将每头搁浅鲸鱼的一部分用来赡养牧师。”将赡养牧师的任务交给上帝，这种做法看起来无疑颇为适当，因为牧师是上帝的仆人，而上帝又是风暴的主宰者。假如搁浅的鲸鱼数目很少，他们会怀疑自己的祷告没有被上帝接受。每次风暴来临，牧师们肯定都坐在悬崖边，焦急地观察着海滩。至于我，假如我是一名牧师，我宁可相信科德角背面的惊涛骇浪为我抛上来一条鲸鱼，也不愿相信自己认识的许多乡村教区会慷慨解囊。通常你不能说，乡村牧师的工资“很像一条鲸鱼”[1]。尽管这样，依靠搁浅的鲸鱼生存的牧师日子肯定不好过。我宁可带着鱼叉上马尔维纳斯群岛，用鱼叉一下子了结它。想象一下，为了给牧师们提供食粮，一只鲸鱼被汹涌的海浪击打得渐渐断了气，并被拖过沙滩和水沟！他该感到多么安慰啊！我曾听说有位牧师以前曾是渔民，在布里奇住了很长时间，甚至能够分辨鳕鱼和黑线鳕。虽然看起来慷慨大方，但这种情况将立刻使教区的布道坛为之一空，因为得人的渔夫[2]成为真正的渔夫已经很久了。另外，为了筹措免费学校的经费而向这里的鲭鱼征税；也就是说，鲭鱼群被征税，是为了孩子们可以免费上学。“1665 年，法院通过一项法令，向各镇所有受政府管辖，而又拒绝相信《圣经》的居民实施体罚。”想象一下，在一

1 原文是“very like a whale”，是一句具有讽刺意味的短语，出自莎士比亚的《哈姆雷特》。

2 作者这里把牧师比作“得人的渔夫”，原文出自《圣经》，意为肩负使命的人或者牧者，他们把人引导到耶稣那里，使之得以永生，因此耶稣叫他们跟随自己，让他们得人如得鱼。

个春天的早晨，一个人被施以鞭刑，直至他被迫承认《圣经》所言不虚为止！“镇上还投票决定，给所有不参加礼拜的人都带上脚枷。”这类城镇理应明白，做礼拜和带枷锁之间没有任何相似之处，以免遵纪守法的人受到惩罚，而胡作非为者反而逍遥法外。这里就是近几年以野营布道会而著名的伊斯特姆，布道会在附近的一个小树林里举行时，海湾各地成千上万的信徒都会涌向这里。此地这种虔诚的心理，假如不是不健康的，也许可以说是不同寻常的，我们猜测，之所以形成这种心理，是因为大部分人都是妇女，她们的丈夫和儿子要么在海上漂泊，要么已经溺亡，只剩下她们和牧师守在家乡。以

黑麦
rye

北美豪猪
North American porcupine

前的文章写道，“在奥尔良、伊斯特姆和下面各城镇，经常有癔症发作的例子，尤其是在星期天做礼拜时。如果有个妇女染上了这种病，通常另外五六个妇女会走上去向她表示同情，于是整个人群变得混乱不堪。一些老人毫无慈悲之心，而且非常不冷静，他们认为，部分原因可能在于意志，奚落和恐吓将有助于防止不幸的发生。”现在的情况怎样我们不知道。但是，就在这片平原的某座房子里，我们见到了一个非常有男子气概的女人，她看上去似乎从未受过癔症的困扰，也不像会同情那些癔症患者的样子。或许，对她来说，生活本身就是一次癔症发作，这个瑙塞特女人，有着任何男人都无法比拟也难以想象的坚强和粗俗。只需看看她的脊椎和脖子上的肌肉，和她那轻轻一咬便可咬断板钉的坚毅的下颚就知道了，她顽强地抵抗着世界，说话的口气像一个战船上穿着衬裙的士兵，或者说，像是通过海浪向你大喊大叫。她看上去似乎在为生计苦恼，却坚强得足以抵抗任何暴行。我把她看成一名杀婴犯，她没有兄弟，要不就是有过，但是婴儿期就死了，需要他做什么呢？而她的父亲肯定在她出生之前就死了。这个女人告诉我们，由于怕引发霍乱，去年的野营布道会没有举行，今年夏初他们本来想举行的，但是黑麦的长势太慢，麦秸还没准备好，而他们得睡在麦秸上。有时候有一百五十名牧师（！）和五千名听众参加，布道会举行的地方叫千禧树林，为波士顿的一家公司所有，是海角上我见过最适合，或者说是最不适合举行这类集合的地方。这里有栅栏围护，帐篷架一直放在栎树林中。他们有一个炉子和一台水泵，将他们的全部厨房用品、帐篷和家具放在此地的一座永久性建筑内。他们的聚会时间选在一个月圆之夜。一个星期前，有个人被指派将水泵清理干净，在此期间，牧师们则清清自己的嗓子，然而，后者也许并非总是像前者一样传递清流。我看到桌子下面有一堆一堆的贝壳，显然前几年夏天他们在这里大吃大嚼过，我猜，这当然是那些未皈依者，或者是堕落者和嘲笑者的杰作。看起来野营布道会应该是祈祷会和野餐会的奇特融合。

首个在此定居的牧师是塞缪尔·崔特牧师（Rev. Samuel Treat），时间是 1672 年，据说他在“新英格兰的福音传道者中享有崇高的地位”。他曾使许多印第安人和白人皈依基督教，还将《信仰告白》[1]译成了瑙塞特语。1674 年，这些印第安人的第一个老师理查德·伯恩写信给古金，在提到他们时说，他曾经去看一个病人，“他讲话非常正派和虔诚，”至于大多数人，他说，“事实上，许多人在上课时非常散漫，令我痛心。”崔特先生是最严厉的卡尔文派教徒，他不是那种由于放弃或辩解，而变得像卸了刺的豪猪的人。他是一名坚定的卡尔文派教徒，他可以将刺远远地投过去，勇敢地为自己辩护。他有一卷尚未付印的讲道手稿留了下来，“这些手稿，”一名注释者说，“似乎曾准备出版。”下面我所引用的第二手资料，是他就《路加福音》第十六章第二十三条向罪人所做的布道：

“不久你将坠入无底的深渊。地狱也已扩大，已经准备接收你。那里有足够的空间供你消遣……

“想想吧，你将去一个上帝有意为你准备的，歌颂其正义的地方，那里除了痛苦之外，没有其他的东西。地狱是上帝的教养院，而且，请记住，上帝所做的一切事情都像他自己。一旦上帝想展示他的正义和无比愤怒，他就会制造一个地狱，以实现自己的目的……

1 指基督教徒正式入教之前所做的信仰声明。

你的灵魂将会有祸，你将成为上帝的箭垛……

“想想吧，上帝将成为你的痛苦的主要给予人，他的呼吸是扇动永恒的地狱之火的风箱。如果他要惩罚你，如果你在他极端愤怒时撞了上去，他将不会把你当人看待，他将给你全方位的打击。”

“有些人认为罪孽随着生命的结束而终止，这种看法是错误的。人处于一种永恒的法律约束之下，那些坠入地狱的灵魂，他们的罪行仍在不断增加。我这么说，你们可能会感到高兴。但是，请记住，那里没有令人愉快的罪孽，没有吃的，没有喝的，没有唱歌，没有跳舞，没有放荡的调情，没有偷欢[1]，只有可恶的罪孽，痛苦的可怕的罪孽；因痛苦、诅咒上帝、怨恨、愤怒和亵渎神祇而不断加深的罪孽。你的全部罪过将压在你的灵魂上，并变成一堆堆的柴火……

“罪人啊，我恳求你认清这些事情的真相。不要以为这是在诋毁上帝的仁慈，不要以为这只不过是一则吓吓小孩子的无用寓言。上帝可以很仁慈，尽管他使你痛苦。由于这种可贵的品质，他应该拥有无数的丰碑，它们像星星一样闪闪发亮，彰显着他的荣耀，同时唱着永恒的‘哈利路亚’，赞美他拯救了世人，尽管为了发扬正义，他把一堆又一堆的罪人罚入地狱。”

“然而，”这名作者继续写道，“这种宣扬恐怖教义的做法尽管有种种好处，譬如自然而然地使他的长篇大论显得崇高，并给人以深刻的印象（‘*Triumphat ventoso gloriæ curru orator, qui pectus angit, irritat, et implet terroribus*。’ *Vid. Burnet, De Stat. Mort., p.309*[2]），但他却无法成为一名受欢迎的牧师。他的声音洪亮，离教堂很远的地方都能听到，甚至患癔症妇女的尖叫声和瑙塞特平原上呼啸的风声都没能掩盖，然而听起来却并不比那些刺耳的声音美妙。”

据说，“这类布道的结果是，听众有几次在听他布道时被惊醒，

1 原文作 Stolen waters，这里意译为“偷欢”。英文有句谚语：Stolen waters are sweet。意为偷来的水最甜，偷欢最乐。

2 意为“那位得意洋洋的雄辩家站在天堂的凯旋车上，鼓动唇舌，折磨每一个心脏，令众人心中充满忧虑、恐惧”。

并不胜惶恐。有一次，一个有点天真的年轻人被吓得几乎失去理智，崔特先生不得不努力让地狱看起来凉爽一些”，但是我们深信，“崔特的神情愉快，说话风趣，略带诙谐，总是很文雅。他喜欢不时来点幽默，搞个恶作剧，并以长时间的笑声来显示自己也乐在其中。”

关于此人有一则很有名的轶事，许多读者很可能已经听说了，但我还是要引用一下：

“他和威拉德先生（Mr. Willard，波士顿南教堂的牧师）的女儿结婚后，威拉德先生有时会邀请他到自己的讲坛宣讲。威拉德先生演讲时姿态风度优雅，嗓音悦耳，富有磁性；尽管他那本《神学全解》(*Body of Divinity*)并没有为他带来什么声誉，还经常被人（特别是那些读过的人）嘲笑，但他的布道却充满了思想和语言的力量。结果自然使他受到普罗大众的崇拜。崔特先生按自己平时那种悲惨的方式，向岳父的会众布道，于是引起了全体的反感；几名善良的法官留下来等候威拉德先生，对他说，没错，崔特先生是个高尚而虔诚的教徒，然而他却是个糟糕的牧师，他们恳求他不要再邀请崔特来布道。威拉德先生听后没有作答，但他要求女婿把讲稿借给他看下。讲稿拿来后几个星期，他一字不差地照着稿子向会众做了一次演讲。他们纷纷跑来找威拉德先生，要求他把原稿给他们，以便付印。‘看看您和您女婿之间的差别吧，’他们喊道，‘您的讲稿和崔特先生的一模一样，但他讲得令人讨厌，您却讲得非常好。’文中的注释写道，‘威拉德先生用崔特先生的讲稿布完道之后，可能曾引用《斐德罗》[1]中的话，向这些貌似聪明的评论家说，

‘*En hic declarat，quales sitis judices*。’[2]”

崔特先生死于中风，当时那场令人难忘的名为“雪灾”的风暴刚刚过去，因此他家周围的地上一片空空如也，但是道路却堆着高高的积雪。人们在积雪中挖了一条拱形的路，印第安人得以将他的

1 指柏拉图的著作《对话录·斐德罗篇》。

2 意为“可见你们是怎样的评论家”。

尸体运往坟墓安葬。

读者将想象我们自始至终都在广阔的草原上，沿着东稍微偏北的方向，一步步地朝着瑙塞特海滩走去，一边走一边在雨伞下看书，夹着雨雾的风在耳边呼呼地吹着，那情景就像我们正赶去参加崔特先生的葬礼周年纪念会似的。我们想象正是在这样的旷野上，有人死在了雪地里，就像《苏格兰的光与影》（*Lights and Shadows of Scottish Life*）一书所描绘的那样。

下一位在此定居的牧师是“塞缪尔·奥斯本牧师（Rev. Samuel Osborn），他生于爱尔兰，在都柏林大学接受教育”。奥斯本据说“兼具智慧和美德”，还教民众使用泥炭以及风干、制作泥炭的技术，当时的人没有其他燃料，所以这对他们真是天大的帮助。奥斯本还改进了农业技术。然而，虽然他贡献巨大，但他却信奉阿民念主义[1]，一些信徒对此非常不满。最终，一个由十名牧师组成的教会法院和教会联合起来打压他，他们自然使他的地位一落千丈。这个教会法院的召集者是两名神学家——约瑟夫·多恩（Joseph Doane）和纳撒尼尔·弗里曼（Nathaniel Freeman）。

他们在报告中说，“教会法院看到，牧师奥斯本先生在向信众传道时说，基督的所作和所受，丝毫没有减少我们遵守上帝之法的责任，基督的受苦和顺服是为了他自己。这两点，我们认为，包含了非常危险的错误。”

“以及：‘有人说，教会法院也看到了，牧师奥斯本先生在公开和私人场合宣称，圣经中的允诺都是有条件的，我们认为，这也是错误的，我们认为，圣经中有不带任何条件的绝对允诺，例如许赐新心，和将律法写在我们心上。[2]’”

“他们还说，‘有人声称，而且我也确实看到了，他们说奥斯本先生称，顺服是一个人被赦免的主要原因，我们认为，这种观点

1 基督教新教的一个派别，创始人为荷兰神学家雅各布斯·阿民念，其主要观点和加尔文派相反，因此经常受到加尔文派的攻击。

2 出自《圣经·旧约》。

包含了非常危险的错误。’”

他们还列出了许多类似的区别，对此我的读者可能比我更加熟悉。原来，有旅行者证明，在遥远的东方，在雅兹迪人[1]，或者说魔鬼崇拜者，所谓的迦勒底人[2]中间，你仍然可以听到关于各种教义的惊人论辩。奥斯本随之被解雇，他搬到了波士顿，并在那里授课多年。但是，在我看来，凭他的泥炭草甸事业，就应该完全赦免他；其中一个证明是，他活了九十多岁。

1 雅兹迪教的教徒，主要分布在伊拉克、叙利亚等地。

2 古代生活在两河流域地区的居民，曾建立新巴比伦王国。这里指那一地区的人民，亦即上文提到的雅兹迪人等。

下一位牧师是本杰明·韦伯牧师（Rev. Benjamin Webb），尽管附近一个牧师称他是“自己所认识的最好的人和最好的牧师”，但是历史学家们却说：

“他十年如一日地忙于履行自己的职务（令人想到集结起来的乡亲们），而且没有什么事情可以彰显他的性格，因此关于他，可说的并不多。（魔鬼没有在路边给他栽上一些遮阴的行道树，从而凸显他的美德，[3]真是可惜啊。）他有一颗覆盖了所有污点的初雪般纯洁的心，他的心就像温和的六月夜晚的天空一样宁静，月光皎洁，没有一丝浮云遮蔽。不论你说出任何一种美德，他都在践行；不论你说出任何恶习，他都避之不及。但是，如果他有任何特殊品质的话，那就是他的谦逊、文雅和对上帝的爱。人们长时间地受雷霆之子（崔特先生）的教导，而韦伯则是个劝慰之子，他温和亲切地诱导他们从善，同时向他们展示上帝的仁慈。他思考的多是关于天国的问题，因此极少屈尊纡贵，考虑尘世的悲惨状况。他和崔特先生一样笃信宗教，但他的注意力却集中在救世主发布的那些天大喜讯。”

3 作者这里将树荫比作绘画中的阴影。

我们饶有兴趣地听说这样一个人曾踏足瑙塞特平原。

继续翻下去，我们的目光落在了奥尔良的乔纳森·巴斯康姆牧师的名字上：“*Senex emunctæ naris, doctus, et auctor elegantium verborum*, *facetus*, *et dulcis festique sermonis*。[1]”此外，还落在了丹尼斯的内森·斯通牧师的名字上：“*Vir humilis*, *mitis*, *blandus*, *advenarum hospes*[2]；（那里不需要他；）*suis commodis in terrâ non studens*, *reconditis thesauris in cœlo*。[3]”这是一种轻而易举便能达到的美德，因为据我看来，丹尼斯的居民不会很在意自己的尘世利益，而且肯定会认为自己的大部分财产都在天堂。然而，最公正和最得当的品格出现在描述查塔姆的伊弗列姆·布里格斯牧师的近代罗马文“*Seip*，*sepoese*，*sepoemese*，*wechekum*”中，这段话没有被翻译出来，因此我们不知道它的意思，尽管我们毫不怀疑它就在某处经文中，也许就在使徒艾略特[4]写给尼普穆克人[5]的书信之中。

不要以为我不爱这些老牧师们。他们可能是那一代中最优秀的牧师，他们的传记值得写满镇史。如果我能听到他们所说的“喜讯”（他们可能听到过），也许我会用尊敬一点的语气来写他们。

要让读者领会平原的宽广和奇特，以及我们跨越时所花费的时间，没有什么比在叙述中插入这些摘录更好的方法了。

1 意为“一个鼻子干净（即趣味高雅）的老人，一位用词俏皮、声音悦耳的作家”。

2 意为“一位谦虚、温和及平易近人的东道主”。

3 意为“不求世俗之利，却拥天堂之富”。

4 约翰·艾略特（John Eliot，1604—1690），是一位在马萨诸塞州传教的英国传教士，被称为“向印第安人传福音的使徒”。

5 印第安人的一支。

Chapter 4

沙滩

北极燕鸥
Arctic tern

我们终于来到那似乎一直在往后退的平原边界，进入一处远看像高地沼泽，实际上却是干沙的地方。沙地上覆盖着滨草、熊果、杨梅、栎木林和海滨李，地势随着我们靠近海岸而略有上升。

接着，我们穿过了一条什么也没有的沙带，海浪听起来却并不比先前响亮多少，当我们准备再走上半英里时，却突然发现自己正站在一块峭壁上，俯瞰着大西洋。

我们下面便是海滩，宽度从六杆到十二杆不等，长长的浪花不停地冲向岸边。海水极其阴暗汹涌，乌云笼罩着天空，雨依然在下，看起来，与其说是风搅动了海水，倒不如说它是在声援也已动荡不安的大海。海浪打在离岸有些距离的沙洲上，随即弯成十或十二英尺高的黄绿色弧线，仿佛跃在许多看不见的沙坝上，就像成千上万的瀑布一样，翻卷成泡沫，冲向沙滩。在我们和欧洲之间，除了这片狂暴的海洋之外，别无他物。

我们走下海岸，尽量地接近海水，那里的沙滩最为硬实。我们把瑙塞特灯塔抛在身后，开始悠闲地沿着海滩，朝大约二十五英里外的，西北方的普罗温斯敦走去，猛烈的风从后面吹来，我们依旧撑着伞，轻快地走着，默默地欣赏海洋的巨大力量。

海滨李
beach plum

ποταμοιο μεγα σθενος 'Ωκεανιο。[1]

1 节选自《伊利亚特》，意为"俄刻阿诺斯河无比的威力"。

白色的浪花不断冲向岸边，海水冲上沙滩，随后又退到我们极目所能望到的地方（我们想象在我们前面和后面的大西洋海岸，海水该退得多么远）。这种动作是那么有规律，就像唱诗班的指挥用他那根白色的指挥棒打着节拍似的。时不时会有一股高一点的海浪扑过来，使我们急急忙忙地偏离常轨，我们会回过头去，看海浪把我们的脚印淹没。浪花看起来像是一大群海神的野马，正朝岸边冲过来，白色的鬃毛向后飘扬，而当太阳终于出来时，它们的鬃毛便染上了彩虹色。不时有长长的大海藻被抛上来，就像海牛在海水中摆弄自己的尾巴似的。

海上没有一艘船，那天我们连一艘船也没看到，因为它们都在风暴来临之前进港避风了，还没能出来。而一两个寻找漂流木和失事船舶残骸的人，就是那几天我们在海滩上见到的所有人了。春季，东边来的暴风雨过后，海滩上有时到处都是从东边漂来的木头，谁捡到即归谁所有，海角上几乎没有森林，因此这些木头被认为是天赐之物。不久，我们就遇到了这样一位打捞漂流木的人，我们和他聊了几句，他是一个典型的科德角人，一张饱经风霜的脸，已被太阳晒得褪了色，脸上布满皱纹，我甚至无法看清他的五官。他的脸就像是一张历经沧桑的旧帆，一个历经风吹雨打的肉身悬崖，就像出现在沙滩上的一颗泥砾一样。他戴着一顶帽子，那帽子曾随他一起出海，穿着一件已经快裂成碎片的上衣，那上衣的颜色深浅不一，虽然大部分是沙滩色，就像是在沙里埋过似的。他那颜色斑驳的背部——因为他的外套打了许多补丁，即使两个肩膀之间也有——色彩如此丰富，实在是我们研究的好对象，我们在经过他后，又禁不住回过头来打量他。确实，对他来说，背上有这么多的疤痕可能是件很丢脸的事，假如他前面没有更多的疤痕的话。他看起来似乎偶尔能吃到甜甜圈，但从未过上舒适的生活。生活太沉重而他笑不出来，太艰难他哭不出来。他像蛤一样冷漠，就像一只在海边散步的戴着帽子，有腿的海蛤一样。他可能是清教徒，至少是佩珀·怀特[1]，他一直住在海角的背面，任由时光流逝。他正在寻找失事船只的漂浮物、浸透了水且爬满了藤壶的旧木料，或者是小块的木板和托梁，甚至碎片，他将这些东西拖出水面，然后堆起来晾干。如果木料太大，无法拖远，他会就地把它切成块，或者是将它滚个几英尺，并交叉插上两根树枝，以示物已有主。一些在缅因州成为累赘的腐烂树干，可能被故意抛

1 佩珀·怀特（Peregrine White，1620—1704），“五月花”号在马萨诸塞州靠岸后清教徒在船上产下的第一个婴儿。作者在这里代指第一批清教徒的后代。

进水里，它们在这里被小心地捡起来，劈开，晾干，并被节省地使用。假如附近没有坑谷，冬天来临之前，打捞漂流木的人会沿着对角线用锄头扒出一条长长的斜路，然后费力地将这些东西背上岸。你可以看到他那把钩状的铁镐总是放在岸上，随时准备派上用场。他是这片海滩真正的王，他的“权利毋庸置疑”，[1]而且就像海鸟一样，是此地的标志。

克兰茨[2]在描写格陵兰岛时，引用了达拉仁（Dalagen）关于格陵兰人的生活方式和习俗之间的关系的看法，说，“不论谁发现了漂流木，或者是海边的沉船遗骸，战利品都归他所有，即使他不是当地人。他也必须将其拖上岸，并在上面放一块石头，作为此物已经有主的标志，这块石头就是保证书，以后便不会有任何其他的格陵兰人干预此事。”这是由本能产生的国际法。关于漂流木，克兰茨还这么说道：“他（造物主）既已不让这片寒冷的石质山区生长树木，便下令洋流将大量的木头送到其岸边，于是这些木头就漂到了这里，有些独自漂来，但大部分还是和浮冰一起，并将自己卡在岛屿之间。如果不是这样，我们欧洲人就不会有木材烧，而可怜的格陵兰人（没错，他们不用木头，而是用鲸油烧火）就没有盖屋顶和搭帐篷用的木头，既造不了小船，也装不了箭杆——那里还生长着小而弯曲的桤木等树木——这些他们用以获取衣食和照明、取暖、做饭用的鲸油的工具。这些木头之中有连根拔起的大树，由于漂流多年和与冰块摩擦，已经磨去了枝杈和树皮，而且虫蚀得厉害。漂流木中有小部分是从南部（也就是说，格陵兰岛的南部）港湾漂来的柳树、桤木和桦树，还有肯定来自更远地方的巨大的杨树，但大部分都是松树和冷杉。我们还发现了一种数量很多的树木，这种树木的纹理非常漂亮，枝杈却很少。我猜是落叶松，是一种喜欢生长在高耸入云的石坡上

1 此句出自威廉·古柏（William Cowper）的诗句“I am Monarch of all I survey，My right there is none to dispute。”意为“我俯瞰一切，像国王一样，谁也不能否认我在那儿的权利。”

2 海因里希·克兰茨（Heinrich Crantz，1722—1799），奥地利植物学家和医生。

的松树。还有一种实心的淡红色木头，散发出的香气比一般的冷杉更好闻，还可看到横纹。我认为它们和那些美丽的冷杉属于同一树种，这种树长在格劳宾登州[1]的高山上，有雪松的香味，瑞士人用它们来做房间的护壁。”打捞漂流木的人为我们指出了“雪坑”的方向，那是一块很浅的凹地，由那里我们可以走上岸，其他地方都是溜沙坡，即使能够爬上去，也很不方便，因为沙子会进入我们的鞋。

这道沙坝——海角的脊梁骨——直接从海滩升到海拔一百多英尺。我们初次站在它上面，发现我们选择的是这样一条路时，

1 瑞士东部的一个州。

北美落叶松
tamarack
紫朱雀
purple finch

心情是非常激动的。在我们的右手边下方，是那十二杆宽的光滑而缓缓倾斜的沙滩；再过去，是无休无止的白色浪花；再远一点，是那被浅绿色海水覆盖的沙滩，它们延伸至海角的整个前臂，再过去，则是一望无际不知疲倦的大海。我们的左手边，从沙坝的边缘一直往后，延伸着一片宽度从三十杆到八十杆不等的沙漠，沙子晶莹闪亮，堪称完美，沙漠的另一侧分布着十五或二十英尺高的小沙丘。在一些地方，沙子甚至穿过沙丘之间的空隙，延伸到更远的地方。再过去就是植物带，长着灌木丛的一连串丘陵和山谷，正散发着你所能想象到的最明亮的秋色；再过去，零星可见湾内的海水。这片位于韦尔弗利特的洁净沙原，由于从海上望去像是伊斯特姆的平台，且因为曾经属于这个镇，而被水手们称为“伊斯特姆台地”。它的宽度足足有五十杆，许多地方还不止，有时海拔高达一百五十英尺。它从小镇的南部边缘一直向北延伸，没有一点植被，几乎跟桌子一样平坦，绵延两三英里，直到你看不见为止。靠近大海的一侧微微抬高，随后便向海滩一泻而下，斜坡很陡，沙子刚好可以停住，斜坡又很规整，是军事工程师希望的那种。它就像筑在巨大的堡垒四周的斜土墙一样，海滩是它的缓冲地带，大海是它的原野，我们站在上面可以眺望海角的大部分地区。简而言之，我们正在穿越沙漠，一边是某种称得上是乐土的异常灿烂的秋景，另外一边则是海洋。然而，尽管景色辽阔，大部分地区没有一棵树，但是几乎看不到人家。我们在海滩上没有看到一户人家，只有孤独的大海和沙漠。即使一千个人来，也不可能真正打扰到它，相反，他们一旦踏上沙滩，就会迷失在浩瀚的风景之中。

整个海岸几乎没有岩石，我们走了二十多英里，只看到一两处岩石。海岸的沙子和海滩上的一样柔软，太阳照射时，眼睛会很难受。由打捞漂流木的人费力地拖上沙坝并摞在那里准备晾干的几堆漂流木，是这里仅有的东西，它们看上去无限的大而遥远，简直就像是一间间的棚屋，虽然当我们靠近时，才发现那只不过是无足轻重的“小捆”木头。

从瑙塞特灯塔开始，十六英里的沙坝都保持着同一高度，再往北去，沙坝的高度要比这儿低，而且不时被浅坑、滨草和经常悄悄入侵的杨梅树所打断。在这本1802年出版的书中，有几页题为《巴恩斯特布县东海岸纪事》（*A Description of the Eastern Coast of the County of Barnstable*）的文字，文中指出了人道协会的受托人曾经搭建慈善小屋的地方，“以及失事船员可以寻求庇护的其他地方。”这份手册一共传播了两千份，每艘常来往于附近沿岸的船只都会拿到一份。我怀着悲悯的心情阅读了这份《失事船员手册》（*Shipwrecked Seaman's Manual*），因为海浪的声音，或者可以说，大

加拿大黄桦
yellow birch

海的悲叹声，从头至尾萦绕在我的耳边，仿佛作者本人是沉船的唯一幸存者。关于这一段海岸，他是这么说的："这片高地以陡峭的沙坝和海洋相接，这些堤坝很难攀爬，尤其是在暴风天。风暴来临时，潮水很高，海浪打在沙坝上，使得在沙坝和海水之间的沙滩上行走变得极不安全。即使船员成功登上了沙坝，也无法继续前行，因为渔民的家一般都在很遥远的地方，夜里可能会被他忽略，他必须转到将沙坝拦腰切断的山谷里。这些被当地人称为'坑'的山谷，与海岸垂直，它们的中部或者底部会有一条路连接居民的住宅和海洋。""路"这个词并非总是意味着可以看出来的崎岖山路。

我们面前就有这么两条路，上面一条，下面一条，沙坝和海滩。两条路都从瑙塞特港向西北延伸二十八英里，直到雷斯角，中间没有一处缺口通向海滩，也几乎没有一个地方受到沙漠的严重侵蚀。假如你打算涉水走过瑙塞特港那狭窄的浅湾（涨潮时此处沙洲的水位不会超过八英尺），你可以再走上十或十二英里，这样一来海滩就有四十英里长。而楠塔基特东边的沙坝和海滩，也只是它的延续罢了。我感到比较满意。我将海角置于自己身下，就好像正骑在无鞍的马背上一样。它跟从地图，或者从公共马车上看到的不同；相反，我完全是从户外发现了它，巨大而真实的科德角！它无法显示在地图上，不管你怎么为它上色，没有什么比这个家伙本身更像它的了，没有比它更逼真的图画和文字描述了；你恨不得走得更远，看得更多。他们通常只赞美那些建有酒店的海滩，而不喜欢那种只有一间人道小屋的海滩。但我希望看到那种布满了沉船残骸这一人类杰作的海滩，在一个海洋既是大海之主，也是陆地之主的地方，寄居于真正的"大西洋之家"[1]，并且无须借助码头便能走上岸来。在这里，不断崩塌的陆地是唯一的

1 旅馆名称，这里泛指住宿的地方。

病残者，或者至多只是块干燥的陆地而已，而关于它，你能说的，就只有这些。

我们优哉游哉地继续前行，一会儿走在海滩上，一会儿又走在沙坝上，时而在一根潮湿的木头——槭树或是黄桦树——上坐下来，这些木头曾长时间地随海水漂流，现在终于来到了陆地上；或者是在沙坝上沙丘的背风处，这样我们就可以凝望大海。沙坝很陡，只要没有塌陷的危险，我们就会坐在它的边缘，就像坐在长凳上一样。对我们这些从未出过海的人来说，远望大海时很难不去想象地平线上有块陆地；然而云朵低垂，看起来就好像停在海面上一样，它们在陆地上从未这样过，也许是我们的视野非常广阔的缘故。沙子也并非没有优点，因为，它们尽管走起来“艰难”，却非常柔软。而且，尽管已经下了将近两天的雨，但是只要雨停上半小时，沙丘那多孔的斜坡，就会成为我们干燥的座椅。这片沙漠的各个方面都很美，不管你是在晴朗还是恶劣的天气下观察它，抑或是风暴过后，太阳刚刚露出云层，照在远处它那潮湿的表面上时，它都显得如此的洁白、纯净和平坦，每一处细微的不平和小径都清晰地显露出来。而当你把视线移开，你就会看到大海。夏天，燕鸥——它们将巢筑在临近的沙丘中间——会焦急地追赶旅行者，它们不时发出吱吱的尖叫声，俯冲到旅行者的头部附近，于是他会发现，它们长得很像燕子，正在追赶那些几乎横跨海角，在海滩上觅食的短嘴鸦。

虽然我有一段时间没有提到海浪的轰鸣，和潮水无休止的涨落，但它们没有一刻停止撞击和咆哮，它们是如此喧嚣，假如你在这里，你几乎听不到我在说什么。它们此刻正撞击和咆哮着，尽管可能已没那么吵闹和激烈，因为海水是不休止的。我们完全被这种奇异而纷乱的景象吸引了，就像克律塞斯[1]（Chryses）一

1 《荷马史诗》中的人物，相传为阿波罗的人间祭司。

样（虽然心情与他迥异），默默地沿着发出洪亮声响的海边走去。

Βη δ' ακεων παρα θινα πολυφλσισβοιο φαλασσηζ（他沉默地去向那咆哮不止的大海岸边）。[1]

我不时地插入一点希腊语，一部分原因是因为它们的发音听起来挺像大海，虽然我很怀疑荷马所处的地中海是否跟这里一样吵。

据说那些参加伊斯特姆野营布道会的人，他们的注意力会同时被卫理公会教徒和海角背面海浪的讲道声所吸引，因为在他们停留期间，海水一直不停地涌向这里。我相信在这种情况下，声音大的一方会获胜。假设海洋对岸上的人群说，“听众们！”，将会产生何种效果！站在那边的是某位约翰·N. 马菲特[2]，站在这边的则是波利菲洛斯波伊斯·塔拉萨[3]牧师。

这里只有少量海草被冲上岸，冲上来的大部分是海带，因为这里几乎没有岩藻可以攀附的岩石。谁没有站在轮船的甲板上，见过这种巨大的褐色裙子似的东西半直立地漂浮在绿色的海水中，一边用那神秘的手指紧紧地抓着一块石头或者深海贻贝呢？我曾经见过海带抓着一块石头，那石头有我的半个脑袋大。我们有时会看着这样一团绳索般的海草被抛上浪尖，并兴趣盎然地等它来到岸上，好像它下面系着什么珍宝似的；然而那团吸引我们的微不足道的海草，总是让我们感到既惊讶又失望。当我们望向大海时，上面漂浮着的最细小的物体看起来都有无限大，浩瀚的大海给我们的印象如此深刻，使我们看到的每一样东西都因为与整个海洋协调的关系而变得无比巨大。这些东西来到岸上时，它们的大小常常会使我们感到失望，海洋如此努力地将这些可笑的小木块或者海草抛上来，我们不禁怀疑起大西洋自己是否经得起仔细观察，如果它来到岸上，与我们近

1 英语中没有一个词用来形容许多海浪同时撞击的声音，无论轻柔还是激烈，在耳朵听来都是πολυφλοισβοιοζ（咆哮），当海洋风平浪静时，眼睛所看到的是ανφριθμσν γελασμα（充满激情的微笑）。作者原注。

2 约翰·N. 马菲特（John N. Maffit，1795—1850），出生于爱尔兰，1819 年来到美国，后来成为美国卫理公会的著名牧师和巡回传教士。

3 原文为 Poluphloisboios Thalassa，系希腊语的拉丁拼法。

糖海带
sugar kelp

距离接触，会不会变成一个小池塘。这些海带，如掌状海带、长叶海带、魔鬼的围裙（devil' s-apron[1]）、“鞋底皮”（sole-leather）[2]或者带状海草等不同种类的海带，在我们看来都是格外奇妙的海产品，是尼普顿[3]（Neptune）装饰他的战车的合适物品，或者是普洛丢斯[4]（Proteus）的怪诞变身。在内陆的人听来，所有关于海洋的故事都有一种美妙的感觉，所有的海产品都有某种惊人的品质，就好像它们（从海草到水手讲的故事或者奇谈）来自另外一个星球一样。动物王国和植物王国在这一元素[5]中相遇并不可思议地纠缠在一起。根据博瑞·圣·文森特[6]的说法，有种海藻的茎部长达一千五百英尺，是已知最长的植物，有个双桅船船员白白地花了两天时间收集另一种海藻，他将这些冲上马尔维纳斯群岛的海藻误认为漂流木。（请参考哈维[7]写的有关藻类的文章。）这种植物看起来似乎可以食用，至少我觉得自己饥饿时会尝试一下。有个水手告诉我说牛吃这种东

1 一种形似围裙的扁平状海带。

2 泛指比较大的海带。

3 罗马神话中的海神。

4 希腊神话中的早期海神。

5 旧时认为世界由四大元素（地、火、水、风）所组成。

6 博瑞·圣文森特（Bory St. Vincent，1778—1846），法国博物学家。

7 威廉·亨利·哈维（William Henry Harvey，1811—1866），爱尔兰植物学家和藻类学家。

西。它切起来像奶酪，因为我一有机会便坐下来，有意地削上一两英寻。这样我就能更了解这种植物，看看它切开是什么样的，是否从头到尾都是空心的。它的叶片看起来像一条宽腰带，边缘有褶皱，或者说像经过捶打而撑开了似的，而且呈螺旋形的扭着。由于海浪的拍打，末端一般都已经破烂，或者乱糟糟的。我将一截茎秆带回家，一周后它缩成了原来的四分之一大小，而且表面覆盖着一层像霜一样的盐晶。读者会原谅我的没有经验，因为我住的地方在河边，那里并没有水草冲上来。如果我们仔细想想这种水草生长的地方，耙拢的方式，收割和晒干的日子，我们便会对它产生强烈的好奇心。有个善于预测天气的家伙曾就此事写了一首诗。

当春秋分的
巨大风暴
抵达大西洋时，
他背负着岩石上的海草，
愤怒地将汹涌的波涛
鞭向陆地。

在某个遥远而明亮的亚速尔群岛[1]上，
从百慕大[2]的珊瑚礁，
从暗礁的边缘；
从巴哈马[3]和有着
充满活力且银光闪闪的海浪的
圣·萨尔瓦多[4]；

从那回应着赫布里底群岛[5]的沙哑声音，

1 位于北大西洋中东部的火山群岛，为葡萄牙所有。

2 即百慕大群岛，位于北大西洋。

3 即巴哈马群岛，是西印度的三片群岛之一，位于美国佛罗里达海峡以东的大西洋上。

4 指巴哈马群岛中的圣萨尔瓦多岛，据说是1492年哥伦布首次来到新大陆时第一个看到的地方。

5 位于苏格兰的西北部海岸。

1 即奥克尼群岛所在地，位于苏格兰的北部海岸。

淹没了奥克尼郡[1]岩礁的
颤抖浪花；
从那些浮上雨天荒凉海面的
沉船物品、船身和漂着的
桅樯；

它们一直在
翻腾不息的大海上
漂啊，漂啊，漂着。

但他在接着写下去时，并没有想到这片海滩：

直到，来到那些有着金色沙滩的
避风港和地区，
它们才能再次休息。

这些海草是那些尚未进入文学避风港的怪诞奇妙想法的象征。

红胸太阳鱼
redbreast sunfish

角百灵
horned lark

它们一直在

翻腾不息的心潮上

漂啊，漂啊，漂着。

而尚未被书本记录下来的

它们将不再离开，

就像家喻户晓的词被囤积起来一样。

海滩上散布着美丽的水母，那些打捞漂流木的人称它们为“日之号哭”（Sun squall），这是一种最低级的动物，有些呈白色，有些呈酒红色，直径达一英尺。我一开始以为它们是某种海怪身上的柔软部位，遭到了风暴或者其他敌人的碾压。海洋有什么权利在自己的胸脯生出像水母和苔藓这么柔软的东西呢？要知道它那喧闹的海岸，连最结实的布料也难逃一劫。它竟然将这么娇弱的孩子抱在怀里颠弄，真是不可思议。一开始我并没有认出这些就是我之前在波士顿港看到的那些大群生物，它们摇摆着，浮向水面，好像要和阳光接触，同时把大片的海水染得变了色，使得我看起来好像是在一碗太阳鱼汤里航行。他们说当你想努力抓住一只水母时，它会从你的手中逃脱，就像水银一样。在陆地从海水中升起，变为干燥的土地之前，主宰海洋的是一片混乱。而在海洋部分裸露和上升的高低水位之间，依然是一片混乱，只有反常的生物才能在这里生存。燕鸥一直在我们的头顶和浪花之间飞翔，有时两只白的追逐一只黑的。它们在风暴中感觉非常自在，尽管它们和水母以及苔藓一样，都是纤弱的生物。我们发现，与其说它们的身体适应了环境，还不如说它们的精神适应了环境。与角百灵和旅鸫相比，它们的精神实质上应该更为狂野，也就是说，不太符合人性。它们的叫声很像某种金属的振动，与周围的风景和海浪的咆哮声非常协调，就像有人在粗暴地弹奏一把永远立于岸边的竖琴似的，水花高处断断续续地传来几声粗嘎的大海之音。但是，如果要我说出一种声音，一想到它就能完美地再现海滩的种种印象，那么就只有经常在那儿出没的笛鸻那凄凉的唧唧声了。它们的声音，听起来像是海岸自打造物初始便一直在为失踪水手演奏的挽歌中的一个短章。然而在这一切的凄凉之中，我们似乎听到了永恒之歌那纯净而坚定的曲调，因为同一段音乐，在一户人家听来是挽歌，在另一户人家听来却是欢快的晨歌。

有一种捕捉海鸥的绝妙方法，是印第安人传下来的，1794 年韦尔弗利特的居民已经在使用这种方法。据说，“用固定在海滩上的钩子搭建的鸥屋”，顶部用交叉的木杆撑开，四面用木桩和海草钉紧。“木杆顶部盖上一条瘦鲸鱼。

笛鸻
piping plover

褐鲣鸟
brown booby

人待在里面，不会被海鸥发现，当它们争抢食物，正在吃的时候，只要把木杆往中间一拉，海鸥就一只接一只地被捉住啦，用这种方法可以捕捉四五十只海鸥。”也许，正是因为这个原因，“Gull（海鸥）”一词才有了“欺骗”的含义。我们读到有一种被荷兰人称为*mallemucke*——即蠢蝇——的海鸥，因为它们像苍蝇般迫不及待地落在鲸鱼上，确实，所有的海鸥都既愚蠢又冒失，很容易被射中。挪威人称这种鸟为 havhest，即海马[1]。英语翻译者说，这可能就是我们说的鲣鸟。如果它们吃得太多，就会把食物吐出来，然后再吃，直到感到厌烦为止。正是海鸥这种放弃自己所有权（将食物从胃里吐出来，给贼鸥吃）的习性，使得人们用它来表达‘欺骗（gull）’‘骗子（guller）’‘骗人（gulling）’这类词语。”我们还读到，他们经常射杀晚上在海滩栖息的小鸟，所用的方法是用猪油在煎锅里点火。印第安人可能用的是松枝火把，鸟儿成群地向亮光飞来，于是一只只地被棍子打下来。我们注意到靠近沙坝边缘的地方有一

1 在神话中是一种马头鱼尾的怪兽。

刺槐
black locust

些洞，那是猎手们的掩体，他们躲在洞里朝那些在海边上下翻飞寻找鱼儿的大型海鸥射击，因为大海鸥被视为珍馐美味。

我们找到一些属于大西洋浪蛤的大蛤，风暴把它们从海底掀起，并抛到岸上。我挑了一颗体型最大的，它约莫六英寸长，我将它一路带着。不久我们遇到了一个打捞漂流木的人，他随身带着多抓锚和绳子，他说他正在寻找粗麻布，粗麻布是“富兰克林”号上装载的一种货物，这艘船春天在这里沉没，当时失踪的人有九个还是十个。人们从冲到岸上的船长的手提箱里发现了一封信，信中命令他在抵达美国之前将船毁坏，读者从这个细节以及随后进行的审判，可能还记得这次沉船事故。打捞漂流木的人说，在这样的风雨天，依然有粗麻布被冲上来。他还告诉我们，我手里拿的那颗蛤叫大西洋浪蛤，是很美味的食物。我们在沙坝上的一个阴冷的小坑里吃午饭，小坑位于长满滨草的沙丘下面，此时的天时而下雨，时而出太阳。我从岸边捡了些湿柴，拿刀子削了削，用火柴和纸生了火，然后在余火上烤起大西洋浪蛤来。这次旅行，早餐通常是我唯一的一顿在室内吃的饭。大西洋浪蛤煮好了，一瓣是肉，一瓣是汁。尽管肉质有点硬，但我还是觉得香喷喷的，很好吃，我津津有味地吃完了整个大西洋浪蛤。说真的，要是再加上一两块饼干，就是丰盛的一餐了。我注意到这些贝壳和家里糖罐上画的很像。以前，这一带的印第安人将它们绑在木棍上，当作锄头使用。

海上出现了两三条彩虹之后，终于，下午三点左右，雨停了，天开始慢慢地亮起来，尽管风依然很大，浪依旧和之前一样高。我们继续往前走，不久就来到一间慈善屋前面，我们朝里面望去，希望能够看到失事船员的伙食情况。在海边某处荒凉的凹地上，紧靠着沙坝内侧，孤零零地立着一间房子，房子建在沙地的木桩上，有根细长的钉子穿过门上的锁环，这样一来，快冻僵的人也能把它掰断，地上或许有些麦秸，可以供人躺在上面休息，也可以用来生炉子，这样就能活命。也许这间屋子从不需要为遇险的人提供庇护，而承诺每年来检查一次，以保证这里有麦秸和火柴，以及壁板足以挡风的那个人，已经有些懈怠，觉得风暴和海难已经过去。而就在这个夜晚，一群濒死的船员可能会用他们冻僵的手撬开这个门，并在早上离开时发现半数的同伴已经死去。当我想到那些可能将独自住在这些屋子里（或者在这里住过）的人的境况，当我想到他们在炉边度过漫长冬夜的惨状时，我就一点也高兴不起来，尽管这些屋子是以给人居住为目的而建造的。它们看起来只不过是坟墓的预备品。海鸥在屋顶上尖叫着飞来飞去，只有风暴来临时大海的咆哮声和风平浪静时海水流逝的声音，年复一年地在这些黑乎乎、空荡荡的屋子里回响，或许，除了某个难忘的夜晚。这些就是款待海上遇难者的房间！它们都是些什么样的水手之家呢？

“每间房屋，”《巴恩斯特布县东海岸纪事》一书的作者说，“都建在木桩上，屋子长八英尺，宽八英尺，高七英尺；南面有个拉门，西面有块滑动窗板，东面立着一根高出屋顶十五英尺的杆子。屋里有麦秸或干草，甚至还配有一只长凳。”现在它们的模式也没什么变化。北边的塞布尔岛和安蒂科斯蒂岛[1]就有类似的屋子，南边到多远我就不知道了。这些真实而详尽的指南读起来使人心情沉重，这是他给那些可能在这片海域遇难的船员所写的指南，告诉他们如何走到最近的慈善之家，或者是其他的庇护所。据说在伊斯特姆，离海边不到一英里就有几间慈善之家，然而，“在暴风雪肆虐的天气里，不论白天还是黑夜都很难找到它们”。你听，那位假想的向导正在指挥和鼓舞着这群湿漉漉、瑟瑟发抖且快要冻僵的人前进，“山谷的入口处有积沙，因此现在有必要爬一小段路。跨过几处篱笆，注意不要走到右边的林子里去，你可以看到四分之三英里外有一间房屋。这间屋子位于公路和帕梅河的南边，距离自东向西穿过盐碱滩的帕梅河不远。”在伊斯特姆被抛上岸的他说，他看到“教堂没有尖顶，但是可以用地理位置将它和民居区分开来，教堂位于南北两小块刺槐林的中间，南边的刺槐林长度为北边的三倍。小屋的西

1 这两个岛都位于加拿大东部，附近的海域经常发生沉船事故。

北方，大约一又四分之一英里处，可以看到风车的顶部和叶片。”诸如此类，写了好多页。

我们不知道这些房子能否成为救命稻草，虽然这名作者说，特鲁罗斯道特溪的源头建了一间小屋，“建的方式不对，里面居然有烟囱，而且建在一处不长滨草的地方。大风吹走了地基的沙子，房子也在烟囱的重压之下倒塌了，因此今年（1802 年）一月，这座房子被完全摧毁了。这件事情发生在‘布鲁图斯’号失事之前大约六星期。假如那所房子还在，那艘船上的所有倒霉船员也许就能获救，因为他们费尽千辛万苦抵达的海滩距离房子只有几杆远。”

打捞漂流木者口中的这是间“慈善之家”，某些人口中的这是间“人道之家”，就是我们最先看到的那间，既没有窗户也没有滑动窗板，既没有护墙板，也没有刷油漆的慈善小屋。我们已经说过，门被一根穿过锁环的生锈的钉子锁着。但是我们希望了解一下人道之家，并且认为不会有比这更好的机会了。于是，我们轮流地透过门上的一个节疤孔往里面看，我们往黑暗里看了很久，却一无所获，不知道最后会看到多少具遇难船员的骸骨，我们虔诚地看着，心里很清楚，虽然敲门未必总是会开，但是节疤孔看久了自然就能看清里面的东西。方法是在看的时候，将我们的另一只眼睛捂上，将外面的世界，海洋、陆地和沙滩，统统抛到身后，直到瞳孔变大，吸收了黑暗中那些游移的光线（因为人在看东西的时候，瞳孔会变大；没有伸手不见五指的黑，只要有信心和耐心，无论多小的眼睛，最后也能战胜它）。经过这么一番努力，喏，里面的东西开始进入我们的视野——假如我们可以用这句话来表达一个一无所有的地方的话——我们看到了期盼已久的景象。虽然我们一开始对此不抱希望，但是经过几分钟持续不断地练习这项神圣技能之后，我们的眼前着实一亮，我已经准备大声喊出盲诗人[1]写的《失乐园》（*Paradise*

1 指约翰·弥尔顿（John Milton，1608—1674），《失乐园》的作者，中年双目失明。

Lost and Regained）了，——

> 嗨，圣光！天之头生子，
>
> 抑或永恒共存的光之子，
>
> 我可以说你是清白的吗？

再看一会儿，一根红色的烟囱进入我们的视线。简而言之，当我们的视线逐渐适应黑暗之后，我们发现地板上有些石头和几卷蓬松的羊毛毯，房间的另一头有个空荡荡的壁炉。然而，我们看到，那里居然没有火柴、麦秸，或者干草，也没有"配一只长凳"。说实话，里面完全是一派劫后的空旷之美。

我们就这样背对着外部世界，从节疤孔往人道之家的内部望去，往仁慈的最核心部位望去，在希望找到面包的地方我们看到了一块石头。这简直是空叫嚷（外面海鸟的叫声）而无实际结果。但我们还是很高兴地在人道之家外面的背风处坐下来，以躲避刺骨的寒风。我们心里在想，慈善是多么冷酷啊！人性是多么残忍啊！而这，就是慈善的秘密！永远将生锈的铁钉锁在门闩上的古老而遥远的善行，而且难以养护，因为不确定是否有人能游到附近的海滩。我们无法进到里面去，只好浑身发抖地在周围走来走去，时不时穿过节疤孔望向那没有星星的夜空。最后我们得出结论，它根本就不是人道之家，而是一间现在被锁起来的，属于某个黑暗或者混沌家族的海边小屋，他们夏天会来这里度假，吹海风，而我们这么窥探别人的隐私是非常不礼貌的。

我的同伴以前曾经说我没有一丝情感，语气之绝对，着实令我感到震惊，但我猜他的意思是指我当时不觉得累，腿不酸，尽管我对这种感受并非完全陌生。然而，我并不希望这是一次感伤之旅。

Chapter 5

韦尔弗利特的养蚝人

海滨山黧豆
sea pea

我们在海滩上走了大约八英里，来到韦尔弗利特和特鲁罗的分界处，看到一根立在沙地里的石柱，即便是这些沙子也处于某个镇的管辖之下。我们转向内陆，经过荒芜的丘陵和山谷，出于某些原因，大海并没有跟随我们而来，我们爬上一个山谷，发现在距离不到半英里远的地方有两三户朴素的人家，且极为靠近东海岸。它们的阁楼肯定都是房间，因为屋顶几乎无法伸直，我们毫不怀疑那里有我们住的地方。靠近海的房子一般都建得又宽又矮。这些房子都有一层半高，但是如果你只数山墙头的窗户，便会觉得它们有许多层，或者，至少觉得这半层是主人认为唯一值得精心修饰的地方。海角上这类一侧有众多窗户的房子及它们不规则的形状和位置，使我们感到欣喜，好像这些远离祖国的住户都根据自己的高矮胖瘦，在自己需要的地方打洞，全然不考虑外部的效果。有大人的窗户，也有小孩的窗户，三四人合用一个，就像有人在仓库大门上给猫打了个大洞，同时又为小猫打了个小点的洞一样。有时候这些窗户被屋檐压得很低，我不禁想他们肯定是为了再加一间房而在板梁上打了洞，我还注意到有些窗户是三角形的，因为这样更加合适。就这样，房子的一端就像左轮手枪一样有许多孔，而且，假如住户跟我们的邻居一样有盯着窗外看的习惯，旅行者和他们共处一室的可能性将会很小。

跟那些装模作样的现代住宅相比，海角上这些没有上漆的旧式房子通常看起来更加的舒适美观，那些现代住宅跟周围的风景不太协调，根基也不牢固。

这些房子坐落在七个相连的池塘旁边，这些池塘是注入海湾的一条名为鲱河的小河源头。海角上有许多条鲱河，或许，不久之后它们的数量会比鲱鱼还多。我们敲了第一户人家的门，里面没人。与此同时，我们看到隔壁的住户正从窗口望着我们，我们还没走到那里，一个老妇人已经走了出来，将隔墙的门关上，再走进去。即便如此，我们还是毫不犹豫地敲了她的门，一个看起来像灰熊的人走了出来，我们觉得他有六七十岁。他怀疑地问我们从哪儿来，来这里做什么，我们简单地回答了他。

“康科德距离波士顿多远？”他问。

“二十英里的火车。”

“二十英里的火车。”他重复了一遍我们的回答。

“你听说过革命名城康科德吗？”

“我有没有听说过康科德？什么话！我听过邦克山战役（the battle of Bunker Hill）[1]的炮声。（轰隆隆的火炮声，他们隔着海湾都听得见。）我已经快九十岁啦，八十八岁。康科德战役（Concord Fight）[2]那年我十四岁，那时候你们在哪？”

我们不得不承认我们没有参加战斗。

“好了，进来吧，我们把事情交给我老伴儿去办。”他说。

就这样，我们有点出乎意料地进了屋，坐下，一个老妇人拿走了我们的帽子和行李，老人一边继续说，一边将我们领到一个很大的旧式壁炉前面。

“就像先知以赛亚（Isaiah）所说的，我是个一无是处的贫穷的人，今年我彻底垮下来了。我们这里由女人管事。”

这个家庭由老人、他的妻子、外貌几乎和母亲一样老的女儿、

1　位于波士顿的查尔斯顿，1775年这里爆发了美国独立战争中第一场流血战斗。

2　美国独立战争中的一场战役，发生于1775年。

他的傻儿子（一个下颚突出，面相很凶的中年人，他正站在火炉边，看到我们进来，立刻走了出去）和一个十岁的小男孩组成。

我的同伴和女人们说话的时候，我和老人聊了起来。他们说他又老又糊涂，然而对他们来说，他显然十分老练。

“这两个女人，”他跟我说，“都是一无是处的穷人。这个是我的妻子。我六十四年前娶了她。她今年八十四岁了，耳朵完全聋了，另外一个也没比她好多少。”

他认为《圣经》很好，算是称赞了它，且没有看不起的意思，因为对于他这把年纪的人来说，那样也太不慎重了。他说多年来，他认真地看了《圣经》，许多章节他已经可以背得滚瓜烂熟。他似乎有种很深的情结，认为自己一无是处，并且一而再再而三地大声说：

“我是个没用的人。我从《圣经》得到的感受只有一点：每个人都是一无是处的贫穷之人，一切都是上帝认为的合适安排。”

“我可以问下您的名字吗？”我问。

“可以，”他回答，“我并不羞于告诉别人自己的名字。我的名字是——。我的曾祖父从英国来到这里定居。”

他是韦尔弗利特的一个老蚝人，拥有养牡蛎的专门技术，儿孙辈仍然以此为生。

他告诉我，马萨诸塞州几乎所有的牡蛎店和牡蛎摊都由土生土长的韦尔弗利特人供货与经营，镇上仍有一个地区名为“比林斯盖特”，因为那里以前曾是牡蛎田，但是本地的原生牡蛎据说于1770年都死了。原因众说纷纭，有的说是地面霜冻，有的说是因为港里的黑鲸残骸腐烂所致，等等，但是最常见的一种说法是——我发现几乎所有地方都存在这种与鱼类灭绝有关的迷信传说——就在韦尔弗利特开始和邻镇争夺牡蛎捕捞权时，牡蛎身上开始出现黄色的斑点，于是上帝就让它们消失了。几年前，每年都会从南部买来六万蒲式耳的蚝，撒在韦尔弗利特港，直到它们拥有比林斯盖特的风味为止。

然而现在一般都进口成年蚝，将它们放养在波士顿等市场附近的水体里，这些咸淡水交汇的地方，特别适合它们生长。这门生意据说一直非常好，而且越来越火爆。

老人说，如果养得太高，蚝冬天就容易冻僵，但是只要不是“冷到人眼睛难受”的地步，它们一般不会有事。新不伦瑞克[1]的居民已经留意到“牡蛎床不会结冰，除非确实非常寒冷，当海湾冻结时，可以轻易地通过牡蛎床上未结冰的海水而找到蚝床。”我们的房东说他们整个冬天都将牡蛎储存放在地窖里。

“不吃也不喝吗？”我问。

“不吃也不喝。”他回答说。

“牡蛎会走吗？”

“就跟我的鞋子一样。”

但是当我听到他说牡蛎“会自己固定在沙床上，扁平的一面朝上，圆的一面朝下”时，我跟他说，没有我的脚帮忙，我的鞋子没法这么做。他听了之后说，它们只不过是在生长期间安定下来而已，如果把它们放在广场上，它们会这么做的，但是蛤就跑得很快。后来长岛（那里的牡蛎依然是原生的，而且数量众多）的养蚝人告诉我，牡蛎都是一大串一大串地集结在父母周围，他们就这么用钳子把它们夹起来。他们说，这时，从年幼的牡蛎可见它们至少已有五六年没有动过了。巴克兰[2]在他的《自然历史趣闻》（*Curiosities of Natural History*）一书中说：“牡蛎一旦年轻时选择一个地方固定下来，它就永远不会再移动一步。但是，那些没有固定下来，而只是停在海底的牡蛎，则可以自由移动。它们将壳张到最大，然后突然一缩，海水产生的向前冲力，把它们向后弹开。根西岛[3]的一个渔民告诉我，他经常看到牡蛎这么行走。”

1 加拿大东部的一个省。

2 弗兰西斯·特里维廉·巴克兰（Francis Trevelyan Buckland，1826—1880），英国维多利亚时代的外科医生、动物学家和自然历史学家。

3 英吉利海峡西部的一个岛屿，是英国的海外属地。

一些人依然存有疑问“牡蛎是否是马萨诸塞湾土生土长的物种”以及韦尔弗利特是否是它们的“天然栖息地”。但是，我看到海角上遍布着被印第安人撬开的蚝壳，更不用说老蚝人的一番话了，这番话我认为相当具有说服力，虽然现在那里原生的牡蛎已经绝迹。实际上，海角上最初居住着人烟稠密的印第安人，正是因为有大量生蚝和其他鱼类的缘故。我们此后又在特鲁罗的大坑（Great Hollow）附近和东港河附近的高角（High-Head）看到了许多他们留下的遗迹——牡蛎、蛤、海扇等贝壳，与鹿等四肢动物的遗骸和残骸混在一起。我拾了半打箭镞，只要花上一两个小时就可以将我的口袋都装满。印第安人住在沼泽的边缘，可能这跟住在池塘周围一样，是为了隐蔽和获得淡水。此外，尚普兰在他那本印于1613年的《探险记》中提到，1606年他和普特林库尔（Poitrincourt）考察了现马萨诸塞湾南部的一个港口（巴恩斯特布港？），那个地方位于北纬42度以南大约五里格，Cap Blanc（白角，即科德角）以西一度[1]的地方。他们在那里发现了许多美味的牡蛎，于是将其命名为“le Port aux Huistres”（意即牡蛎港）。在他画的一幅地图（1632年）上，“R. aux Escailles”注入同一片海湾，而在奥格尔比[2]的《美洲》（1670年）中，那幅名为“Novi Belgii”[3]的地图上，“Port aux Huistres”一词也标注在同一个位置。另外，1633年离开新英格兰的威廉·伍德（William Wood），在他1634年出版的《新英格兰的景象》（*New England's Prospect*）一书中，提到查尔斯河（Charles River）有“一个巨大的牡蛎场”，米斯蒂克（Mistick）也有一个，两者都阻碍了船只通行。“这些牡蛎，”他说，“个头很大，形状很像鞋拔子，

1 指指南针上的度数。

2 约翰·奥格尔比（John Ogilby，1600—1676），苏格兰人，翻译家、演出经理和制图员。下文的《美洲》一书即他的著作，书的全名为《美洲：关于新大陆最新和最准确的描述》（*America: being the latest, and most accurate description of the New World*），书中配有精美的插图。

3 拉丁语，意为“新荷兰”。荷兰人早于英国人来到美洲，并先占领了哈德逊河沿岸的地区。今天的纽约当时被称为新阿姆斯特丹，这一带当时也被称为新荷兰。

有些长达一英尺，它们长在每次大潮都裸露的滩涂上。去掉壳之后的牡蛎肉很大，你不得不先把它切成小块，然后才能送进嘴里。”现在那里依然产牡蛎。（还可参考托马斯·莫顿[1]的《新英格兰的迦南》，第 90 页。）

我们的房东告诉我们，要获得大西洋浪蛤，并不容易；人们用钩子把它们耙出来，然而并不是在大西洋岸边，那里只有在风暴过后才有少量的大西洋浪蛤被抛到岸上。渔夫有时要蹚水走在几英尺深的海水里，用尖头的长木棍在前面的沙子里打探。一旦木棍戳到蛤的两瓣壳中间，蛤就会紧紧地把壳闭上，这时渔夫就把它提起来收入囊中。人们已经懂得捕捉并饲养以蛤为食的骨顶鸡和水鸭。后来有一天，我碰巧在新贝德福德（New Bedford）的阿库什内特（Acushnet）的堤坝上看鸭子，有个人跟我说，那天早上退潮时，他将小鸭子放出去，让它们在河边的盐角草等植物中找吃的去，后来他注意到有只鸭子一直站在草丛中间不动，似乎有什么东西阻碍了它，使它无法跟在其他鸭子后面，于是他走上去看个究竟，结果发现鸭子的脚被蚌蛎紧紧地咬住了。他将鸭子连同蚌蛎一起带回家，他的妻子用刀子撬开蚌蛎，救出鸭子，并把蚌蛎煮了。老人说大蛤都很美味，但他们在煮之前，总是会先

1 托马斯·莫顿（Thomas Morton，1579—1647），英国人，美国早期的移民者、律师、作家和社会改革家。

美洲骨顶鸡
American coot

切除蛤有毒的部分。“人们说那东西能毒死一只猫。”我没有跟他说那天下午我吃了一整只大蛤，但是我开始觉得自己比猫要强壮一些。他说小贩会来附近转悠，有时会向妇女兜售一种漏勺，但他告诉他们，他们的妻子有一种更好的漏勺，那就是蛤壳，那形状简直就跟量身定做的一样。有些地方叫它“漏不离儿”。他还说“日三号哭”这种水母有毒，水手看到了都不敢碰，而是将它们远远地推开。我跟他说那天下午我就捉过一只，至今没觉得有什么异样。但他说碰过这种水母的手会发痒，尤其是之前刮伤的地方，或者我把这种水母放到胸口，就知道了。

他跟我们说，海角的背面从不结冰，或者说，一百年结冰不会超过一次，那里只下很小的雪，而且不是被地面吸收，被风吹走，就是被水冲走了。冬天有时候水位很低，海滩都冻硬了，变成海角背面一条长约三十英里的马路，马路光滑得就跟地板一样。有一年冬天，还是小孩子的他和父亲一起，天不亮就沿着海角背面一直走，走到普罗温斯敦，再回来吃晚饭。

我问他们如何利用那些看起来荒芜的土地，因为我很少看到耕地，“压根就没有利用。”他说。

“那为什么要把它们围起来？”

“为了不让沙子吹进来，弄得整块地都是沙子。”

“那些黄色的沙子，”他说，“是能动的活物，那些白色的沙子则不怎么动，或者干脆一动不动。”

有一次在回答他的问题时，我告诉他我曾做过土地测量员，他说那些人来测量他的农场时，习惯将测链套在手肘上，以测量崎岖不平的土地。这就是他们所给的余地，他想知道我是否能告诉他，为什么他们不是根据他的地契来，或者干脆量上两次。他看起来更加尊敬旧式的测量员，对此我一点也不感到意外。“乔治三世国王[1]，”

1 指英国的乔治三世国王，1760—1820年在位。

他说，“铺设了一条四杆宽的马路，笔直地穿过整个海角。”然而这条路现在在什么地方，他却说不上来。

土地测量员的故事使我想起一个长岛人，有一次我坐他的船，正准备从船舷跳到岸上，他认为我低估了距离，很可能跌入水中——虽然我后来发现他是以自己的关节柔韧性来判断我的关节柔韧性的。他还告诉我，有一次他想跃过一条小溪，他抬起一条腿，如果脚能够遮住对岸的一点，那么就可以跳。“唷，”我对他说，“甭提什么密西西比河和其他小河了，我能用脚遮住一颗星星，但我可不会尝试跳那么远。”并问他怎么判断他的腿抬到了正确的高度。然而他认为自己双腿的精确度不会比任何螺旋分规仪[1]或者普通的象限仪[2]差，而且似乎艰难地回忆起两腿所画弧线的每一度和每一分，他想让我相信他的髋关节只需用力一顶，就可大功告成。我提议他应该在两个脚踝之间绑上一根适当长的线，作为弧线的弦，并在水平面上测量他的弹跳能力——假设一条腿与水平面垂直，虽然这个假设也许过于大胆。无论如何，正是这种与腿有关的几何学使我听得津津有味。

我们的房东热衷于告诉我们每个池塘的名字，并要我们跟着他念，以便检查我们说得对不对。大部分池塘我们从窗户就可以望到。它们分别是鸥池、纽科姆池、斯威特池、斯劳池、蚂蟥池和鲱鱼池，其中周长超过一英里的鸥池面积最大，池水深邃而清澈，非常漂亮。如果我没记错的话，涨潮期间这些池塘全都连成一片。海岸测量员曾问他这些池塘的名字，他跟他们说了一个他们还没发现的池塘名字。他说池塘的水位没以前高了。大约在他出生前四年，这里发生过地震，地震把池底的铁质岩震裂了，导致池塘下陷。我不记得书里这么说过。经常有无数只海鸥来这里栖息，但是那种大海鸥现在变得非常稀少，据他说，是因为英国人在它们北方的繁殖地大肆猎

1 又称分厘卡，是一种测量长度的精密仪器。

2 一种古代天文仪器。

草原松鸡
greater prairie chicken

杀的缘故。他清楚地记得利用“鸥屋”射杀海鸥，以及夜里用煎锅和火把猎杀幼鸟的事。有一次他的父亲因此而失去了一匹宝贵的马。黑夜里，一帮从韦尔弗利特来的人为了抓鸟而在比林斯盖特岛燃起了火把，二十四匹马当时正在那里吃草，这匹雄驹也在里面，马儿受惊之后，奋力地想通过一段水道（这条水道将他们和相邻的海滩分隔开来，在枯水期，这条水道是可以涉水而过的），结果全部跳进海里淹死了。我发现，整个夏天，一直有许多马在小岛上和韦尔弗利特、伊斯特姆和奥尔良的沙滩上吃草，那些地方属于公共用地。他还描述了他小时候会在“野鸡”回林子的窝休息后，趁机捕猎。他说的这种“野鸡”也许就是草原松鸡。

他很喜欢煮得绿绿的海滨山黧豆，也喜欢吃人工栽培的豆子。他曾在纽芬兰（Newfoundland）见过大片的海滨山黧豆，当地人也吃它，但他一直没能获得成熟的豆子做种子。我们在查塔姆的条目下，读到“1555 年大饥荒期间，（英国）苏塞克斯郡（Sussex）牛津周围的人由于食用这种植物的果实而免于饿死。海滩上到处长满了这种植物。马、牛、羊都在吃它。”但是引用这段话的作者却不知道，巴恩斯特布县的人也在吃这种豆子。

那么，他是否在海上航行过呢？噢，他年轻时可是全世界都跑过。他一度认为自己可以胜任我们所有海岸的领航员，但他们把地名改得厉害，他可能会为此而伤透脑筋。

他给我们尝了一种名为“夏甜（Summer Sweeting）”的非常好吃的苹果，这棵树是他亲手种植的，而且经常嫁接，但他从未在其他地方见过这种树，只有一次例外——他航行经过纽芬兰还是沙勒尔湾（我记不清是哪个了）时，发现了三棵这种树。他深信自己隔着老远就能认出这种树。

后来，傻子（我的同伴称他为鬼才）走了进来，嘴里嘟哝着，“该死的书贩子，一直念叨着书。最好想个对策。该死的。我要杀了他。把医生叫来。该死的，我要拿枪把他杀了。”他的头一次也没有抬起来过。老人听了之后站了起来，高声说道（好像他已习惯发布命令，而且这并非他第一次被迫行使自己的权利）：“约翰，坐下，少管闲事，我们之前就听你念叨过，你不会这么做的，你是刀子嘴豆腐心。”然而，约翰压根就没有在意，又把相同的话咕哝了好几遍，然后就在桌旁坐了下来，其他长辈已经吃完饭，离开了桌子。他把桌上的东西全吃了，接着又吃起了苹果，他那年老的母亲正在削皮，准备给客人做早餐吃的苹果酱，她把苹果拿走，把他轰走了。

第二年夏天我又一次来到这里，这户人家面向大海，位于一片荒凉的山坡上，这里倒是适合作为莪相（Ossian）[1] 的出生地。我在山上的玉米地里看到了傻子，不过，他的样子依旧那么奇怪，害

1 传说中 3 世纪时爱尔兰英雄、吟游诗人。

我以为他是稻草人。

他是我们见过最乐观的老人，而且保养得非常好。他的话鄙俗而坦率，风格跟拉伯雷（Rabelais）[1]倒是很相近。假如由他来扮演巴汝奇（Panurge）[2]的话，会演得很好。或者确切地说，他是位严肃的西勒诺斯（Silenus）[3]，我们则是听他讲故事的男孩柯若米斯（Chromis）和纳西勒斯（Mnasilus）。

> 即使在听哈蒙尼山下的色雷斯[4]诗人，
> 抑或是可怕的日神在品都斯山[5]上吟唱时，
> 我们也不会如此的沉默，如此的满怀敬意。

他的话奇怪糅合了过去和现在，因为他生于乔治国王[6]时代，可能还记得拿破仑和当代人出生的大概时间。他说，殖民地和宗主国之间首次爆发冲突时，他只有十五岁，有一天他在车上用叉子卸干草，一个名为多恩的老亲英派，正和他父亲（他父亲是名优秀的辉格党员[7]）说着话，那个老亲英派突然对他说，“嘿，比尔叔叔，说到殖民地争取独立，你还可以用叉子把那个池塘叉到海里去。”他清楚地记得华盛顿将军，记得他骑马穿过波士顿街道的样子，他还站起来展示给我们看。

“他的块头相当大，身材壮硕，是个很有男子气概，性格坚毅的军官，他骑马时的腿形很优美。”“那，我跟你说，华盛顿是这样子的。”说着他突然又站了起来，朝左右两边优雅地鞠了一躬，做出正挥着帽子的样子。他说，“华盛顿就是这样。”

他跟我们讲了独立战争期间的许多趣事，当我们告诉他这些我们在书里读到过时，他非常高兴自己的描述和书里写的一致。

“哈，”他说，“我知道，我知道！我当时是个十六岁的小伙子，

1　法国文艺复兴时期的讽刺作家，著有《巨人传》一书。

2　《巨人传》中的人物。

3　希腊神话中的森林之神，是酒神的养父。

4　色雷斯人是巴尔干半岛最早的居民，擅长音乐、舞蹈和诗歌，希腊文化深受其影响。

5　南欧巴尔干半岛的一座山脉。

6　指英国国王乔治三世（1738—1820），乔治三世在位期间发动了一连串的反法战争。

7　指美国辉格党。

耳朵灵着呢。那个年龄段的小伙子，你知道，脑子相当清醒，所有发生的事情他都知道。哈，我就知道！”

他给我们讲了去年“富兰克林”号在这里沉没的故事：那天一早，一个男孩跑到他家来，问岸边的那艘船是谁的，因为有一艘船遇险了，而他，作为一名上了年纪的老人，先吃完早餐，然后走到岸边的斜坡顶上，找到一个舒服的位置，在那里坐下来，看着那艘船沉下去。船在沙洲上搁浅了，距离他只有四分之一英里，距离岸上那些人就更近了，他们已经准备好了一艘小船，但是由于风浪太大，无法施救。乘客全部聚集在船头，有些正爬出舷窗，被其他人拉上了甲板。

“我看见船长拿出了救生艇，”他说，“这艘救生艇很小，接着他们像箭一样，一个接一个笔直地跳了进去。我数了数，一共有九人。其中一个是妇女，她跳的姿势跟他们一样直。随后他们撑船离开。海浪把他们向后推，一个浪头打过来，当他们再次出现时，我数了数还有六个人紧紧地抓着船舷。第二个浪直接把船掀了个底朝天，他们全都掉进了水里。没有人活着游到岸上。剩下的人全都挤在前甲板上，船的其他部位已经沉没。他们目睹了救生艇上发生的一切。后来一个汹涌的大浪打来，船体断裂，使前甲板和沉船分离，前甲板处于惊涛骇浪之中，岌岌可危，这时小船终于抵达，把所有人都救了下来，除了一名妇女。”

他还跟我们讲了几个月前“坎布里亚”号汽船在这里搁浅，以及船上的乘客在他的院子里闲逛的事。他说，这些英国乘客觉得，从岸边的高山上望去，景色“美得无以复加”，还有两位女士拿他放在池子里的捞网开玩笑。他谈论这些有钱人时的语气，就跟乔治三世时代我们的乡村耆老在谈论英国纨绔子弟的语气一样。

Quid loquar?[1] 为什么要重复他对我们说过的话呢？

1 意为“什么？”，出自古罗马诗人维吉尔的诗歌《牧歌》的第六首。

Aut Scyllam Nisi, quam fama secuta est,

Candida succinctam latrantibus inguina monstris,

Dulichias vexâsse rates, et gurgite in alto

Ah timidos nautas canibus lacerâsse marinis? [1]

那天夜里，我开始感受到自己吃下去的那个大西洋浪蛤的威力了，我不得不向房东承认自己并不比他所说的猫强壮多少，但他回答说，他是个坦率的人，他跟我讲的一切都是凭空捏造的。他的话至少对我起了催吐的作用，我有一段时间非常难受，他却嘲笑我。后来我读《莫特的故事》，看到清教徒在普罗温斯敦港上岸的情况时，很高兴地读到下面这段文字："我们看到一些巨大的贻贝（老编辑说它们是海蛤无疑），打开看里面除了肥肥的肉，还塞满了珍珠；但我们却不能吃它，因为那些吃过的人都会感到恶心，无论是水手还是乘客，……不过他们很快又会恢复正常。"想到自己和清教徒有类似的经历，觉得这不禁拉近了我和他们之间的距离。而且，这是对他们故事的一次可贵证明，我现在打算相信《莫特的故事》里的每一句话。我还很高兴地看到人和蛤由于同一原因而静静地躺着。可是我没有看到珍珠。我肯定像克利奥帕特拉（Cleopatra）[2]一样，把它吞了下去。后来，我还坐着平底船在海湾挖过这种蛤，并认真观察过它们。从沙滩上的水印可以推测，它们喷出的液体可以射得很远，顺风的话可达十英尺。

"现在我想问你一个问题，"老人说，"我不知道你是否能告诉我，但你是个有学问的人，我却从未学过什么，除了那些自然而然学到的东西。"我们提醒他，他能够引用让我们困惑不已的约瑟夫斯[3]的话，但是没有用。"我一直在想，如果我能遇到一

1 此段讲述的是希腊神话中的女海妖斯库拉吞吃水手的故事，出自古罗马诗人维吉尔的诗歌《牧歌》的第六首。

2 即埃及艳后，传说她曾与安东尼打赌而喝掉了价值连城的珍珠（把珍珠碾碎洒在醋里，然后喝掉）。

3 约瑟夫斯（Josephus，约37—100），犹太历史学家和军人。

个学者，我就要问他这个问题。你能不能告诉我 Axy 是怎么拼写的，有什么含义？ Axy。”他说：“这儿有个女孩名叫 Axy。请告诉我那是什么？有什么含义？是《圣经》里的谁吗？《圣经》我已经读了二十五年，不知看了多少遍，却从未见过这个名字。”

“你是为了这个才读了二十五年《圣经》的吗？”我问。

“呃，这个词怎么拼呢？老婆，这个词怎么拼？”

她说：“《圣经》里有这个词，我看到过。”

“那你是怎么拼的呢？”

“我不知道。Ach，ach，seh，seh，——Achseh。”

“这个词读 Axy 吗？好吧，那你知道它的含义吗？”他向我问道。

“不知道，”我回答，“我从未听过这个发音。”

“曾经有个男教师来过这儿，他们问他这个词的含义，他说就是‘豆架子’的意思。”

我告诉他我和那位男教师的看法相同。我自己也当过教师，也曾遇到过各种奇奇怪怪的名字。我还听说过像 Zoheth，Beriah，Amaziah，Bethuel 和 Shearjashub 这样的名字。

后来，一直坐在炉边的小男孩脱掉了长筒袜和鞋，开始烘脚，之后，他给自己的痛脚重新上了药膏，就去睡觉了。接着，傻子也仿效他，露出了自己那多骨节的腿和脚。最后，老人也在我们的注视下，露出了自己的腿肚子。以前从未有机会欣赏老年人双腿的我们，惊讶地发现那双腿既白皙又丰满，好像婴儿的一般，我们认为他是不无骄傲地向我们展示自己的双腿。接着他准备睡觉，同时以一种巴汝奇式的坦率向我们诉说老年人罹患的各种病痛。我们是他的罕见渔获。除了牧师之外，他一般没有对象可以说话，尽管有时候他们一次就来十个，他很高兴遇见有空的普通人。那个夜晚对他来说有点短了。我身体不太舒服，于是老妇问我是否想去睡觉，对老年人来说时候已经不早了，但老人的故事还未讲完，他说：“你没什么不对劲，对吧？”

“嗯，没有，”我说，“不急。我想我已经平安通过了蛤角[1]。”

“它们是好东西，”他说，“我希望现在能来一点。”

“它们可伤不了我。”老妇人说。

“可是你把能杀死一只猫的那部分先取出来了。”我说。

后来我们打断了他的故事，他答应早上再接着讲。然而，晚上到我们房间来将壁炉遮板（它一直嘎嘎作响）拴紧的那个老妇出去时，还是谨慎地将我们反锁在屋里。老妇人生性比老头子多疑。但是，夜里狂风呼啸，把壁炉遮板和窗户都震得呼啦啦响。对任何地方来说，也许那只是一个普通的有风夜晚，然而我却分辨不出哪些是大海的咆哮声，哪些是风声。

对于那些住在海边的人来说，大海发出的声响肯定大有讲究且非常有趣。第二年夏天，当我已经离开这处海岸，正在爬四分之一英里外的一座小山时，我突然被海上传来的一声巨响吓了一跳，听起来就好像一艘大轮船在海边放蒸汽。我不禁屏住呼吸，同时感到自己的血液瞬间冷却，我回过头来，预料到将会看到一艘极度偏离航线的大西洋轮船，但是海面却不见异常。在我和海洋之间有一处低矮的沙坝，那里是溪谷的入海口，我怀疑自己在登山时进入了另外一个大气层——它只向我飘送大海的普通咆哮声——我立刻又爬下来，看看那个声音是否还在。然而，那个声音一两分钟后就消失了，可是自始至终几乎一点风也没有。老人说这就是他们说的“发情”，是风向变化之前海洋特有的一种咆哮声，然而，他也解释不了原因。他认为自己只需听海声就能预测全部的天气变化。

1638 年来到新英格兰的老乔斯林[2]，就在天气征兆中写到这一点，他说：“没有明显的风时，海水撞击岸边的回响，和树林里呼呼的风声，都预示了将要起风的天气。”

1 作者这里把吃蛤而引发身体的不适比喻为轮船通过海角时遭遇的困难。

2 指 17 世纪英国旅行家约翰·乔斯林（John Josselyn）。

后来有一个晚上，我们在另一处海滩，听到了一英里外海浪的咆哮声，当地居民说这是将改吹东风和即将下雨的征兆。东边某处的海水涌了上来，咆哮声是它为了维持自身平衡而发出的，海浪比风更先抵达海岸。一名在美英两国之间行驶的邮船船长也跟我说，他时常会在大西洋上迎风遇到一股海浪，海面当时也许非常平静，这预示着远处的风正朝相反的方向吹，但是海浪跑得比风要快。水手们谈论着“潮流激浪”和“海底涌浪”，认为这些海浪是由海啸和地震引起的，它们走了几百英里，有时甚至要经过两三千英里的长途奔袭，才来到这里。

第二天早上日出之前，他们将我们放了出去，我跑到海滩上看日出。早晨的气温很冷，但那个经历过八十四个寒暑的老妇已经起来了，她光着脚，像年轻女孩一样，轻快地把奶牛赶上来挤奶。她迅速地准备好早餐，静悄悄的，没有一丝忙乱。与此同时，老汉已经在继续讲他昨天的故事，我们坐着，老汉背对着烟囱站在我们面前，不时地从左右两边朝身后的壁炉吐烟沫，丝毫不顾那里正放着几盘还没做好的食物。早餐有鳗鱼、乳酪蛋糕、冷面包、青豆、油炸圈饼和茶。老汉滔滔不绝，当妻子要他最好先吃早餐时，他说：“不要催我，我已经活到这把年纪，凡事尽可从容。”我吃了苹果酱和油炸圈饼，我认为它们受老汉的烟沫影响最小，然而我的同伴却没有吃苹果酱，而是吃了热蛋糕和青豆，在他看来这两样东西占据了壁炉边最安全的位置。在后来我俩交换意见

美洲鳗鲡
American eel

时，我告诉他乳酪蛋糕上的烟沫尤其多，我有几次看到老汉的唾沫星子喷在上面，因此我没有碰乳酪蛋糕。但他说，不管怎样，他目睹苹果酱沾了大量烟沫，因此他没有吃苹果酱。早餐后，我们看到老汉的挂钟不准，由于没有橄榄油，我们就用“鸡油（hen's grease）”给钟上了油，他仍难以相信我们不是补锅匠或者小贩。与此同时，他给我们讲了个有关幻觉的故事，故事提到有个冬夜挂钟盒子被冻出了一条裂缝。老汉很想知道我们属于哪个教派。他说他年轻时曾在一个月内听了十三种布道，但他一个教派也没有参加——他坚持读自己的《圣经》。他们中的任何一个都不如他的《圣经》。正当我在隔壁房间刮胡子时，我听到他在问我的同伴属于哪个教派，他回答说：

欧活血丹
ground ivy

神香草
hyssop

欧芹
garden parsley

“噢，我属于‘兄弟友爱派’[1]。”

“什么？”他问，“是‘兄弟节制派’[2]吗？”

口袋里塞满了油炸圈饼（他很高兴地发现我们对这种食物的叫法和他相同），并且付了食宿费之后，我们终于告辞了。但他跟我们走到门外，要我们告诉他各种蔬菜的名字，这些菜是他用“富兰克林”号上的种子种出来的，里面有卷心菜、花椰菜和欧芹。我问了他这么多东西的名字，他反过来也要考考我，要我说出他菜园里所有植物（包括野生和人工栽培的）的名称。

1 原文为 Universal Brotherhood，意为“世界大同，兄弟互助”，是作者同伴胡谄的一个教派，因为名字中的 brotherhood（兄弟）一词和 Sons of Temperance 中的 sons 含义相同，所以老人误以为是下文的“兄弟节制派”。

2 原文为 Sons o' Temperance，直译为“节制的弟兄们”，是 1842 年成立于美国纽约的一个兄弟互助组织，这个组织提倡节制和互相帮助。19 世纪 40 年代在美国和加拿大部分地区迅速蔓延。

鱼鹰
osprey

菜园大约有半英亩，全部由他一个人侍弄。那里除了一般蔬菜以外，还种有皱叶酸模、香蜂花、神香草、活血丹、绿毛山柳菊、繁缕、西北蒿、土木香，等等。我们站在那儿时，我看到一只鱼鹰俯身从他的池塘里抓了一条鱼。

“看，”我说，“它抓了一条鱼。”

“可是，”一直在那看却什么也没看见的老头说，“它并没有潜到水里，它只是弄湿了自己的爪子。”

果然，它这次没有潜水（尽管据说鱼鹰经常这么做），它只是把身子伏得很低，然后用爪子把鱼抓出来。但它抓着鱼飞过灌木丛时，鱼掉了下来，我们没有看到它下来找。那不是鱼鹰的习惯做法。

就这样，在和老人又说了一通俏皮话之后，他光着头站在屋檐下，向我们指示“穿过田野”的路线，我们又来到了海滩，这时候时间已经不早，快到中午了。

仅仅过了一两天，普罗温斯敦银行的保险柜就被两个内陆来的人撬开并抢劫一空，我们得知那两个好客的主人心里确实至少闪过一个念头，认为我们便是那两个窃贼。

Chapter 6

又见沙滩

大西洋浪蛤
Atlantic surf clam

我已经说过，顺着海岸走，可以一直走到高沙堤，沿途照例要经过几处杨梅林，杨梅的树干都伸到了沙滩上。这可能是除了栎木林之外，此地最常见的一种灌木了。我被它那芳香的叶子和灰色的小浆果所吸引，它们一簇一簇的，挂在短短的枝头，正好位于去年生长的叶子下方。我只认识两种康科德的灌木，但它们都是不结果的父本植物。浆果闻起来有一种小糖果似的香味，在它们的点缀下，灌木显得尊贵不少。罗伯特·贝弗利（Robert Beverley）在他 1705 年出版的《弗吉尼亚史》（*History of Virginia*）一书中说过，“在河流的入海口、沿海和港湾，以及众多的小溪和沼泽地附近，生长着一种香桃木，它们的果实表面有一层蜡，又脆又硬，呈奇妙的绿色，提炼后则几乎变得透明。当地人用它制作蜡烛，这种蜡烛毫不油腻，天气再热也不会融化；而且熄灭后也不像那些用动物油脂做成的蜡烛一样，发出难闻的气味。相反，如果不小心熄灭了，它们会散发一种很好闻的香味，使整屋子的人都感觉非常舒服。因此，那些讲究的人家经常故意吹灭蜡烛，以获得这种香气。新英格兰的一名外科医生据说最先发现了这种易熔的浆果，将其制成药膏，并治好了很多人。”从树上累累的果实我们可以看出，当地人并未大量采集这种浆果以获取油脂，尽管我们刚刚离开的那户人家家里就有一块杨梅脂。后来我自己做了一些。四月里，我把篮子放在光秃秃的枝杈下

香桃木
common myrtle

面，然后用两只手使劲地搓树枝，就这么过了二十分钟，我收集了大约一夸脱的浆果，我继续搓，直到集满三品脱，其实我本可以用一根合适的耙子和一只浅口的大篮子来收集浆果，这样采起来速度更快。它们整颗泡在油里，所有的缝隙都浸润着油脂，直至果核，果实的表面则皱巴巴的，有许多橘子样的小突起。油脂升至表面，使之看起来就像一锅美味的黑色肉汤，散发出类似香膏或者药茶的香味。等它冷却，撇去表面的油脂，再次进行熬煮并过滤。我从三品脱的浆果中提取了重约四分之一磅的油脂，还有更多的油脂留在果实里。有一小部分油脂冷却后形成了玉米粒般大小的晶体，就像一个个压扁了的小半球（我称之为“金块”，并将它们从浆果中拣出来）。劳登[1]说：“跟野生的杨梅树相比，据说人工栽培的产蜡要多一些。”如果你的手在松林里沾上了松脂，

1　约翰·克劳迪厄斯·劳登（John Claudius Loudon，1783—1843），苏格兰植物学家、园艺师和公墓设计师。

你只需用力搓这些浆果，松脂就会熔化。然而那里的大海如此宏伟壮观，竟使我们将杨梅和人类通通抛到了脑后。

今天的天气非常好，海水也不再是汹涌的墨绿色，海浪依旧冲刷着沙滩，然而浪花却显得晶莹闪亮，充满活力。那天早上我看到了海上日出，太阳就像从大海里升起来似的：

黎明披着橘黄色长袍，匆匆忙忙地从海水中起身，她要给仙界和俗世带去光明。

太阳从遥远的海上升起来，一开始它被地平线上看不见的云给挡住了，直到升得很高才看清原来它躲在云层的后面，阳光宛如一支箭，直接射穿了云层，并将其驱散。但我仍以为它是从陆地上升起，我无法轻易地想象太阳是从海面上升起。海平面出现了几艘船，它们夜里绕过了海角，正铆足了劲朝其他地方驶去。

我们又一次来到特鲁罗南部的海滩。时值上午涨潮时分，海滩很狭窄，沙子很柔软，我们走在沙坝上，这里的沙坝很高，但是没有昨天的那一处高，因为不时会出现浅坑。《东海岸纪事》的作者是这么描写这个地方的："沙坝又高又陡。往西去是一条一百码宽的沙带。紧连着是一片四分之一英里宽，几乎无法穿越的矮灌木丛。再过去是茂密的森林，人在里面会迷失方向，因那里没有一户人家。因此，尽管这两处沙坑（纽科姆坑和布拉什坑）之间距离遥远，水手们也不能走那片树林，因为在风雪天他们必死无疑。"这仍是本地的真实写照，除了已没剩下多少高大的林木。

不少船像海鸥一样在海面疾驰，船首的斜桁垂木时而半隐没于波谷之中，时而位于风口浪尖，它们正破浪前行。一艘顺着海岸行驶的三桅帆船，突然地卷帆抛锚，并调转船头，向我们驶来，这时它离岸边只有半英里。一开始我们以为船长要和我们说话，或许我们没有留意它的求救信号，如果水手的话应该知道是什么意思。由于我们拒不施救，他便大声谩骂，说我们是冷心肠的劫掠者。几小时过去了，那艘船依旧停在我们身后，我们纳闷它怎么能够磨蹭这么长时间。难道那是一艘走私船，选择在这片无人的海滩卸货？或者他们想捕鱼，还是想给船上漆？微风轻拂，海角附近此时已出现了成倍的其他三桅帆船、两桅帆船和纵帆船。不久便有其他船从它身边驶过，我们都松了一口气。一些船落后了，其他船则铆足了劲往前开。我们仔细观察着这些船的船桅和外观，以及航行时的样子，因为它们之间有着不亚于生物之间的巨大差异。不过令我们感到惊奇的是，它们能在茫茫大海中找到波士顿、纽约和利物浦的方向，并直接朝目标驶去，仿佛水手在如此广阔的高速公路上行驶时，会将一切的凡尘俗务都抛到脑后。水手们可能从西部群岛装载了橘子，他们会把果皮运回来吗？我们不妨也把我们那些旧家具运过这片永恒之海。对于那片神圣的群岛而言，这是否只是另外一种“贸易洪灾”？天堂是不是一个像利物浦码头这样的港口？

我们没有休息，继续往前走，经过内陆的荒漠和灌木，沙漠，绵延的高沙堤，宽阔的白色海滩，浪花，沙洲上的绿色海水，以及大西洋。我们经过了长途跋涉，欣喜地来到一片新的海岸；我们利用新学的知识，又经历了一堂有关海马背鳍、海象尾巴、水母和大西洋浪蛤的课。波浪跟昨天一样地翻滚着。大海似乎在退潮，这正是我们所期盼的，可是几小时过去了，它看起来却没有什么分别。然而我们身边这片动荡不安的海水一边正努力保持着自身的平衡，一边步履蹒跚地向前走着。海水仿佛自带经纬线，海浪一过，沙滩便被重新织了一遍，在海浪的巧手飞快地编织下，沙滩上出现了一道凸起的清晰棱边。我们一点也不赶时间，因为我们希望慢慢地欣赏大海，而且，说实话，在软软的沙子上也走不快，一英里路耗费的时间，我们在其他地方可以走上两英里。另外，上下沙坝时鞋里总是会进沙子，我们不得不经常停下来倒掉鞋里面的沙子。

今天早上我们在海边散步时，偶一回头，看到有一大团黑乎乎的东西，刚刚被海浪冲上岸来，但由于距离太远我们看不清是什么东西。我们正想折回去看个究竟，却突然从沙坝上冲下来两个人，在此之前沙坝上一个人也没有，这两个人就好像从沙里冒出来似的，他们想把那个东西打捞上来，以免它被下一波海浪卷走。我们慢慢地走上去，那东西的形状看起来依次像一条大鱼、一个溺水的人、一块帆或者一张渔网，最后发现那是一团粗麻布，是“富兰克林”号上装载的货物，那两个人将它装进了手推车。

海滩上的物体，不管是人还是无生命的东西，看起来都不仅极其怪异，而且要比实际形状更大，更加的不可思议。不久前，当我们快走到此处以南几度的海岸时，看到前方半英里外的海滩上，似乎出现了一道陡峭嵯峨的悬崖，悬崖有十五英尺高，被阳光和海浪漂得发白。然而再走近几步看我们发现它只不过是几堆低矮的破布——某艘失事船只的货物——高度几乎不超过一英尺。我也曾经在某次船只失事一周后，奉命搜寻一具受到鲨鱼袭击，刚刚被海浪抛上岸的尸体残骸。根据某处灯塔发来的指示：我应该在距离海水十几杆，范围一两英里的沙滩上寻找，尸体上盖着一块用树枝撑起来的布。我以为自己必须非常仔细地寻找一个这么小的物体，然而半英里宽的沙滩是如此的光滑和了无一物，一眼望不到边，海边的蜃景将一切东西都放大了，当我距离它半英里远时，那根用作标记的小木片看上去就像是一根漂白了的船桅，那具尸体则非常醒目，仿佛气派地躺在沙滩上，似一代人辛辛苦苦在那里堆积而成的石冢。走到它们跟前，我发现它们不过是几块附有一点肉的骨头，实际上是绵延的沙滩上一点细微的凸起而已。它们一点也不引人注目，既不惹人讨厌，也不会令人想入非非，真是不可思议。但是，就在我站在那儿的时候，它们却逐渐地膨胀起来。它们独自和沙滩、大海待在一起，大海那低沉的咆哮声似乎是专为它们发出的，我被深深地感动了，就好像它们和海洋之间达成了某种谅解，将我连同那些假惺惺的同情不可避免地排除在外。那具尸体已经占据了这片沙滩，它凭借着一种属于自己的权威，以一种任何活人都无法比拟的方式统治着这片沙滩。

后来我们看到了许多小块的粗麻布被冲到岸上，我听说这种布被发现时，

Pecten concentricus

Astarte castanea

Natica heros

一直保存完好，即便到了那年十一月，仍有一次打捞的记录。

我们迫不及待地往口袋装鹅卵石，它们和扁圆形的贝壳一起，零星地散落在一些地方，这里也有。但是，我们听说，它们变干之后，就没这么漂亮了，每次坐下来，我们都要把口袋翻过来，把最不好看的那些扔掉，直到剩下的每一颗都是精品为止。海浪把每样东西都滚成了鹅卵石的形状，不仅有各种石头，还有某艘船上掉下来的硬煤块儿、玻璃碎片儿，一次还有一块三英尺长的泥炭，这东西在几英里内都难得一见。地球上所有的大河每年（假如不是经常的话）都要向海洋倾倒大量的木材，这些木材将漂往遥远的海岸。我还见到过非常完美的鹅卵形砖块，和几块从沉船落到海里的橄榄油香皂，它们被滚成了标准的圆柱形，依然带着螺旋形的红色条纹，像理发店的招牌一样。一旦有破衣服被冲上岸，衣服上的每个旧口袋和暗兜在卷上沙滩的过程中，都鼓鼓囊囊地填满了沙子。有一次，某个遇难者的衣服口袋即便被打捞漂流木的人撕开后，还是很鼓，我不禁想，可以通过口袋里的东西来确认死者的身份。遇难者的手套看起来就好像正戴在手上一样。衣服里的水很快被拧干，并蒸发掉，但是钻进缝隙里去的沙子却没那么容易去除。众所周知，海滩上捡来的海绵，即使时间已

Fusus decemcostatus

Asterias rubens

经过去很久，依旧带有沙子，不管你多么努力地想去除它。

我在沙坝上发现了一块灰黑色的石头，形状和大西洋浪蛤一模一样，大小也相同。而且，更奇异的是，石头的一半已经脱落，躺在附近，形状和大小与这种蛤的一个壳瓣相同，石头的另一半则有些松散，只剩下深色的坚硬内核。后来我看到一块形状很像竹蛏的石头，但它是实心的。看起来好像是石头在形成的过程中，长在了蛤的壳瓣所提供的模具里，也许塑造了海蛤形状的那个规律，也同样塑造了石蛤。那些装满了沙子的死蛤，被称为沙蛤。许多大的蛤壳都填满了沙子，有时候个别壳瓣的沙子装得非常均匀，就好像有人把它灌满后又刮了一下似的。即使在沙坝顶部的许多小石子中，我也发现了一枚箭镞。

除了大砗磲和藤壶之外，我们在海滩上还发现了一种学名为 *Mesoclesma arctata* 的小蛤，我用手在沙洲上挖了好多，这边的当地人在没有砂海螂时，偶尔也吃它。它们的空壳大多都被仇敌打了洞眼。沙滩上还有一种栗色爱神蛤（*Astarte castanea*）。

这里可食用的紫贻贝长在极少数的岩石上，有时它们被成串地冲上来，一串有四五十个之多，全都由绳子似的足丝连在一起，非常奇妙。

大青鲨
blue shark

这里还有可用作纸牌架和针垫的学名为 *Pecten concentricus* 的扇贝壳。

一种学名为 *Natica heros* 的玉螺和它们那被称为“沙圈”的不可思议的巢穴，这些巢穴看起来就像拔掉了塞子的石罐顶部，一侧有缺口，或者说就像一块用砂纸做成的喇叭形围嘴。还有一种学名为 *Concellaria couthoui* 的螺和学名为 *Fusus decemcostatus* 的峨螺。

后来，我们在海湾的一侧看到了一些其他种类的贝壳。古尔德说：“迄今为止，这个海角已经被证明是许多种软体动物迁徙的障碍。”在 1840 年，他认为马萨诸塞州所拥有的 198 种软体动物中，有 83 种没有越过南岸，有 50 种没有出现在海角的北岸。

属于甲壳类的动物有螃蟹和美洲螯龙虾，在沙滩的高处经常可以见到它们发白的壳，还有沙蚤或者滩蚤。我们在海湾一侧看到许多活的美洲鲎，当地人拿来喂猪。它们的尾巴则被印第安人用来制成箭镞。

无脊椎辐射动物中，有一种学名为 *Echinus granulatus* 的海胆，它们的刺通常都被拔掉了。一种学名为 *Scutella parrna*（？）的沙钱布满了巧克力色的刺，但是由于有五个花瓣形的图案而显得又滑又白。海滩上还有一些学名为 *Asterias rubens* 的海星、太阳鱼或者水母。

这里至少有一种海绵。

我在普通高水位线和沙坝底部之间的纯沙架上，零星发现了几种植物，它们是海滨芥、风滚草、冰漆姑、苍耳、海滨一种学名为 *Euphorbia polygonifolia* 的大戟、滨草、一枝黄花以及海滨山黧豆。

我们有时会帮打捞漂流木的人翻大根的原木，或者是把石头滚下沙坝，我们以此为乐，但我们鲜少能让石头滚到水边，因为海滩太软太宽了。有时我们会在有沙洲拦着的浅水里洗澡，海水每一次流动都会把沙子撒在我们身上，水很冷，风也有点大。夏天那里的海水通常只是诱人的风景而已，因为尽管你前面就是海洋（我们后来才知道），然而靠大西洋一侧的海岸却没有人游泳，因为有暗流，而且传说有鲨鱼出没。第二年，他们声称“绝对不会”再到伊斯特姆和特鲁罗的灯塔（海滩上仅有的两处建筑物）那儿游泳，因为他们偶尔会看到鲨鱼冲上沙滩并在那里挣扎。有些人听后一笑了之，不过也许他们笑得出来，是因为他们从不下海游泳。有个打捞漂流木的人跟我们说，他曾经杀死一条十四英尺长的普通食人鲨，并用几头牛把它拉了上来，地点就在我们洗澡的地方。另一个人说他父亲抓到过一条在沙滩上搁浅的、个头小一点的这种鲨鱼，他父亲把鲨鱼倒着立起来，以防它被海浪冲走。我走遍整个海角，他们会跟我讲鲨鱼的可怕故事，我不敢完全怀疑这些故事，比如为了吃到人，有时鲨鱼是如何掀翻一艘船，或者把它撕成碎片的。我很容易就相信暗流的可怕之处，可是十几年一遇的鲨鱼已经足以使一百英里长的海滩都背上这个恶名，对此我毫不怀疑。但是我还要补充一点，七月时，我们在这个地方，沿着沙坝，和海里一条约六英尺长的鱼并排走了四分之一英里的路，那条鱼可能是鲨鱼，它正在离海岸两杆远的海里徘徊，寻找食物。它的鱼身呈浅棕色，在水里显得格外模糊和不显眼，就好像天地万物都在帮助这个大海之子似的，而当它浮上水面，身上就会显示出许多深色的横向条纹或者圆圈。众所周知，即使同一种类的鱼，肤色也会随着栖息地海水颜色的变化而变化。我们看见它游进了一个小海湾或者说澡盆（我们刚刚在那里洗过澡，当时那里的海水只有四五英尺深），仔细察看一番之后它又缓慢地游了出去。但是我们仍去那里游泳，只不过下水之前会在沙坝上观察一下海湾是不是已经被人捷足先登了。我们想，跟海湾相比，或许这里的海水更加生机勃勃，就跟苏打水一样，因为我们和鲑鱼一样特别，而可能遇到鲨鱼这件事丝毫也没有削弱其生命之泉的本质。

我们偶尔会坐在湿湿的海滩上看笛鸻、鹬等海鸟，海浪一冲上来，它们就快步走上前去，等待海水把它们的早餐送上来。笛鸻跑得特别快，保持着直立的姿势，一动不动，几乎难以将它和海滩区分开来。湿漉漉的沙滩上遍布着跳来跳去的小海蚤，海蚤显然是它们食物的一部分。鹬是海滩上一种小型的食腐鸟类，它们的数量众多，能在很短的时间内将搁浅的大鱼吃掉。有一种比鸦鸟大不了多少的海鸟——可能是瓣蹼鹬——会停在浪高五六英尺的汹涌的海面上，像鸭子一样轻快地上下浮沉，它们时而巧妙地飞到距离浪尖几英尺的空中，时而被巨浪打中，几秒钟后又安然地冲了出来，它们的直觉告诉它们自己能挺过来。这种小生命就是用这种方式跟大海嬉戏的，而且它们非常成功，就像浪花一样。在离岸边几杆远的水面上，还有一条几乎毫不间断的直线，那是一群骨顶鸡在随着海浪载沉载浮，整个海角都有它们的身影。它们是海洋边界的一部分，就像梭鱼草之于池塘一样。黄蹼洋海燕既见

灰瓣蹼鹬
grey phalarope

黄蹼洋海燕
Wilson' s storm petrel

于海湾，又见于海角的外侧，关于这种鸟我们读到了下面这段话。“黄蹼洋海燕的胸毛跟所有的水鸟一样，能够防水；但正因为如此，它们的胸毛中不易被水濡湿的物质最适于收集浮油。黄蹼洋海燕的胸部在接触水面的一刹那，收集的动作就完成了，尽管这可能不是它们获取食物的唯一方式，但肯定是它们获得大部分食物的方式。它们奋不顾身地冲过去，直至羽毛都沾上油脂，然后它们停在水面，用喙清理身上的油污。”

我们就这样沿着微微弯曲的海岸往前走，每次抬头，都会望见两三英里远的前方，我们顺着这条海边的人行道走，马路中间的国家高速公路在我们的右手边，海角的沙崖在我们的左手边，没有什么值得上前一看的风景。上午我们看到了沉船的一部分残骸，可能是“富兰克林”号留下的，那块残骸的面积有十五平方英尺，油漆依然很新。要是有抓锚我们就能把它打捞上来，因为海浪总是把它抛到我们的射程之内，但很快又把它取回。对于贫穷的漂流木打捞者而言，这可能意味着一笔可观的收入。因为我曾听说有个人花了三四美元买了那艘沉船的部分残骸，然后作为废铁将其卖出，获得了五六十美元。另一个人，就是捡到船长的手提箱并在里面发现了那封重要信件的那个人，给我看了他花园里种的许多梨树和李子树，这些都是他用“富兰克林”号上的树苗种的，这些树苗被冲到岸上时，全都包裹得很好，上面贴着标签，他说这些可能值五百美元——因为有个名叫“贝尔”的人准备在波士顿附近建个苗圃，正准备进口基苗。他的芜菁甘蓝种子也是这么来的。他的院子里还躺着价值不菲的圆木，它们同样来自这条船和“仙人掌”号沉船。简而言之，当地居民经常到海滩来看看他们都抓到了什么，就像渔夫查看鱼梁[1]，伐木工查看筏堰[2]一样，海角就是他们的筏堰。我听说最近有个人捡到了二十桶完好无损的苹果，可能是一次暴风雨中被抛弃的舱面货。

1 筑堰拦水捕鱼的一种设施：用木桩、柴枝或编网等制成篱笆或栅栏，置于河中或出海口处。

2 横拦于河面或港口的大铁链，或一大批浮木，以防水上运来的木头漂走。

虽然委派了沉船货物的管理人，让他们负责看管那些必须登广告的贵重财物，然而毫无疑问，大量有价值的物品是被秘密运走的。但我们不都是打捞漂流木的人吗？我们千方百计地让珍宝冲上我们的海滩，这样就可以将它们占为己有。我们不正是由一般的谋生方式，从而推断出瑙塞特和巴尼加特（Barnegat）这些打捞漂流木的人的生活习惯的吗？

辽阔狂野的海洋，就这样将人类艺术的垃圾和残骸送到遥远的岸边，很难说它不会吐出什么东西来。它不会让任何东西静静地躺着，即使是长在海底的大砗磲也不行。它仍在吐“富兰克林”号的粗麻布，和一块沉船残骸，那块残骸可能属于某艘一百多年前沉没

条纹狼鲈
striped bass

的海盗船，今天被冲到了岸上。前几年有一艘装载肉豆蔻的船只在这里沉没了，肉豆蔻撒满了整个海滩，而且很长一段时间都没有因为被海水浸泡而变质。不久，有个渔夫抓住了一条鳕鱼，鳕鱼的肚子里全是肉豆蔻。当然了，香料群岛[1]上的人也可能会摇一摇他们的肉豆蔻树，让肉豆蔻掉进海里，漂到世界各地，让那些需要它们的人捡拾。然而一年后，我发现"富兰克林"号上的肉豆蔻变软了。

关于鱼儿吞食的奇怪物品，也许你可以列出一张清单来：水手用的折叠刀，不知道里面装着什么的鲜艳的锡制鼻烟盒，以及罐子、珠宝和《约拿书》。前几天我偶然在报纸上看到下面一小段话。

"一条虔诚的鱼——不久前，我所住的丹顿酒店的房东斯图尔特先生买了一条重达六十磅的条纹狼鲈。剖开来发现里面有一张美以美会[2]的会员证书，上面写着：

成员

美以美会

始创于公元 1784 年

季票 18

牧师

我们这至暂至轻的苦楚，要为我们成就极重无比永远的荣耀。——《新约》

我在此处所受的一切苦楚啊，

假如，上帝，您认为我会看到

那群狂喜的人出现，

并跪倒在您的脚下。[3]

1 也称东印度群岛，是 15 世纪欧洲对盛产香料的东南亚岛屿的泛称。

2 1784 年到 1939 年之间存在的一个基督教卫斯理宗的教派。

3 这是查理·卫斯理写的一首赞美诗的一部分。

“这张纸当然又湿又皱，但是在阳光下暴晒之后，把它熨平，就基本可以看清楚上面的文字了。——《丹顿日报》”

我们自己也不时捞起一件沉船物品，一个盒子或者一只桶，我们把它竖立在沙滩上，并在上面放两根交叉的树枝，以示物已有主。它可能会一直待在那儿，受到打捞漂流木同行们的尊敬，直到一次更强的风暴袭来，把它吹得无影无踪，然后再次被人捞起。我们还捞了一根珍贵的绳子和浮标（我们只是把脚弄湿了），这是一张大围网的一部分，大海正在跟它嬉戏，拒绝一个如此伟大的人物送给你的礼物，似乎有点不太礼貌。我们把它带回家并将它用在花园里。我捡到了一个瓶子，它半埋在湿湿的沙里，浑身长满了藤壶，但是瓶塞却塞得很紧，里面有半瓶红啤酒，闻着仍有刺柏的香味。我想象它是那个喧闹世界的残留物，一边是一望无际的大海，一边是这小小的啤酒之海，且分别保留着自己的特征。它经历了无数的海浪，要是它能告诉我们它的历险记就好了！人类经受不了它这样的考验。然而正当我缓缓地将它倒在沙子上时，我却觉得人类自己就像是已经给时间喝掉了一半，只剩半瓶的淡色啤酒，酒瓶被塞子暂时塞紧了，漂浮在命运的大海上一样，可是不久就会和周围的海浪混在一起，或者跌落在遥远的海滩上。

夏天，我看到有两个人在这里钓鱼。没有鱿鱼，他们就用牛蛙或者一串小青蛙做诱饵。只见它们跟着退潮，抡在头上的钓丝越转越快，将它尽可能远地抛到海里；接着他们后退、坐下，躺在沙滩上，等待鱼儿上钩。这简直就是走到海边，朝大西洋甩下你的钓丝。我不知道是谁在扯着线的另一头，是普洛丢斯还是其他人。当然了，如果你不能把他拉上来，你至少可以让他走，而使自己不被拉下去。他们有丰富的经验，知道这一条会是条纹狼鲈还是鳕鱼，因为这些鱼一直在岸边玩耍。

我们在零星长着粗糙滨草的沙坝上走着，不时在沙丘的背风处坐下来凝望大海，或者看着一艘艘船往南驶去，它们当然都得到了海湾的保佑。我们能看到比半圆多一点的大海，还能瞥见身后的海湾。这里的海无论从哪方面看都不会使人感觉荒凉或者沉闷，因为时常有一百条船同时出现在海面上。天气晴朗的夏日，你通常可以看到八十艘船，领航员有时会靠岸并爬上沙坝，看看有没有船需要他们帮忙。这些船一直都在等待好天气，它们一起驶出了波士顿港。它们一起聚集在温亚德海峡时的情况也是一样，因此你可能有时一天只看到几艘船，而第二天看到一个大船队。整条航道都挤满了挂着许多三角帆和支索帆的纵帆式帆船。不时有帆布又高又宽的横帆船出现在远处的海平面，或者消失并落到海平面的下方。领航船的小小身影随处可见，它们倒着驶向外国船，那艘船刚刚鸣了一炮，炮声在岸边回响，就像沙坝崩塌了似的。我们可以看到领航员正用望远镜注视着远处的船只，那艘船停下来和他对答。为了迎接它，他行驶了几英里；现在它把帆收起来，并一路和他说着话儿，它向领航员传递了一些重要信息，然后永远告别这片海岸。或许驶过的是一艘暗轮汽船，后面绑着一条发生故障的船，要不然那条船就是因为无风而无法前进，它装载的水果很快会腐烂。尽管这些船一声不出，大部分时间都在沉默不语地忙着自己的事，但它们无疑是快乐的，也是彼此的同伴。

今天海洋是紫色的，我以前一定不能接受这个形容。海面上有几块海域明显呈旧葡萄紫色。但是整个看来，大海是五颜六色的。吉尔平对“平静海面上持续变幻的明亮色彩”的描写就非常棒，而在离海岸有一定距离的洋面上，海浪并不算太汹涌。“太美了，”他说，“那些经常围绕着山顶的闪烁颜色无疑更高级一点，但它们跟大海的颜色比起来，充其量只是一些闪光而已，海水不断地变化交融，形成了彩虹般艳丽的色彩，而且面积很广，经常达到几里格。”一般来说，在晴朗的天气里，因为受到海底颜色的影响，距离海岸半英里的海水呈绿色，或者微绿，就像某些池塘一样。然后是绵延几英里的蓝色，经常带点紫色调，远处的边缘是一条几乎银光闪闪的明亮带子。再过去通常是一圈深蓝色，就像地平线上的山脉一样，似乎也跟山脉一样，这是它们和大气交叉混合后产生的颜色。其他的时候，海面会出现长长的条纹，这些条纹时而笔直，时而微微起伏，颜色时而浅，时而深，就像洪水来临时的内陆草地一样，同时显示出风吹的方向。

我们就这样坐在浪花翻滚的海边，看着酒红色的大海。——

Φιν εφ αλοζ πολιηζ, οροων επι οινοπα ποντον。[1]

1 意为“他独自跑到那灰色的海岸边坐着，望着茫茫大海”。

海面零星散布着一些深色的点，那是云的影子，虽然碧空万里，如果在别处是不可能注意到有云的，也不可能看到地上的影子，而在地面，比这小得多的阴影都会被立刻看得一清二楚。因此，水手可能在一天的航程内，从各个方位看到远方的云团和阵雨，而这并不一定意味着他所在的地方会下雨。七月，我们在成群的鲱鱼游过的海面，看到了一些类似的深蓝色色块，我简直难以将它们和云彩的倒影区分开来。有时海面上一大片都是这种斑点似的色块，这就是肥沃多产，取之不尽用之不竭的海洋。在近处，你会看到鲱鱼的背鳍，它们又长又尖，超出水面有两三英寸。我们偶尔会看到正沿着海岸玩耍的鲈鱼的白肚皮。

看着远处的船驶向那些半神话般的港口，真是一种诗意的消遣啊，那些港口的名字在我们的耳畔，犹如神秘的音乐一般：法亚尔（Fayal）[1]和巴布－曼德（Babel-mandel），对了，还有查格雷斯（Chagres）和巴拿马（Panama），通往著名的旧金山湾、萨克拉门托和圣华金[2]的黄金河，通往菲泽河和苏特堡所在的美国河分叉处[3]，以及内陆城市洛杉矶。人类航海时没有抱更大的期望，这真有点不可思议。人在无聊时是不会有什么惊人之举的。那些有前所未有发现的英雄和发明家们，他们只是比同时代人有更多期望和想象，以及梦想。也就是说，他们拥有一种适于领悟真理的心态，所以有了伟大的发现。以尘世的标准来衡量的话，他们永远都有精神病，甚至野蛮人也这么揣测他们。洪堡[4]在描写刚到美洲的哥伦布时说：“夜晚的空气清新怡人，纯净的苍穹繁星点点，陆地吹来的风送来阵阵醉人的花香，一切都使他以为（埃雷拉[5]在他的《几十年史》（*Decades*）[6]中已经告诉我们）自己到了伊甸园，我们人类始祖的神圣居所。在他看来，奥里诺科河就像是古老传说中天国的四条河流之一，为了灌溉和划分新长满了植物的土地

1 亚速尔群岛中的一个岛屿

2 萨克拉门托和圣华金都是美国加州地名，1848年当地的河流发现了金子，引发了19世纪的加州淘金热。

3 菲泽河和美国河都是萨克拉门托河的支流，1848年首先在美国河和萨克拉门托河的交汇处发现了金矿。

4 亚历山大·洪堡（Alexander Humboldt，1769—1859），著名的德国自然科学家、自然地理学家，近代气候学、植物地理学和地球物理学的创始人之一，是公认的近代地理学奠基人。

5 西班牙黄金时代的编年史作者、历史学家。

6 《西班牙人在西印度岛屿和大陆的事迹概述》一书的简称，被认为是描写征服美洲最优秀的作品之一。

而从天国流到人间。”因此，即便是为了寻找传说中的黄金国和不老泉而做的一次次探险，也带来了真正的发现，假如这种发现不是补偿性的话。

我们可以看到远处的船，一开始，只能看到地平线上的桅杆，需要集中十二分精神，同时调整眼睛的角度，才能看到它的全部，有时我们怀疑自己是在数眼睫毛。查尔斯·达尔文说他从安第斯山的山麓看到了“停泊在瓦尔帕莱索湾的船桅，虽然两地相距至少二十六地理英里[1]”。安森[2]曾为自己的船队离岸很远就被发现感到吃惊，他不知道是怎么回事，其实啊，这都是陆地的高度和空气的纯净度造成的。轮船要比帆船更容易被发现，因为，就像有人说的，即使看不到铁制的船身和木制的桅杆，烟囱和长条旗也会泄露它们的踪迹。这名作者比较了在战船上使用烟煤和无烟煤的优劣，他说：“通过地平线上冉冉升起的烟柱，随时可从拉姆斯盖特（在英国一侧）观察加来港（在法国一侧）的轮船动向，从第一次点火到熄火。而美洲那些燃烧肥煤[3]的轮船则更甚，它们至少在船身出现前七十英里就被发现了，这些船的烟囱冒出来的浓烟在地平线上蔓延，人们可由此判断远方有船来。”

遥远的地平线周围有数不清的船只，然而它们之间就像星星一样，相距甚远，虽然它们离我们很远，但它们之间的距离和我们一样远，有些甚至是我们的两倍远。我们不禁为这“不结果子的海洋”（人们曾经这么称呼它）之辽阔所深深折服，并且看到，在地球面前，人类及其成果显得多么渺小。我们望着海面，慢慢地把视线投向远方，只见海水的颜色越来越深，越来越暗，直到使人不寒而栗。它似乎与友好的大地没有任何关系，不管是海岸还是海底，如果海底在你的视野之外，如果海底距离水面有两三英里，你在抵达它之前早已淹死，即使它的土质和你家乡的一样，

1 地理英里指赤道上经度一分的长度，约等于1854米。

2 英国海军上将乔治·安森（George Anson，1697—1762），曾率领“乔治·安森舰队”进行环球航行。

3 对煤化程度中等、黏结性极强的烟煤的通称。

又有什么用？在那片如《韦陀经》（*Veda*）[1]所说的，“没有支援、没有依靠、没有依附”的海洋上，我觉得自己是一只陆地动物。即便坐在热气球里，人们一般也可以在几分钟内降至地面，而水手却只能心怀希望，祈祷自己能够抵达遥远的海岸。我欣赏老航海家汉弗莱·吉尔伯特爵士[2]的英雄气概，据说他1583年从美洲返航时遇上了风暴，地点就在我们所处位置的东北方，就在即将葬身海底的前一刻，他手拿一本书坐在船尾，向着身后走来的同事喊道，“我们在海上和在陆地上一样，距离天堂很近。”我发现这句话要真正做起来可不容易。

1 婆罗门教和现代的印度教最重要和最根本的经典。

2 汉弗莱·吉尔伯特爵士（Sir Humphrey Gilbert，1539—1583），英国探险家。

圣·乔治沙坝（St. George's Bank）是你在科德角上听说的第二个最靠东的沙坝（渔民们还提到“乔治斯”“卡苏斯”等等一些他们常去的低地）。关于乔治沙坝曾经是个小岛的故事，海角上每个人都有一套说法，在他们的描述中，水深逐渐地从六英寻减到五英寻、四英寻、二英寻，最后有个人信誓旦旦地说他看见一只燕鸥停在那儿的一块陆地上。当我想到这里发生的海难时，我想起在旧的新大陆航海图上，魔鬼岛（Isle of Demons）[3]就位于这条海岸的一侧。我想，从岸边的沙坝上看一千英里外的海底，除了那可以想象的无底深渊之外，恐怕还有更加可怕的东西——那是一片被淹没的陆地，全身死灰，鼻孔冒泡，就像一具溺水而死的尸体一样，与其让它浮到水面，还是让它沉入深深的海底吧。

3 古代欧洲人认为大西洋中的一个岛屿，后来随着地理大发现，航海图的绘制越来越精确，这个岛屿被证实并不存在。

我曾从一艘轮船那里得知马萨诸塞湾本身的水深非常浅，我对此感到非常惊讶。在比林斯盖特角，我用一根细长的杆子就可以探到海底，而且在离岸边五六英里的海面上，我清楚地看到海水由于海草的缘故而呈现出不同的颜色。没错，这里是“海角的浅水处”，然而海湾的其他地方并不比乡下的池塘深多少。我们知道，英吉利海峡的最深处位于莎士比亚崖和法国的格里内角之

间，水深达一百八十英尺。居约[1]说，“德国和瑞典沿岸之间的波罗的海水深只有一百二十英尺”，“威尼斯和的里雅斯特之间的亚得里亚海水深只有一百三十英尺”。我家乡有个池塘，长度只有半英里，水深却有一百多英尺。

海洋只不过是大点的湖泊罢了。盛夏季节，有时你会看到海面上浮着一条几杆宽，数英里长的光滑带子，就跟乡下的池塘一样。你会说，这是两股气流交汇或分离时的一种静止状态（假如它下面是不泛一丝涟漪、静止不动的水流），因为水手们说，陆地吹来的风和海上吹来的风在船的前后帆之间交汇，当后者很强劲时，前者就会突然变成逆帆。丹尼尔·韦伯斯特[2]在信中描写玛撒葡萄园岛[3]时，提到了这些渔夫和水手们称为“浮油”的光滑水面，他说：“我们昨天遇到了‘浮油’，只要一看到它们，我们的船夫就会把船划过去。他说这是海豚在撕咬它们的猎物。也就是说，那些贪吃的家伙冲进了一群鲱鱼之中，鲱鱼的个头太大，它们无法将其整个吞下，于是把鲱鱼咬成小块，以方便进食。撕咬产生的油脂浮到水面，形成了‘浮油’。”

然而同样是这片平静的海面，现在却如城市的港口般彬彬有礼，这个船只和贸易往来的场所，不久就会突然发起狂来，附近所有的岩洞和峭壁都回荡着它的喧嚣。它会猛烈而无情地把这些船颠来颠去，用它那沙质或石质的上下颚将它们咬成碎片，并把

1 阿诺·亨利·居约（Arnold Henry Guyot，1807—1884），地理学家。

2 丹尼尔·韦伯斯特（Daniel Webster，1782—1852），美国著名政治家、法学家和律师，曾三次担任美国国务卿，并长期担任美国参议员。

3 科德角西南方的一个岛屿。

全部船员送入海怪的血盆大口。它会像玩弄海草一样，和船员们玩耍，把他们吹得大大的，像死蛙一样，然后把他们抛过来抛过去，一会儿高，一会儿低，给鱼儿看看，让它们咬一口。这片温柔的海洋会撕咬和抛掷人的残尸，就像疯牛的始祖一样，而这个人的亲戚则会连续几星期在海边寻找尸体残骸。他们从某个安静的内陆村子哭泣着奔向这片从未听说过的海滩，他们无法确定刚刚将那名水手究竟埋葬在哪座沙丘下面。

一般来说，那些长期和大海打交道的人都能够通过一定的征兆（例如海水的咆哮声和海鸟的叫声），预测到海面将由平静转为风暴。然而，我们想象中的这种旧式水手可能并不存在。至少，对于我们所有人正在进行的这次生命之旅，他们知道的并不比老水手多。尽管如此，我们还是喜欢听老水手们讲故事，听他们描述各种自然现象，这些描述完全忽略了科学，同时也被科学所忽略，也许他们如此长时间地观察舷缘外面，并非总是徒劳。卡尔姆[1]讲过他在费城时，一个名为科克的人给他讲的一个故事，这个人曾驾驶小帆船到过西印度群岛，当时船上有个对那一带非常熟悉的老人。“老人测了测水深，让同伴告诉科克立刻开船，同时在船上配备了足够的人手，以便在无风时拉船前行，这样他们就可以赶在其他船前面，最快到达，因为二十四小时内会有一场很强的飓风。科克问他这么说有何根据，老人回答说，他在测水深时，发现水下的铅垂距离他之前看到的位置有好几英寻，而且海水突然之间变清了，他认为这是飓风正在逼近的征兆。”故事的结果是，他们的运气不错，同时也因为奋力划船，他们终于赶在飓风达到最强之前进入了一个安全的港湾。然而风力如此之猛，不仅有许多船只失踪，还有许多房子的屋顶被掀翻，连他们停在港里的那艘船也被冲到了岸上很远的地方，几个星期后他们才能重新启程。

1 彼得·卡尔姆（Pehr Kalm，1716—1779），瑞典-芬兰探险家、植物学家、生物学家和农业经济学家。

虽然海洋不出产小麦，但是假如希腊人曾以现代科学的眼光来看待大海的话，就不会称它为 ατρνγετσζ（意思是“不结果子”）了，因为今天的生物学家说“海洋（而非陆地）是生命存在的主要场所”，尽管他们指的不是植物。达尔文证实，“我们那些最茂密的森林跟同等面积的海洋比起来，几乎就是沙漠”。阿加西斯[1]和古尔德告诉我们，“海洋中充满了各种各样的动物，种类之繁多超过了有花植物的最大数目”。但他们又说，“挖取深海泥土的实验告诉我们，海底的深渊几乎是一片沙漠”。“因此，现

1 路易斯·阿加西斯（Louis Agassiz，1807—1873），瑞士-美国生物学家和地质学家。

黑云杉
black spruce

代的研究，”引用一下德索尔[1]的话，“只不过印证了古代诗人和哲学家们伟大而模糊的猜想而已，即海洋是万物之源。”然而跟陆地上的动植物比起来，海底动植物的生物等级要低一些。“没有一个已知的例子表明，”德索尔说，“动物在干燥的陆地上度过低级阶段后，会变成完美的水生动物。”然而像蝌蚪那种动物的情况是，它们“一直在朝着陆地进化”。简而言之，陆地由于向往天空而从海水中脱身而出，因为，“我们通过追溯地质年代，来到一个放眼望去没有任何陆地存在的时代，我们的地球表面完全被水所覆盖。”那么，再次看到大海时，我们就不会认为它是ατρνγετσζ，而是认为称它为“大陆实验室”更加准确。

虽然我们最近沉溺于某些平静的思考，但读者却不可忘记，海浪的撞击和咆哮一刻也未停止。确实，读者阅读时耳边不妨放一个大海螺壳。虽然今天的天气很冷，风也很大，但我们认为不至于导致我们感冒，因为有咸咸的海风和干燥的土壤。然而这本旧的《韦尔弗利特纪事》（*Description of Wellfleet*）的作者却说：“空气中弥漫着细微的盐粒，这与大量食用鱼肉，以及忽略了苹果酒和云杉啤酒[2]，可能成为造成当地居民比其他地方的人易患上口角炎和咽喉炎的原因。”

1 皮埃尔·让·爱德华·德索尔（Pierre Jean Édouard Desor，1811—1882），德国－瑞士地质学家和生物学家。

2 用云杉的芽、针叶或萃取物制成，可以含酒精，也可以不含酒精。在那些寒冷的地方，冬季没有水果可食用时，喝云杉啤酒可以预防和治疗坏血病。

Chapter 7

穿越海角

条纹臭鼬
striped skunk

我们从海边回来后，有时会问自己为什么没有多花点时间看海，但是旅客很快就不再看海，而改为抬头望天。至于本质，如果说海中凸起的沙洲有任何本质的话，那也只是一片无比荒凉的景色，很少看到耕地或者适于耕种的土地。我们没有见到乡村，很少见到人家，因为那些一般都在靠近海湾的那一侧。这里只有连绵起伏的丘陵和山谷，长满了灌木，现在是一派秋色。从地表的特征、低矮的树丛，和周围的熊果来看，你会不时以为自己正身处某座山脉的顶峰。伊斯特姆唯一的一片树林就在韦尔弗利特的边缘。刚松的高度通常不会超过十五或十八英尺。大点的刚松长满了松萝，枝条间经常垂荡着长长的丝连松萝。海角的前臂部分很少有乔松。可是在第二年夏天，在伊斯特姆西北部，靠近野营地的地方，我们见到了海角的一些乡村（甚至可以说是林中）休养地，那里有几块沙沙作响的栎木林和刺槐林，以及喁喁低语的松林，它们位于同一块平地上，构成了一片小小的乐土。有户人家在四周种植了刺槐，无论它们是移植的还是野生的，看起来都要比其他树长得好。韦尔弗利特和特鲁罗在距离大西洋一英里或者更远的地方，也发现细长的森林带，但是一般来说，我们能够透过它们看到海平面，或者说，假如那里有很多树，那么这些树应该还不够大。栎树和松树通常看起来是平平的，就跟苹果树一样。一般来说，树龄二十五年的栎木林只是一片九或十英尺高的贫

熊果
pinemat manzanita

冬青叶栎
bear oak

瘠的灌木丛，我们经常一摸就可以摸到它们最顶部的叶子。那些名为“森林”的林地许多只有这个的一半高，只是几小块地而已，上面长着冬青叶栎、杨梅、海滨李和野蔷薇，以及蔓生的五叶地锦。当野蔷薇开花时，沙滩上的这些地块绽放出色彩缤纷的花朵，再加上杨梅的香气，任何意大利或其他人工玫瑰园都无法与之相媲美。它们是完美的天堂，实现了我在沙漠中找到绿洲的理想。这里有许多佳露果树，第二年夏天，它们结了大量那种名为“五倍子”的虫瘿——看起来就像非常漂亮但却有点古怪的花朵。但是有必要加上一句，这种灌木长满了森林蜱，这种寄生虫有时非常讨厌，需要用很坚硬的指甲才能掐死它们。

城镇的居民对树木怀有深深的敬意，虽然他们眼中的树木不一定有多大，

佳露果
black huckleberry

五叶地锦
Virginia creeper

或多高。当他们跟你说起那里曾经生长的大树时，你可不能将它们想象成参天大树，而将它们想象得比目前的树大一点点。他们无比崇敬地说到“勇敢的老栎树”，并指给你看，这些树是原始森林的遗存，有一百或者一百五十岁，没错，也许有两百岁也说不定，它们矮小滑稽的样子，使看到的人无不咧嘴一笑。在这种情况下，他们指给你看的那棵最大、最令人肃然起敬的树，其高度可能不会超过二十或者二十五英尺。特鲁罗南部那些似乎生长在小人国里的老栎树，使我觉得特别有趣。对于那些只会欣赏大小的陌生人来说，它们也许显得很庞大，使得它们那高高在上的权威得以保存，然而一测量，它们几乎立刻缩成了地衣，一只鹿一个早上就可将它们全部吃完。可是那些大的纵帆式帆船一度都是用韦尔弗利特出产的木头做的。那些老房子也都是

美洲雀
dickcissel

用海角出产的木料建的，然而那些原来是森林的地方，现在却变成了一片贫草丛生的荒野。新式的房子都是用缅因州运来的“标准尺寸木材”建造的，只需把它们安装起来就大功告成了，因此当地人一般不用再碰斧子。几乎全部用来制作柴火的木头都是由船只或者洋流运来，煤炭当然也一样。有人告诉我，北特鲁罗大约四分之一的燃料和相当一部分木材都是漂流木。许多人家的柴火全部取自海滩。

说说那些马萨诸塞州内陆没有的鸟儿，至少我家附近没有：夏天，我在灌木丛里听到了美洲雀的叫声，在开阔的地方听到了高原鹬的叫声，它们不时将颤抖的声音拉长，变成一种清晰的，有点哀怨的尖叫声，然而那声音时远时近，听起来就像是老鹰。那只鸟可能就在附近的田里，但听起来却好像在一英里之外。

现在我们正穿过特鲁罗，一个人口约为一千八百人的小镇。我们已经来到注入海湾的帕梅河边。当年清教徒为了寻找落脚点，从普罗温斯敦沿着海角一直往上走，他们最远到达的地方就是这里。帕梅河的发源地是距离大西洋几杆远的一个山谷，有个曾在河源附近居住过的人告诉我们，涨潮时海水会渗透进来，然而河流和海水之间的屏障历经风吹浪打却安然无恙，整条河就这样平稳地向西流去。开阔的河口在河流的最前端，源头[1]、沟渠和塔全部位于河口处。

下午早些时候我们抵达了高地灯塔，在距离它还有一两英里的时候，我们看到前方有个白色的东西耸立在沙坝上。灯塔距离瑙塞特灯塔有十四英里，位于一个名为“黄泥坝”的地方，这是一片巨大的泥土层。灯塔的守护人告诉我们，这种土横跨整个海角，而这个地方只有大约两英里宽。我们立刻觉察到土壤的异样，因为我们的脚下不再是沙漠，而是有点像草皮的土地，过去两天

1 科德角的地势西高东低，帕梅河从东往西流，实际上是从低处往高处流。一般的河流都是从高往低流，因此作者这里故意把帕梅河的河口说成是它的源头。

我们从未见到过这种泥土。

在灯塔安排好住宿后，我们漫无目的地穿过海角，向海湾走去，我们走在一片极其荒凉，看起来像是荒原的不毛之地上，周围只有地质学家称之为洪积高地和洼地的圆丘和山谷。这种景色曾被比喻为劈开的海水，虽然这个变化有点过于突然。希区柯克在他的《马萨诸塞州地质报告》(*Report on the Geology of Massachusetts*)一书中，曾经提到过这一景观，这部著作本身(至少它的大块头)已经让人联想到了洪积高地。从灯塔向南望去，海角就像一个高台，轻微而缓慢地从大西洋一侧的沙坝(距离海面约一百五十英尺)向海湾一侧倾斜。我们经过时发现，高台偶尔会被宽阔的凹地或者沟壑阻断，而在沙坝处，海水冲上来，与这些凹地和沟壑连成一片，就形成了山谷。这些山谷一般与海滩垂直，而且经常横跨整个海角。有些凹地深达一百英尺，然而却是圆的，没有任何出口，就好像海角在这些地方陷了下去，或者里面的沙子跑掉了似的。我们经过的零星的几户人家都位于谷底，这一方面是为了遮风避雨，一方面是因为谷底的土壤比较肥沃，这些房子大多被隐藏得严严实实，仿佛被大地吞食了似的。即使那种有教堂的村子，也是如此，我们曾经离开一个这样的村子，走了大约一箭之地之后回过头一看，整个村子包括塔尖已经不见了，只看到空空的台地和两侧的海水。我们在走近整个村子时，曾把钟楼误以为是旷野上的一个凉亭。我们开始觉得，在我们自己意识到之前，可能已经进了一个村子，就像掉进蚁狮[1]的洞穴一样，无可挽回地被卷进流沙。原野上最醒目的东西是在远处的风车，或是一座孤零零的教堂，因为只有它们才可以占据显眼的地方。然而，小镇的绝大部分地方是贫瘠的荒原，可能有三分之一的土地是公共用地，尽管它们其实属于私人所有。以前的《特鲁罗纪事》

1 蚁狮是蚁蛉的幼虫，属脉翅目。蚁狮生活在干燥的地表下，它们在沙土中挖出漏斗状陷阱，然后自己在坑底等待，昆虫一旦不小心落入陷阱，就会顺着松动的沙子向下滑，蚁狮则不断地向外抛撒沙子，使猎物被流沙推至中心，落入自己口中。

高原鹬
upland sandpiper

（*Description of Truro*）的作者在提到土壤时说，“雪是土壤最重要的营养来源，假如雪下得均匀，覆盖了整个地面的话，风就会把它们吹成一小堆一小堆，并刮到海里。”这片奇特的开阔地带，绵延长达七英里，或者说，从南部的帕梅河一直到北部的高头，从大西洋一直到海湾。陌生人在上面走着走着，会有种在海上航行的感觉，他还会发现无论任何天气都无法判断距离的远近。遥远的地平线上似乎有一架风车或是几头牛，然而才走了几杆远，他会发现已经离它们很近。他也会被其他的幻景所迷惑。夏天，我看到有一家人在一英里外的地方摘蓝莓，他们在低矮的灌木丛中走来走去，那些树只有他们的脚踝那么高，而他们看起来就像是一群身高至少二十英尺的巨人。

紧邻大西洋的那片最高且最多沙的地带，零星地生长着滨草和赝靛草。紧接着是一片空旷的高地，一般由白沙和粗盐似的碎石构成，那里也生长着稀疏的植被。如果鸟类学家听到我下面讲的这件事，可能会对这里的荒凉有些认识。第二年六月，这个青草最茂盛的季节，我在那里发现了夜鹰下的一窝蛋，那一带几乎任一平方杆都是孵蛋的合适地点。同样喜欢这种地方的

美洲夜鹰
common nighthawk

双领鸻也在那里下蛋，空气中弥漫着它们的嘈杂的叫声。这片高地也产石蕊地衣、穷草、一种学名为 *Ionactis linariifolia*[1] 的踝菀、绿毛山柳菊、熊果，等等。在一些山坡上，*踝菀*和绿毛山柳菊两种植物长得郁郁葱葱，形成了茂密的草地，据说紫菀开花时非常漂亮。在一些地方，连绵几英里都长着学名为 *Hudsonia tomentosa* 和 *Hudsonia ericoides* 的这两种穷草，它们一小簇一小簇地散布在荒野上，就像苔藓一样，又像是一个个的小半球，或者孤岛。它们的花期很长，能一直开到七月中旬。有时海滩附近的这些圆形草皮，和冰漆姑一样，从根部到离顶部一英寸的地方，全部都堆满了沙子，而且硬得就跟大蚁冢一样，周围的沙子却是柔软的。夏天，假如长在山谷顶端的穷草在毫无遮挡的迎风处凝望大海的话，草丛的北面或者说向阳的那一半有时则会显得一团漆黑，一片死寂，就跟炉扫一样，而另一半则盛开着黄花。因此，如果从凄凉的一面和从茂盛的一面分别看去，整个山坡会呈现出鲜明的不同。许多地方都将这种植物用作装饰，这里却有许多人鄙视它，因为它和贫穷有关。不妨在它周围加上沙地，将它用作巴恩斯特布的纹章。我会以此为荣的。到处可见夹杂着一枝黄花和海滨山黧豆的大片的滨草，它们在强有力地向我们提示海洋的存在。

1 原学名现已更正。

我们从书上得知特鲁罗没有河流。然而那里曾经出现过鹿群，它们一定经常喘着大气，找不到水喝；我后来看到了一条注入帕梅河南侧的小溪，我当时太粗心了，居然没有尝一尝水的味道。但是，附近的一个小男孩告诉我，他喝过这条溪里的水。我们极目远眺，方圆几英里连一棵树也没有，只有一片平坦的高地。我们甚至从大西洋一侧俯瞰海湾，并看到了普利茅斯的马努米特角，其实从大西洋一侧看可以看得更清楚，因为那里的地势最高。四周几乎是一成不变的荒凉和光滑，这种风景既令人感到愉快，又颇让人觉得新奇，使人仿佛置身于船舱的甲板之上。我们看到一边是向南驶进海湾的船只，一边是向北沿着大西洋海岸行驶的船只，它们全部都扬着帆。

纵贯海角的那条唯一的公路，时而在旷野上蜿蜒，时而在灌木丛中穿行，刮擦着公共马车的轮子，这条崎岖不平的沙径，一般没有栏杆围护，而且不停地从一侧转到另一侧，只因为那边的地基比较结实。或者有时是为了躲避潮水。然而当地居民就像清教徒一样，手里拿着东西穿越荒漠，他们走过的狭窄小径，由于沙子跑掉而露出泥土。一想到住在这种地方，每天下午在光秃秃的高地上散步，我们就心有余悸，每次散步之前我们总是能够看到即将走过的每一步，因此只能寄希望于大雾或者暴风雪天将我们的目的地掩盖。在这个地方行走的人肯定不久就会伤心。

镇的北面，从东海岸到西海岸，好几英里都没有一户人家，那景象就像以前的西部大草原一样荒凉和孤单。确实，一个人要是看过特鲁罗的每一处房子，再听到当地居民的人数便会大吃一惊，然而这个小镇的五百名男人和小伙也许当时正在海上的渔场劳作。只有少数男人待在家里耕种沙地，或者在等候黑鲸的到来。这些农民同时也是渔民，与陆地相比，他们更懂得如何在大海附近耕种。他们开垦的沙地并不多，尽管港湾里有很多海草，更不用说偶尔在沙滩上腐烂的黑鲸了。在庞德村（Pond）和东港村（East Harbor）之间，有一片面积二三十英亩的有趣的刚松林，就跟我们从公共马车上看到的那些一样。一个住在附近的人说，这块地是两个人以一英亩一先令或二十五美分的价格买下的。这笔交易的金额如此之小，于是被认为不值得以此书写契约。这块长着穷草、滨草和酸模等植物的土地或者说沙地，被犁成相隔大约四英尺的畦垄，并用机器播上了树种。第一年，松树苗就长出来了，而且长势喜人，一共长了三四英寸，第二年它们长了六英寸多。在那些刚刚播种过的地方，一眼望不到边的垄沟中，裸露着的白色沙子沿着深深的沟壁不断地向上盘旋，形成螺旋形的花纹，这些花纹给人的印象非常奇特，就好像你正注视着一面巨大的条纹盾牌的反面似的。这项对海角而言非常重要的试验似乎取得了成功，也许不久之后，巴恩斯特布县会有更多的地种上人工林，就跟法国的一些地方那样。1811年，法国巴约讷[1]附近的12500英亩丘陵地就种上了这种松树。它们被称为皮格纳达斯（pignadas），并且根据劳登的说法，“成了当地居民财富的来源，那里以前是一片流沙。”看来这是一种比玉米还要高贵的谷物。

1 法国西南部城镇，位于比斯开湾和西班牙边界附近。

几年前，特鲁罗以数量众多的羊群成为海角上令人瞩目的一个城镇。但是今天，人们告诉我，镇上只有两个人养羊，而到了1855年，一个十岁的特鲁罗男孩跟我说，他从未见过羊。以前，羊群在没有围栏的地或者公有地里吃草，但是现在地的主人都非常注意维护自己的权利，而把羊群围起来成本又太高。用作栏杆的横木都是从缅因州运来的雪松，普通栏杆只需两根横木就已足够，但是养羊的话却需要四根。这就是一个曾经养过羊现在却不再养的人给出的原因。制作栏杆的材料如此昂贵，我看到过只有一根横木的栏杆，而且在栏杆的断绝处常常小心地用绳子绑起来。第二年夏天，我在一个村子里看到了一头母牛被系在一根六杆长的绳子上，绳子之所以这么长，是因为草儿既短又稀疏。六十杆，是的，海角上所有的绳子都这么长，实在是再正常不过了。由于主人怕它跑到阿拉伯福地[2]去，而将它拴在了沙漠里！我曾帮一个人称一捆干草，他正打算将其卖给邻人。我提起杆子的一端，杆子的秤钩上挂着那捆荡来荡去的干草，这只是他全部收成的一半。总之，这里的乡间看起来如此贫穷，我有好几次都忍住没向当地居民要一根绳子，或者是一张包装纸，我担心自己是在掳掠他们，因为显然这些东西和栏杆一样依赖进口，而且我在那里没有见到报童，我不知道他们的废纸从何而来。

2 古罗马人由于青睐也门富饶的北部高原和干燥肥沃的红海沿岸地区而称其为“阿拉伯福地”。

四周都是渔民上岸时临时凑合着用的生活替代品，我们时常要看看脚下，看自己是否正站在陆地上。所有的水井都安装着滑轮组，而不是绞盘，几乎家家户户都藏有一根船桅或者一两块布满螺旋钻孔的木板，这些都是从失事船只上抢救得来的东西。有些风车就是用它们做的，它们还被用来建造桥梁。灯塔看守员正在给仓房盖屋顶，他随口跟我说，他用一根桅杆做了三千块上好的屋顶板。你有时会看到一根老桨被用作了栏杆。你还经常可以看到厕所的墙上钉着一些华丽的布料，它们是被海岸附近的风暴从船上撕下来的。我看见灯塔附近的一间小屋上钉着一块很长的新告示牌，上面写着“ANGLO SAXON”[1]几个镀金大字，仿佛它是和航线指南一起被水手们扔掉的无用东西似的。然而这个告示牌颇为有趣，就好像它曾是“阿尔戈”号（Argo）[2]的一部分，在通过叙姆普勒加得斯（Symplegades）[3]时被岩石刮落，掉进了海里。

对渔民来说，海角本身就是一艘装满了补给物的供应船，这艘船装载了妇女儿童和老弱病残，更大，而且更加安全，事实上，航海用语在这里就跟在船上一样常用。与海洋打交道的民族都有这种情况。北欧人过去常常提到当地的“龙骨岗子”，指的就是多弗拉菲尔德山脉的山脊，在他们眼里，陆地就好像是一艘翻过来的船。我在这里时常会想起北欧人。海角的居民经常既是农民又是海盗，他们可不只是维京人或者海上霸主，因为他们的统治一直延伸到公海。韦尔弗利特有个农民（我后来在他家住了一晚）去年收获了五十蒲式耳的土豆，在科德角这算是大丰收了，他还拥有大片的盐场，并指着远处的一艘纵帆式帆船跟我说，他和同伴及儿子偶尔会沿着海岸顺流而下，做做买卖，最远会去到弗吉尼亚角[1]。这是他的售货车，他的伙计知道怎么驾驶它。他就这样

1 英语，意为“盎格鲁－撒克逊人”，即“英国人”的意思。

2 希腊神话中杰森为寻找金羊毛而乘坐的船。

3 即撞岩，根据希腊神话，黑海的入口处有一对巨大的岩石夹岸而立，它们不定时地开开合合。杰森和“阿尔戈”号上的同伴，在通过这里时，由于听从了菲纽斯的建议而逃过一劫。

4 指从南北两端扼守切萨皮克湾的两个海角：亨利角和查尔斯角。两个海角都位于弗吉尼亚州，故名。

驱使着两帮人马在外奔波，

在高高的海水显露之前

在清晨张开的眼睑之下[1]

尽管在去弗吉尼亚的一路上他可能不会听到多少“灰翅虫”[2]的叫声。

海角上的大部分居民就是这样常年在海上奔波，他们一次普通旅行的经历，也会使“阿尔戈”号的远行黯然失色。我刚刚听说有一位科德角的船长，原本预计初冬从西印度群岛返航，但是过了很久都没有回来，大家都以为他失踪了，直到后来他的家人才高兴地得知，他在距离科德角灯塔不到四十英里的海面上，被连续九阵大风刮到了佛罗里达和古巴之间的基维斯特岛，他只好重新规划回家的路线。就这样，他在那里度过了整个冬天。在古代，这两三个男人和少年的冒险经历会成为神话的基础，然而现在这类故事实在太多，已经变成了一连串的速记符号，就好像航运新闻中的一条代数公式似的。“无论在世界上哪个地方，”帕尔弗雷[3]在巴恩斯特布演讲时说，“只要看到飞扬的星条旗，你就有希望在旗下找到一个人，让他告诉你巴恩斯特布、韦尔弗利特或者查塔姆港的水深。”

我有一次在普利茅斯海岸经过了某个人的（或者说，所有人的）比尔叔叔家，那是泥地上一艘半翻过来的纵帆式帆船。时值正午，为了将熟睡的船主叫醒，我们砰砰砰地敲打船底，直至他出现在舱口，我们想借他的挖蛤工具一用。第二天早上我打算去拜访他，我一看，哎哟，由于担心东边来的暴风雨，他前天晚上已经到“松

1 引自约翰·弥尔顿的短诗《利西达斯》，原文是“ere the high lawns appeared Under the opening eyelidsofthe morn。”作者做了小小的改动，将弥尔顿诗中的Lawns（草地）改为Seas（海水）。

2 典出弥尔顿的短诗《利西达斯》，紧随上文的诗句之后，原文是“We drove a-field，and both together heard What time the gray-fly winds her sultry horn。”大意是“我们驱车来到田野，一起听到灰翅虫热情地吹响号角的时间。”

3 指约翰·帕尔弗雷（John Palfrey，1796—1881），美国牧师和历史学家，曾作为马萨诸塞州的代表出任美国国会众议院的议员。1839年9月3日，帕尔弗雷到巴恩斯特布参加科德角第一个殖民据点设立两百周年的纪念活动，并发表了著名的演讲。

林”（the Pines）[1]去了。1851 年春，他赶在大风的前面，独自在普利茅斯湾横冲直撞。他寻找岩藻，帮轮船驳运货物，并搭救沉船。我向地平线望去，见他仍然躺在“松林”的泥地上，他将无法离开那个地方，直至涨潮。话说回来，他可能不会这么做。等待涨潮是海边生活的一个奇异特征。我经常听到的回答是，“可是，你两小时内都无法动身。”这对于从未出过海的人来说真是闻所未闻，一开始他们不愿意等。史书上说，“两个特鲁罗人为了追寻鲨鱼，而成为首个到达马尔维纳斯群岛的人。这番壮举发生在 1774 年，是在英国的蒙塔古海军上将[2]的建议下进行的，而且取得了巨大成功。”

我们在庞德村看到一个八分之三英里长的池塘，里面种满了高达七英尺的宽叶香蒲，足够新英格兰所有的箍桶匠用了。

西海岸几乎和东海岸一样满是沙子，但水流却要平缓许多，而且水底有些地方长着细长的大叶藻，这是我们在大西洋一侧所没有看到的。海滩上还有几间熬制鲸油的简陋窝棚，使得这个地方看起来没有那么荒凉。后来，我们在这一侧的几处沼泽地上发现了盐角草、迷迭香等使我们这些内陆来的人倍感新鲜的植物。

夏季和秋季，有时这里会有多达好几百头的黑鲸（即群居鲸，德凯[3]称之为长肢领航鲸 *Globicephala melas*，又称为黑鲸鱼、啸鲸、黑圆头鲸）被赶上岸，这些鲸鱼至少有十五英尺长。1855 年 7 月，我就目睹了一次这样的场面。那天一早，到灯塔来干活的木匠说他不知道，但来上工已经使他失去了五十美元；因为他沿着海湾走过来时，听到他们正在驱赶一群黑鲸，他自己盘算了一番，要不要加入他们，但最后还是决定来上班。吃完早饭，我来到两英里外的这片海滩，并遇到了几个追捕归来的渔民。我四下里望了望，发现往南大约一英里的沙滩上有几堆黑乎乎的巨大物体（我知道它们

1 科德角北特鲁罗的一个地名。

2 指英国海军上将罗伯特·蒙塔古（Robert Montague，1763—1830）。

3 詹姆斯·埃尔斯沃思·德凯（James Ellsworth De Kay，1792—1851），美国动物学家。

宽叶香蒲
broadleaf cattail

迷迭香
rosemary

是黑鲸无疑），周围还有一两个人。我向它们走去，不久就看到一具庞大的动物尸体，尸体的头部已经不见，油脂也已在几个星期前被剥走。开始涨潮了，尸体的恶臭使我不得不绕了好大一段路。我来到大坑，发现只有一名渔夫和几个少年在看守，我数了数，一共有三十头黑鲸，都是刚刚被杀死的，它们身上满是被鱼叉刺伤的伤口，地上都是血水。它们一半在岸上，一半还在水里，尾巴被一条绳子系在一起，直到潮水完全退去。一艘渔船被鲸鱼的尾巴砸了个洞。它们全身如橡胶般光滑黑亮，嘴巴（或者说头部）圆圆的，跟其他鲸鱼一样，有一对看起来很僵硬的简单的鳍状肢。对于一种活跃的生物来说，它们的体型显得非常的简单笨拙。最大的那头黑鲸大约有十五英尺长，只有一两头只有五英尺长，还没长牙齿。渔夫用大砍刀挥砍其中的一条，让我看看油脂有多厚——大约有三英寸。我把一根手指伸进去，发现刀子割开的缺口覆盖着厚厚的脂肪层。鲸脂看上去很像猪肉，这个人说，他们在熬油时，少年们有时会围过来，一手拿着面包，一手拿一块鲸脂，就着面包吃，说那比猪油渣强。他还割到了下面的肉，那肉很硬实，红红的，很像牛肉，他说他本人更喜欢吃新鲜的鲸鱼肉，胜过吃牛肉。据说 1812 年黑鲸被布列塔尼地区（Bretagne）[1]的穷人当作食物。他们在等待潮水退去，以便把脂肪剥离出来，用船送到炼油作坊去，他们的炼油作坊就在海滩上。一条鲸鱼一般可以熬出一桶油，可以卖十五到二十美元。船上有许多标枪和鱼叉，这些工具比我想象中的要纤细许多。一名老人赶着马车沿海滩走来，向渔民们分发各人妻子所准备的午饭，午饭装在小小的提盒和罐子里，是他从庞德村各人的家里收来的。因为这项服务，我猜，他会得到一份鲸油。如果有人分不清哪个提盒是自己的，就会拿最先看到的那个。

1 法国西北部一地区。

我在那看的时候，他们喊了一声"又来了一群"，与此同时我看到黑鲸黑色的背影和喷出的水柱，就在向北大约一英里的地方，它们正像马一样跃出海面。已经有几艘船在那边追捕它们，试图将它们赶上岸。其他的渔民和小伙子也跑过来，开始一个个跳进船，并从我站着的地方朝那边划去，我也可以跟他们去，假如我想的话。不久就有二十五或三十艘船在追捕鲸群了，大船都挂着帆，其他船则竭尽全力地划桨，它们都保持在鲸群的外围，那些离鱼群最近的船不停地敲打船舷，吹响号角，希望将鱼群赶到沙滩上。比赛真是扣人心弦。如果他们成功地将鱼群驱赶上岸，每艘船，具体到每个人都将得到自己的一份儿，但是如果他们不得不在远离海岸的地方进行捕杀，那么每艘船的所得就是他们的捕获所得。我沿着海滩快速向北走去，这时渔民们正在奋力划船，以期参加同伴的围捕活动，走在我身旁的一个小男孩正在庆幸自己父亲的船比其他人的船划得快。我们遇到了一位瞎眼的老渔民，他问我们，"他们在哪儿，我看不见。他们抓到了吗？"这时鲸鱼群已经调转方向，朝北边的普罗温斯敦逃去，只能偶尔看到其中一头的背脊。因此，距离最近的那些渔民不得不射杀它们，我们看到不久后几艘船系着各自捕获的鱼，在鲸鱼的前方四五杆远，像赛马一样径直将其拖向海滩，半跃出水面的鲸鱼喷出血水，后面拖着一条长长的泡沫带。然而它们上岸的地点离我们有些远，虽然我们可以看到渔民们跳出船来，在沙滩上砍杀鲸鱼。这和我看过的捕鲸场景一模一样，一个渔民告诉我，捕鲸很危险。他第一次参加时由于过于激动，匆忙中没有拔销就把标枪投了出去，尽管如此，他还是射中了。

我了解到，几天前，一群总共有一百八十头的黑鲸被赶到了伊斯特姆的海滩上。就在此处往南一点，而大约同一时间，比林斯盖特角的灯塔看守人有天早上走到海滩上，在一大群黑鲸的背上刻上自己的名字缩写，它们是夜里自己跑到岸上来的，他将鲸鱼卖给了普罗温斯敦，得了一千美元，普罗温斯敦可能也赚了这么多。另一个渔民告诉我，十九年前，有一群三百八十头的鲸鱼被驱赶到了大坑的海滩上。根据《自然丛书》（*Naturalists' Library*）[1]的说法，据说 1809-1810 年的冬天，一千一百一十头黑鲸“游到了冰岛的海拉尔峡湾的海滩上，并被抓获”。德凯说不清楚它们搁浅的原因，但是一个渔民跟我说，鲸鱼是因为追赶乌贼才冲上岸的，七月底它们一般在岸边游弋。

1 指苏格兰人威廉·贾丁爵士，第七代阿普尔加斯男爵（Sir William Jardine, 7th Baronet of Applegarth, 1800—1874）编写的一套有关自然历史的书籍。

一个星期后，我来到这里，用望远镜极目远望，发现海滩上到处都是油脂已被取走的黑鲸尸体。它们的头已被砍下，堆放在较高的地方。海滩上臭气熏天，散步已是不可能。这里刚好是普罗温斯敦和特鲁罗之间公共马车的必经之地，然而人们却没有采取任何措施阻止这种讨厌的气味，人们和往常一样在岸边捕捉美洲螯龙虾。有人告诉我，他们有时确实会把这些尸体拖到水里，让它们沉入大海，但我很好奇他们到哪去弄压尸体的石头。当然了，也可以把它们制成肥料，科德角的土壤并不肥沃，居民们不可以没有这种肥料——至于它们可能传播的疾病，那就不用说啦。

回家后，为了了解更多有关黑鲸的知识，我查阅了马萨诸塞州的动物调查报告，发现斯托勒[1]没有将其写入他的《鱼类报告》（*Report on the Fishes*）中是对的，因为它不是鱼。于是我转向了埃蒙斯的《哺乳动物报告》（*Report of the Mammalia*），却惊讶地发现他并没有将海豹和鲸鱼收入其中，因为他从未有机会观察它们。鉴于目前马萨诸塞州的渔业已经兴起并且呈现一派繁荣的景象，州议会决定同意“动物调查组织”使用鳕鱼作为徽章，楠塔基特和新贝德福德都在我们的范围之内。早起者早上在海滩能够找到价值一千或者一千五百美元的黑鲸，清教徒在去普利茅斯之前，看到印第安人在伊斯特姆的海滩上宰割鲸鱼，并由于他们在那里发现的大量黑鲸而将那一带海滩称为鲸鱼湾（Grampus Bay）。从那时到现在，这些鱼几乎每年都能使一两个县的居民变得富裕，而它们腐烂的尸体现在正污染着全县方圆三十多英里的空气。使我觉得奇怪的是，这种动物的俗名和学名都没有出现在哺乳类动物中——我们州的陆生和水生动物的目录中。

1 指戴维·汉弗莱斯·斯托勒（David Humphreys Storer，1804—1891），美国医生和生物学家。

我们在这里（以及在横穿海角的整个过程中）可以很清楚地看到海那边的普罗温斯敦，它在我们的西边五六英里处，位于一带长满灌木的山丘之下。此刻港里挤满了船只，船桅和教堂的尖顶混在一起，使它看起来像一个很大的港口城市。

因此，海角北部所有城镇的居民都可以看到两个海的风景。站在西海岸或者说左岸，望着对面隐隐出现的遥远大陆，他们会说，这是马萨诸塞湾；然后，逛了一小时之后，他们可能会站在右岸，从那里望出去可看不到任何陆地，他们会说，这是大西洋。

在灯塔雪白的塔身指引下，我们放心地前行，就像夜里海员们靠它的灯光指引一样。在回灯塔的路上，我们经过了一片墓地，这块墓地之所以没有被风吹走，显然是因为那些石板的缘故，因为墓地的石板中长着茂密的佳露果树丛。我们认为应该读一读那些葬身海底的人的墓志铭，然而，通常连他们的尸体都一并失落或者没能找到，因此虽然墓志铭的数量并不少，但很少有我们希望看到的那种墓志铭。他们的坟墓是大海。在靠近海角东面时，我们惊起了一只洞里的狐狸，这是我们一路走来见到的唯一一种野生四足动物（除非锦龟和箱龟也算四足动物），如果我将盐泽里的一只臭鼬排除在外的话。它的个头挺大，胖乎乎、毛茸茸的，像一条黄狗，尾巴尖儿照例是白色的，看来它在海角上过得还不赖。它小跑着进了刚好长在那里的一片矮栎木丛和杨梅林，然而这些树太矮，难以为它提供庇护。第二年夏天，在稍微往北一点的地方，我看到另一只狐狸在一株海滨李的树顶上跳来跳去，我从它跃过的小小弧线（我相信他还没跳），徒劳地想计算出它的整条路线：需要考虑的未知的有趣事物实在太多。我还看到过一只狐狸的残骸，当时它正快速下沉，即将被流沙淹没，我将它的头颅取了来，作为自己的收藏品。我得出一个结论，周围肯定有很多狐狸。然而旅行者遇到的机会要比当地居

灰狐
gray fox

岩高兰
black crowberry

民多，因为它们在穿过这一区域时，更可能选择走人迹罕至的路。他们跟我说，在某些年份，狐狸会因为发狂而大量死去，它们在狂病发作时，会围着自己的尾巴不停地转圈。克兰茨在描写格陵兰岛时说，“它们（狐狸）吃鸟和鸟蛋，如果没有，它们会吃岩高兰、贻贝、螃蟹，以及任何海里的东西。”

就在快要到达灯塔之前，我们欣赏了海湾的日落。因为站在海角的狭窄处，正如我刚才说过的，就像是站在轮船的甲板上一样，或者更确切地说，就像站在军舰的桅顶上，看着太阳在三十英里外的海上落下。尽管我们知道，同一时刻，太阳正落到我们家乡的山脉后面，就在这个方向的地平线下面。这一景象把所有其他东西都赶出了我们的脑海，荷马描写海洋的句子再次冲进我们的脑海。

Εν δ επεσ Ωκεανω λαμπρου φαοζ ηελιοιο[1]

光芒四射的太阳沉入海底。

1 节选自《伊利亚特》。

Chapter 8

高地灯塔

玉米
corn
普通拟八哥
common grackle

这座灯塔被海员们称为科德角灯塔或者高地灯塔，是我们“主要的沿海灯塔”之一，并且常常是欧洲人来到马萨诸塞湾入口处首先看到的灯塔。它距离安角灯塔四十三英里，距离波士顿灯塔四十一英里，距离沙坝边缘大约二十杆远，矗立于泥地之上。我用正在附近盖屋顶的木匠那里借来了的刨子和曲尺，水平仪和两脚规，以及一块桅杆做的屋顶板，制作了一个简陋的四分仪，并用别针作为瞄准器和支点，测出了灯塔对岸沙坝的仰角，又用几条捕鱼用的麻绳测量了坡长，从而测出了灯塔的木瓦屋顶的高度。灯塔距离地面有一百一十英尺，或者说比平均低水位高一百二十三英尺。格雷厄姆曾仔细测量过科德角的顶端，他测得的结果是一百三十英尺。在我测量的地方，沙子和泥土的混合层与地平线成四十度夹角，但是泥土层一般来说要陡峭得多。牛下不去，鸡也下不去。往南半英里的沙坝比这里还要高十五或者二十五英尺，那里似乎是北特鲁罗的最高点。而这条宽阔的土堤也在迅速地销蚀。每隔两三杆，就有一条涓涓细流缓缓地淌下，周围的泥土形状都是五十英尺高（或者更高）的哥特式尖屋顶，分水岭就像岩石一样锋利嶙峋。土堤有一处地方被侵蚀成了非常奇特的形状，仿佛一个巨大的半圆形火山口。

据灯塔看守人说，海角在这里两边都受到侵蚀，以东边最为厉害。有些地方去年就有许多杆地消失了，不久灯塔就得搬走。我们按照他给的数据，计算了多久以后海角将会侵蚀到这个地方。“因为，”他说，“我还记得六十年前的事。”他的最后这句话更是让我们吃惊，与海角被侵蚀的速度相比，岁月在这个见多识广的当地人身上流淌得实在太慢了，因为我们猜他不会超过四十岁，我们认为他很有机会活得比前者长[1]。

1　“前者”指科德角。

我发现从这一年的十月到第二年的六月这段时间里，灯塔对面的一处土堤已经销蚀了大约四十英尺，而且满是裂纹，裂纹的深度比我上次见到的长了不止四十英尺，海滩上随处可见近来的垃圾。但是我认为，这里一般销蚀的速度不会超过一年六英尺。用几年或者一辈子的时间观察得出的结论，可能最终是错的，海角的耐久性可能会超出我们的预期。在沙坝下面一些地方，打捞漂流木的人走出来的小路几年都没有消失。一位年老的当地人告诉我们，1798 年灯塔建造时，考虑到土堤的侵蚀速度一年有一截篱笆那么长，因此预计灯塔只能维持四十五年，“可是，”他说，“它现在还好好的。”（更确切地说，是靠近原来地点的另外一座灯塔[2]，距离堤坝边缘大约二十杆远）。

2　科德角灯塔建于 1797 年，1833 年原来的木结构被改为砖石结构，1840 年添加了新的照明装置，1857 年整座灯塔被推倒重建。作者最后一次去科德角是 1855 年，本书写于 1865 年，因此作者在这里补充说这个灯塔已经不是原来的灯塔。

海水并非从四面八方侵蚀着海角，有人跟我说，很久以前有艘船在普罗温斯敦北面沉没了，至今仍可见到船的“骸骨”（这是他的原话），在距离海岸线好几杆的沙滩上，一半被埋在沙里，碰巧在一副鲸鱼的“肋骨”旁边。当地居民普遍的说法是，科德角两侧都在销蚀，然而南部和西部的某些地方却在延伸，例如查塔姆的海角和莫诺莫伊海滩、比林斯盖特角、长角和雷斯角。詹姆斯·弗里曼[3]当年说过，过去五十年里，莫诺莫伊海滩增长了超过三英里，据说现在仍以原来的速度在向前延伸。《马萨诸塞州杂志》（*Massachusetts Magazine*）的一名撰稿人上个世纪曾经告诉我说，“英国人首次

3　詹姆斯·弗里曼（James Freeman，1759—1835），美国牧师。

到科德角定居时，距离查塔姆三里格的海上有个小岛，名为韦伯岛，岛的面积有二十英亩，种满了北美圆柏。楠塔基特的居民过去经常去那里伐木。”但他补充说，等到他懂事时，那个地方只有一块大礁石作为标记，周围的水深已达六英寻。瑙塞特港的入口以前在伊斯特姆，现在已经移到了奥尔良。韦尔弗利特港的众多小岛以前曾是一片连绵的海滩，然而现在小船可以在它们中间穿梭。沿岸其他许多地方的情况也是这样。

也许大海从海角一个地方拿走的东西，弥补了另一个地方——拆东墙补西墙。东面的海水似乎时时在蚕食着土地。海水不仅侵蚀土地，还把崩塌的泥土带走了，但是海滩上的沙子却被直接吹上了一百五十英尺高的陡峭堤坝，并给原来的地面覆盖上一层好几英尺厚的沙子。如果你坐在坝沿，将会看到直观的展示，并大饱眼福。堤坝就是这样一边被侵蚀，一边快速补充，保持原来的高度的。这些沙子在快速而平稳地向西移动，“速度超过了一百码。”一名作者说。居民们现在对此依然记忆犹新，因此在一些地方泥炭草甸被埋进了很深的沙里，居民们只得费力把它挖出来。有个地方的海边沙坝下，居然出现了大片的泥炭草甸，有好几英尺深，于是人们就从那里挖泥炭。这就是我们在海边的浪花中看到一大块泥炭圆石的原因。一个年老的养蚝人跟我们说，许多年前，他在大西洋一侧的沼泽地丢失了一头“牲畜”，因为这头奶牛陷入了泥潭，二十年后整个沼泽地都不见了，但他后来曾看见它在海滩上若隐若现。他还说曾在海湾底部见过“车轱辘那么粗”（！）的雪松树桩，那是一个晴朗的日子，他在距离比林斯盖特角三英里的海面上倚舷眺望时看到的，不久前那里还是一片陆地。另外一个人告诉我，许多年前有一条独木舟在特鲁罗东港海湾一侧的海面沉没了（那一段海角特别狭窄），结果这条船出现在了大西洋那一侧，海角把它翻了过来，一个老妇人说：“嗨，你看到了吧，我没骗你，海角在动呢。”

每一次风暴来临，沿岸的沙洲都要改变位置，有时许多地方的沙洲一下子全部不见了。1855 年 7 月，我们亲眼看到了一次风暴产生的效果。海角将灯塔对面海滩上的沙子堆成了一个六英尺高，三杆宽，南北望不到边的长长的沙台，并将它整个搬到不知道什么地方去，原地只剩下一块以前从未见过的、五英尺高的、光秃秃的大石头，海滩也变窄了，只有石头那么宽。就像我已经说过的，因为风浪太大，人们通常不会到海角的背面游泳，但是我们最后一次去那里时，却发现三个月前海水已经在灯塔附近筑了一道两英里长，十杆宽的沙洲，潮水无法漫过沙洲。于是在沙洲和海滩之间，就形成了一个狭窄的小港湾，这个港湾长四分之一英里，是游泳的理想场所。沙洲向北移动时，港湾会不时关闭，有一次就关了四五百条鳕鱼在里面，最后这些鱼都死了，港湾里的水往往会变淡，并最终变成一片沙地。当地人很肯定地跟我们说，两三天后这片沙洲可能会整个搬走，那里的水深将达到六英尺。

灯塔的看守人说，当海面吹来的风很大时，海浪会迅速地吞噬堤坝，但是当风从陆地吹向海面时，却没有把沙子带走。因为当前一种情况发生时，岸边表面的海水被风吹得堆叠在一起，为了保持平衡，立刻有一股强大的底层回流，夹带着沙子和其他一切东西，涌向大海，使海滩变得无法行走；而当后一种情况发生时，海水中的回流将沙子也带了回来，因此对于失事船员而言，当风朝着岸上吹时，靠岸就显得异常困难，但是当风朝着海面吹时，靠岸就变得容易许多。回流在自己塑造的沙洲那里与下一股海面的波浪相遇，形成了一截水坝，就像一堵直立的墙壁，并把波浪撞得粉碎。大海就是这样和陆地戏耍的，它嘴里叼着一块沙洲，吞下去之前要先玩上一会儿，就像猫和老鼠玩似的，但是致命一击注定将会到来。大海派出它那贪婪的东风来抢劫陆地，而前者抱着战利品还没走多远，陆地就派出忠诚的西风夺回了属于自己的那一部分东西。然而，根据戴维斯中尉[1]的说法，沙洲和沙坝的

[1] 指查尔斯·亨利·戴维斯（Charles Henry Davis，1807-1877），美国海军少将，曾专门研究过潮汐和洋流。

形状，大小和分布主要是由潮汐所决定，而不是由风或海浪。

我们的主人说，如果你在飓风正面袭来时站在海滩上，你会很惊讶地发现没有一块漂流木漂到岸上来，它们全部被与海岸平行的近岸流挟裹着，径直朝北面漂去，速度和步行的人一样快，涨潮时那个方向的近岸流总是很强。最厉害的游泳好手也会被它冲走，而无法靠近岸边一步。连海滩上的一块大石头也向北移动了半英里。他明确地跟我们说，海角背面的海水从来都不平静，通常都有一人高，因此大部分时间里你的船根本就无法下水，即使是在最风平浪静的日子里，海滩附近的浪也有六英尺或者八英尺高，虽然那时你可以在木板上冲浪。1606 年，由于风浪太大，尚普兰和普特林库尔无法在这里登陆，然而当地的野蛮人却乘着独木舟来救他们。我手头有本 1711 年阿姆斯特丹出版的德·拉波尔德先生写的《加勒比地区报告》，书中第 530 页写道：

> 加勒比人卡鲁蒙[1]，同时也是天上的一颗星星（即神灵），是它兴风作浪，掀翻了船只。这种浪是指从海滩的一头到另一头，毫不间断，一股脑儿掀上来的巨浪，因此，无论是否有风，海浪都会把小帆船或者独木舟掀翻，或者灌满水，使它们无法登陆。

1 卡鲁蒙是加勒比神话中掌管海浪的星神的名字。

然而在海湾一侧，即使岸边的水也经常平静光滑，就跟池塘里的水一样，通常这片海滩上不会有船。那里有一条属于高地灯塔的小船，后来的那个看守员在灯塔待了一年船也没有下水，虽然他说附近的海上是钓鱼的好去处。一般说来，在需要的时候救生船也用不上。风浪很高的时候，根本就无法开船，不管你是多么有经验的舵手，因为整只船会被迎面打来的浪给罩住，从而进水，或者船头被浪提起来，整条船向后翻过去，船里面所有的东西都会洒出来。三十英尺长的船桅也是同样的遭遇。

我听说几年前，有一伙人坐了两条船，到韦尔弗利特的背面钓鱼，当时风平浪静，他们钓了满舱的鱼，准备返回时却发现，虽然没有风，岸边的浪却很大，他们不敢靠岸。刚开始他们打算在普罗温斯敦靠岸，但是夜幕即将降临，普罗温斯敦还在好几英里之外。他们似乎毫无办法。每一次划向岸边，看到那些可怕的大浪，他们就又退了回来。一句话，他们被吓坏了。后来，其中一条船把全部的鱼扔掉之后，选择了一个最佳时机（一方面靠的是技术，一方面靠的是运气），成功地靠了岸，但他们不愿意告诉其他人他们是怎么做到的，由于另一条船的舵手缺乏经验，他们的船一度淹没在水里，幸好所有人都设法游到了岸边。

人们经常说，一连串的小浪不久就使船“因钉眼太多而变得不结实”。灯塔看守人说，长时间的强风之后，会有三次大浪，一次比一次大，然后会一段时间没有大浪，如果船想靠岸，他们会看准在最后那个最大的浪之后冲进来。关于第十个浪“最大也最危险”这一问题，托马斯·布朗爵士[1]（见于布兰德[2]的《民间古老风俗观察》（*Observations on Popular Antiquities*）一书，第372页）先是引用了奥维德[3]的诗句——

Qui venit hic fluctus，fluctus supereminet omnes

Posterior nono est，undecimo que prior[4]

接着说道，“然而，这句话显然是错误的。不论是在海上抑或是在陆地，都无法看出来，因为我们从两方面都仔细研究过。我们希望发现海浪运动的特殊规律，然而这个愿望注定落空，就像我们希望从海水那永恒的来回往复中探知它们的规律一样。它

1 托马斯·布朗爵士（Sir Thomas Browne，1605—1682），英国博学家和作家，作品涉及许多领域，包括科学、医学、宗教和玄学。

2 约翰·布兰德（John Brand，1744—1806），英国的古文物研究者和圣公会牧师。

3 奥维德，古罗马诗人。

4 意为“一个巨浪滚滚而来，高过了其他所有的浪涛，它在第九个浪头之后、第十一个浪头之前”。

火鸡
wild turkey

们的波动只是一种从属运动，受到气流、风暴、海岸、大陆架和附近每一样东西的影响。”

我们读到说“黄泥坝”之所以会叫这个名字，“是因为大风天船总是很不幸地撞到那里。”[1]我们认为这个说法不太可信。这里有些泥土围起来的小池塘，以前被称为“泥坑”。也许“泥坑”，或者“泥塘”才是它本来的名字。我们在接近泥土表层的地方发现了水，但是我们听一个人说，他曾在附近的沙地上挖了一口井，“直到眼冒金星，日至中天”也没看到一滴水。风呼啸着扫过这片光秃秃的高地。七月的风甚至会把小火鸡的翅膀吹过头顶，因为它们还没有学会逆风飞翔。刮大风的时候门窗都往里刮，你必须紧紧抓住灯塔才不至于被吹到大西洋。那些在冬天的暴风天待在海滩上的人，有时会受到人道协会的嘉奖。如果你想感受一下风暴的威力，建议你可以住在华盛顿山[2]的山顶，也可以住在特鲁罗的高地灯塔。

1 “黄泥坝”的英文名为 Clay Pounds，其中 Pounds 有“连续打击所发出的砰砰声”的意思。

2 位于美国新罕布什尔州中北部，白山山脉的主峰，海拔 1917 米，是美国东北部的最高峰。1934 年此地曾录得世界最大风速之一（372 公里／小时）。

据说，1794 年特鲁罗东岸发生的沉船事故，比巴恩斯特布县任何地方发生的都要多。尽管后来建起了灯塔，但是几乎每次风暴过后我们都能听到一两艘船在这里沉没的消息，有时一次可以看到十几艘沉船。当地居民围坐在炉边，听着船只被撞得粉碎的声音，他们经常是从某次著名的沉船事件开始谈起，假如可以从头至尾记录下这片海滩的历史，那将会是商业史上惊悚的一页。

特鲁罗最初有人定居是在 1700 年，当时它的名字是“丹杰菲尔德”[3]。这个名字倒是非常适合它，因为，后来我在帕梅河附近墓地的一块石碑上读到了下面的铭文：

3 原文为 Dangerfield，这个词字面上的含义是“危险之地”。

献给

1841 年 10 月 3 日

大风灾中

因进水而沉没的

七艘船上

丧生的

57 名特鲁罗居民。

他们的名字和年龄按家庭排列，刻在了石碑的各面。据说他们是在乔治沙坝失踪的，人们跟我说只有一艘船漂到了海角背面的岸上，小伙子们是被锁在船舱内淹死的。据说，所有人的家都在“方圆两英里之内”。这次风灾丹尼斯死了二十八个人，我还读到说“风暴一过，科德角一天就收埋了将近（或者说足足）一百具尸体”。由于缺乏船长，特鲁罗保险公司无法接管那些属于自己的船。然而幸存下来的当地居民第二年又照常出海捕鱼了。我发现很难在那里谈论沉船事故，因为几乎每家每户都有人命丧大海。“谁住在那所房子里？”我问。“三个寡妇。”是我得到的回答。陌生人和当地人看待海滩的目光完全不同。前者可能是来这里欣赏暴风雨中的海洋；而对于后者来说，海洋却是自己最近的亲人的丧生场所。我遇到过一个年老的漂流木打捞者，他的眼睛已经部分失明，他正坐在沙坝的边上抽烟斗，我以为他喜欢听海浪的声音，并将自己的想法告诉了他，他回答说：“不，我不喜欢听海浪的声音。”他说在“那次著名的风灾”中，他至少失去了一个儿子，他还能说出许多的沉船故事来，都是他亲眼所见。

1717 年，一个名为“贝拉米”的著名海盗在一艘被他抓获的 “白雪”号船长的指引下，来到了韦尔弗利特对面的沙洲，他答应把船还给船长，只要能把他领到普罗温斯敦港。传说后者夜里扔了一只燃烧的柏油桶，桶一直漂到岸边，海盗们就跟在这只桶的后面。一场风暴来袭，他们整个船队都沉没了，海滩附近漂浮着一百多具尸体。六个得以逃生的人后来被处死了。“时至今日”（1793 年），韦尔弗利特的史书写道，“人们还能捡到威廉国王和

1 指英国国王威廉三世（1650—1702）及其妻子玛丽二世（1662—1694）。

玛丽女王[1]时代的铜币，和一些被称为银角子的银币。汹涌的海水将沙子堆积到沙洲的外围，因此退潮时偶尔能看到那条船（贝拉米的船）甲板上的铁质厨房。”另外一个人跟我们说，“海难发生后很多年，每年春秋都能看到一个非常奇特而且相貌狰狞的人在海角上游荡，他被认为是贝拉米船上的一名水手。人们猜测他找到了海盗秘密隐藏宝物的地方，因为他急需一笔资金。他死的时候，人们在他经常系的一条腰带里发现了好多金子。”

我最后一次到这里时，刚才提到的那次将沙子堆成厚厚的沙堆的风暴刚刚过去，我在海滩上一边走着，一边寻找贝壳和鹅卵石，不知道为什么，我总觉得自己可能会发现一块银角子，而我确实捡到了一个法国银圆，约值一美元六美分，地点在高潮线附近，刚好在陡峭却正在崩塌的沙坝底部下面，在一片依然潮湿的沙子之中。它的颜色暗灰，看上去很像一块扁平的鹅卵石，却依然很清楚地刻着路易十五的漂亮头像和背面那句常见的铭文 Sit Nomen Domini Benedictum（愿主永受赞美）。在海边的沙滩上读到这句话，无论它是刻在什么东西上，都令人倍感温暖，我还辨认出了上面的日期，是 1741 年。当然了，一开始我以为它是我经常见到的那种旧纽扣，但是用刀子一刮，银质很快就显露出来。后来，趁着退潮在沙洲上漫步时，我手举着圆贝壳企图欺骗我的同伴，他马上抢去并跑开了。

美国独立战争期间，英国“萨默赛特”号军舰在“黄泥坝”附近沉没，船上大约几百人全部被俘。跟我讲这件事的人说，他从未看到历史书上提到这件事，但是不管怎样他知道有块银表，是一个英军的俘虏无意中留下的，那块表仍然在走，诉说着那段往事。一些作家留意到了这件事。

第二年夏天，我看到查塔姆来的一艘单桅帆船正在这里打捞沉锚和链条。它把小船放出去作业，自己则不断地改变方向，慢吞吞地行驶着，一旦发现什么东西便吊到船上。这是一种奇特的职业，在晴朗的日子里，定期地雇用工人（并按他们付出的劳动给予报酬），搜寻那些掉在海里的船锚。那些海员曾经寄予厚望，而后失落了的信仰和希望。今天捞上来的，可能是一根锈迹斑斑的铁锚，属于一艘过去的海盗船，或者是某个诺曼底渔夫，两百年前铁锚在这里和锁链断开了，现在它已成为某艘业务繁忙的广东船或者加利福尼亚船最好的大锚。如果可以用这种方法打捞心灵之海的锚地，那些因被辜负而与信仰之链断开，现在又被吊上船的希望之锚，会是何等的锈迹斑斑！为了寻找它们，打捞者即使翻船，或者要一直置办新的船队也在所不惜。海底散落着船锚，有些深一些，有些浅一些，并且轮番被沙子覆盖和掀开，或许仍然附着一小截铁链——铁链的另一头在哪里？这么多个未完的故事等着再续。因此，如果有那种合适的潜水钟[1]，将其沉入我们的心灵深处，一定可以看到许多带着锁链的船锚，那些锁链就像醋线虫一样，徒劳地使劲扭着身体，试图抵达它们的锚地。然而别人失落的东西并不是我们的珍宝，我们的珍宝是找到其他人没有找到或者说无法找到的东西，而不是成为一个寻找船锚的查塔姆人。

1 运送潜水员下潜和接回水面的一种运载工具。

这片贪得无厌的海滩的编年史！除了失事的水手，谁能把它写出来？多少人只有在危险和绝望中才了解自己临死前最后看到的这块陆地。想想一片海滩亲眼见证过的全部痛苦吧。古代人会将海滩比喻为一只张开血盆大口的海怪，比斯库拉（Scylla）和卡律布底斯（Charybdis）[2]还要可怕。特鲁罗的一位居民告诉我，“圣·约翰”号失事约两个星期后，他在“黄泥塘”的海滩上发现了两具尸体——一具是男尸，一具是肥胖的女尸。男的还穿着厚厚的靴子，头已经不见，原来“就在尸体旁边”。他过了好几

2 斯库拉是希腊神话中吞吃水手的女妖，有六头十二手，腰间缠绕着有一条由许多条恶狗围成的腰环，守护着墨西拿海峡的一侧，现实中的斯库拉是一块大岩石，它的对面是著名的卡律布底斯大漩涡。

个星期才忘掉这件事。也许他们是一对夫妻，上帝与海浪联手也无法拆散他们。可是他们刚落水时漂在一起的概率是多么小啊。有些乘客的尸体在外海被捞起来，他们被装进箱子，然后沉到水里，有些被运到岸上掩埋。海难的后果比保险商们看到的要多一些。墨西哥湾暖流可能会将一些尸体带回他们的故乡，或者是把他们扔在某个偏僻的海边洞穴里，在那里，经过时间和风吹日晒的洗礼，他们的骨头将成为新的难解之谜，然而这些骨头终究再次登上了陆地。

夏天，我数了数泥地上的这条沙坝，不到六杆远的距离就有两百个岸燕洞穴，而在不到十八杆的范围内就有至少一千只大鸟在海面上叽叽喳喳地叫。以前我从未把它们和海滩联想在一起。有个小男孩在那掏过鸟窝，他一次就掏到了八十颗燕子蛋！请不要跟人道协会讲。下面的泥地上有许多因跌落而死的小鸟。还有许多拟八哥在干燥的地方跳来跳去，高原鹬则正在灯塔附近繁殖幼鸟。灯塔看守人有一次割草时割断了一只鸟的翅膀，当时它正坐在那

美洲金鸻
American golden plover

加拿大唐棣
Canadian serviceberry

里孵蛋。这里也是秋天猎人们打金鸻的好去处。池塘边有蜻蜓、蝴蝶等。这个季节当我在这里看到了一些个头很大的蜻蜓，或者说和我的手指一般粗的蜻蜓时，着实非常意外，它们不停地在沙坝的边上飞来飞去，蝴蝶也在上面飞舞，而且我从未见过这么多的金龟子和甲虫，它们散布在海滩上，种类繁多。它们显然是在夜里翻越了沙坝，却无法再爬上去，有一些可能掉进了海里而被冲到了岸上。也许它们有一部分是被灯塔的亮光吸引过来的。

“黄泥坝”比一般的土壤要肥沃得多。我们在这里看到了几块长得很好的根菜地和玉米地。它们和海角的其他植物一样，只有短短的梗或者叶子，它们结出的果实却又大又好。玉米几乎不到内陆的一半高，但是抽出的穗却又大又饱满。一个农民跟我们说，一英亩地不施肥可以收四十蒲式耳的玉米，施肥的话可以收六十蒲式耳。黑麦的麦穗也非常大。矮矮的唐棣、海滨李和蓝莓树就像苹果树和栎树一样，伸展在沙滩上，同时又挂满了果实。蓝莓树只有一两英寸高，果实常常拖在地上，因此看到那些光秃秃的山坡，你不会以为那里有蓝莓，直到你一脚踩上去。我认为，这里植物多产的原因，主要是空气中的湿度大，因为我注意到无论多小的草，早晨都会挂满露水。而一到夏天，厚厚的雾气经常要到中午才散去，有胡子的人看起来就像在脖子那围了一条湿餐巾似的，这时即使最老的居民也会在离家一箭之遥的地方迷路，而不得不取道海边，沿着海滩走回家。夏季，紧邻灯塔的那栋砖房特别潮湿，信纸都变得软塌塌的。游泳之后完全无法拧干毛巾，压制的干花也总是要发霉。潮湿的空气使得我们极少想要喝水，虽然我们一直能舔到嘴唇上的咸味。餐桌上极少用到盐，我们的主人跟我们说，如果试图给他的牲口喝加了盐的水，它们必然会拒绝，因为它们已经从青草和呼吸中吸取了足够的盐分。可是他说，病马或者刚从乡下来的牲口有时会大饮加盐的水，它们好像挺喜欢喝的，而且那似乎对它们有好处。

看到一枝黄花的花心包着那么多的水，在七月初的沙滩上亭亭玉立，还有芜菁甘蓝、甜菜、胡萝卜等即便在纯沙质的土壤里也长得这么茂盛，不禁让人感到意外。在我们前方，有个到附近旅行的人注意到，在纯沙子的海滩上，正好在高水位线那儿，长着一些绿色的东西，走进一看才发现原来是一片长得颇为旺盛的甜菜，也许是“富兰克林”号上的种子被冲上岸后长出来的。在海角的许多地方，用作肥料的海草中间也长出了甜菜和芜菁甘蓝。这说明许多植物可能已经散落到了世界上各个遥远的岛屿和陆地。那些轮船，携带了种子，本打算驶往某个港口（此港口也许并不需要这些种子），却漂到了某个荒无人烟的岛上，船员们都死了，但是种子却留存下来。在这些种子中，有一些会找到适合它们的土壤和气候，落地生根，最后可能将原来的物种赶跑，生长在这片人类居住的土地。谚语说，世上没有对人人皆不利的事。当时悲惨的海难可能为一片陆地带来了一种新的植物，而大体上成为当地居民永恒的福祉。风和海浪在没有人类干预的情

甜菜
common beet

冰漆姑
sea sandwort

况下也可能达到同样的效果。说实在的，海滩上这一片片充满活力的植物，除了最初由种子萌芽而长出来的甜菜和芜菁甘蓝，还能是什么呢？这些种子也许为此而从船上被抛到了海里，虽然我们不知道它们来自哪条船。古时候有个名叫贝尔（？）的先生就用这种方式航行过，他的小船里满载着海滨芥、风滚草、冰漆姑、滨草、盐角草、杨梅、穷草等等植物的种子，它们全都贴上了标签，标签上写明了种植方法，贝尔先生打算在某个地方建立一个苗圃。苗圃不是建起来了吗？虽然他以为自己失败了。

夏天，我在灯塔附近看到了呈放射状铺在地上的漂亮的学名为 *Polygala polygama* 的远志、学名为 *Cirsium pumilum* 的蓟属植物，和长在灌木丛中的粉叶拔葜。据说，拔葜通常不会向北长这么远。往南大约半英里的沙坝边缘生长着红岩帚兰，一般认为这种植物在马萨诸塞州的唯一产地是普利茅斯，它们形成一个个高一英尺，直径四五英尺的小丘——柔然而富有弹性，是旅人们理想的床铺。我后来在普罗温斯敦看到过这种植物，然而最漂亮的还是琉璃繁缕，或者叫它“穷人的晴雨表”[1]，只要天气晴朗它们几乎会在每一处沙地上欢迎你。我在雅茅斯收到了禾叶金菀和鹿莓越橘，这种树结的果实有时有红梅苔子那么大，但是不能吃。

我们在那里过夜的高地灯塔[2]是一栋红砖建筑，看上去非常结实，建筑外面刷成了白色，上面顶着个铁盖。与之相连的是看守人的房屋，这是一栋一层高的房子，由政府修建，同样是红砖建筑。由于将在灯塔过夜，我们希望充分利用这次新奇的经历，因此对我们的主人说，他去点灯的时候，我们希望能够跟他一起去。天色尚早，他点燃了一盏小小的日本灯，任由其冒出滚滚浓烟，

1 “穷人的晴雨表”是琉璃繁缕的别名，因它的花瓣时开时卷，仿佛能预告天气一般。

2 灯塔后来重建过，并换上了透镜灯。

美洲金翅雀
American goldfinch

同时让我们跟着他。他领着我们首先穿过了他自己的卧室（这个房间距离灯塔最近），然后经过一段狭长的室内走廊，走廊两侧是白色的墙壁，感觉就像是监狱的入口。我们来到灯塔的底层，那里四周存放着许多大油桶。我们从这里登上一道没有护栏的弯曲的铁楼梯，伴随着越来越浓的油烟味，我们来到铁地板上的一道活门前面，并通过这道活门进入灯塔内部。这里相当整洁，一切东西都摆放得井井有条，而且不会出现因没有上油而生锈的情况。灯塔的光源由十五盏阿尔干灯[1]组成，它们被放置在一个直径为二十一英寸的光滑的凹面反射器内部，排列成一高一低两个水平的圆圈，这样，光线就能照射到每个方向，除了海角底部。在这些灯的周围两三英尺处，是一圈足以抵挡风暴的巨大的厚玻璃窗，窗户上镶嵌着铁质的窗框，上面就是铁盖。所有的铁质构件，除了地板外，都漆成了白色。说到这里，灯塔的构造就完成了。看守人依次点燃每一盏灯，我们则在那个狭小的地方慢慢地踱步，

1　阿尔干灯（Argand lamp），是以鲸油、橄榄油或者其他植物油为燃料，通过柱状的灯芯和圆筒形的玻璃烟道来提供稳定无烟火焰的灯。

同时跟他说有许多水手在海上见过高地灯塔亮灯。他的职责是添油、修剪灯芯和点灯，同时使反射器保持明亮。他每天早上给灯添油，而且一般夜里剪一次灯芯。他抱怨政府供应的油质量太差。这座灯塔一年耗油大约八百加仑，一加仑油的成本只有一美金多一点点；如果用好点的油，也许能挽救几条生命。另外一名灯塔看守人说，美国最南端和最北端灯塔收到的耐寒油比例是一样的。以前灯塔装的是小而薄的玻璃，有时一场大风就会把玻璃打碎，为了保住灯和反射器他们不得不匆忙拉上木制的百叶窗。有时海面有暴风雨，在水手们最需要他们指引的时候，他们却硬生生把灯塔变成了一盏只能发出几丝微弱光线的暗灯，而且这些光线通常还是照在陆地或者背风处。他说自己在狂风呼啸的冬夜深深地感到了焦虑和认识到身上所负的责任。他知道许多可怜的人正依赖他生存，然而由于灯油凝结了，他的灯亮不起来。有时他不得不半夜在自己屋里用水壶给油加热后，再一一把油添上——因为他不能在灯塔里面生火，玻璃上面会有雾气。他的下一任告诉我，这种情况下火不能太旺。一切皆因油的品质太差。在寒冷的冬夜，政府为了节约开支而用夏季的油为水手们引路！这确实可说是一种夏季的仁慈。

第二年，下一任看守人亲切地招待了我，他说有一天夜里，天气极其寒冷，附近的几个灯塔（包括高地灯塔在内）仍然烧着耐热油，但是有先见之明的他预先留了一点耐寒油，以备不时之需。半夜醒来后他非常担心，果然发现油已凝固，灯也几乎灭了，他花了好几小时才把油箱重新装上耐寒油，并费力地使所有的灯重新亮起来。他向外一看，发现附近几个灯塔的灯都灭了，而平时是可以看到它们的。后来，他听说帕梅和比林斯盖特灯塔的灯同样也都灭了。

我们的主人说，窗户上的霜也给他造成很大的麻烦，而在闷热的夏夜，玻璃窗上歇满了蛾子，灯塔发出的光也随之变暗。有时连小鸟也会撞到厚厚的窗玻璃上，早晨起来会发现地上有它们的尸体，脖子已经断了。1855 年春，他在灯塔周围发现了十九只黄色小鸟（可能是金翅雀或者黄腰白喉林莺）的尸体。秋天的夜里，有时他会看到一只金鸻撞到了窗户上，玻璃上留下了一小撮绒毛和一小块带有脂肪的胸脯肉。

他就是这样通过各种方法，努力使灯亮亮堂堂地照在海上。当然了，灯塔看守人这个职业你要说他简单也行，但是其责任非常重大。灯一灭，他就失业，或者说，最多只能出现一次这样的意外事故。

我觉得，穷学生没有住在这里，并且利用这里的灯光，真是太可惜了，因为水手们不会因此而损失什么。“呃，”他说，“下面太吵时，我确实偶尔会上这儿来读报。”想象一下用十五盏阿尔干灯来读报！政府提供的油！亮得可能读宪法也没问题！我认为他在这里读的只能是《圣经》。我有个同学准备考大学，他就是利用灯塔的光复习功课的，跟大学里提供的光相比，这种光要更亮一些，我想。

我们下来，并离开灯塔，走了十几杆远之后，我们发现灯塔和海岸之间这段狭长的地带，光并非最亮，因为距离焦点太低了，我们只看到许多昏暗而微弱的星星。然而在距离灯塔四十杆远的内陆，灯却很亮，完全可以看书，尽管我们需要感谢的依然只是一盏灯。每个反射器都发出一束单独的“扇形”光，一束射向风车，一束射向山谷，风车和山谷之间的地方，则是一片黑暗。据说，观测者在二十多海里之外，距离海平面十五英尺高的地方可以看到这种光。我们可以看到雷斯角的旋转灯塔，它位于大约九英里之外的海角的尽头，可以看到位于普罗温斯敦港入口的长角灯塔，也可以远远地望到海湾那边普利茅斯港的一座灯塔，我们刚好位于最后这座灯塔的射程之内，它看起来就像是地平线上的一颗星星。看守人认为，普利茅斯港的其他灯塔被遮住了，因为它们正好在长角灯塔的射程之内。他跟我们讲，水手有时会被捕鲭鱼的渔船的船灯所误导（这种渔船由于害怕夜里被撞上而点着灯），甚至会被村舍的灯光所误导，而误以为是海岸上的某个著名灯塔，当他们发现自己搞错时，往往会毫无理由地破口大骂，骂那个小心的渔夫或者是那个这么晚还不睡的村民。

曾有人说普罗温斯敦故意在这里堆积这些泥土，是为了在上面建一座灯塔，然而看守人告诉我们，灯塔应该建在往南半英里处，那里是海岸的拐角，可以同时看到瑙塞特灯塔，从而容易区分。他们现在正讨论在那建一座灯塔。目前的这座灯塔距离海角的一端太近，发挥不了什么作用，因为那里后来另外修建了灯塔。

灯塔墙上的布告板上写着许多规定——也许里面许多都定得不错，假如有一个团驻扎在这里，执行这些命令的话——其中一条要求看守人要记下白天经过这里的船只数量。然而眼前同时出现一百艘船，它们正朝着不同的方向开，许多还在地平线上，他必须拥有比阿格斯（Argus）[1]更多的眼睛，而且还必须拥有比阿格斯更好的远视能力，才能看清哪些船正经过这里。从某些方面来说，海鸥最适合做这种工作了，它们不是在岸边飞上飞下，就是在海面上盘旋。

1 阿格斯是希腊神话中的百眼巨人。

第二个看守人告诉我，第二年的六月八日清晨，天气特别晴朗，他大约在日出前半小时起床，他一般是在日出的时候熄灯，因此有了一点空余时间，他朝海滩走去，想看看自己是否会有什么发现。当他走到沙坝的边上时，猛一抬头，惊异地看到太阳出来了，而且部分已经升到了地平线上。他以为自己的钟坏了，于是赶紧跑回去，把灯熄灭，虽然当时钟显示的时间还很早，而当做完这些，再次走下来时，他看了看窗户外面，这下他更是差点惊掉了下巴，他看见太阳和刚才一模一样，三分之二在地平线上。他把光线落在对面墙上的位置指给我看。接着他去生火，火生好之后，太阳的高度还是没变。这时，他不再相信自己的眼睛了，他把妻子叫起来看是怎么回事，而她看到的也是一样。海面上有船在行驶，他说，那些船员肯定也看到了这一幕，因为当时光线正照在他们身上。太阳在那个高度维持了大约十五分钟，然后才继续上升，那天一整天都没有其他异样的事情发生。他对海岸很熟悉，但是以前却从未见过或者听说过这种现象。我提醒他说，可能地平线上有一块他看不见的云，这块云和太阳一道上升，其实他的钟和一般的钟一样准确。也可能是那种据说在苏必利尔湖等地方出现的蜃景，但他否认了这种可能性。例如，约翰·富兰克林爵士[1]在他的《北极海岸探险记》（*Narrative*）[2]中就说，一天早晨，他在北冰洋岸边看到了强烈的水平折射现象，以至于“地平线上出现了两次太阳的上边缘，后来太阳才冉冉升起”。

他一定是黎明女神的骄傲，太阳才会隐隐约约地出现在他面前，而此时好几百万人仍处在黑暗之中，或者说要太阳升起一小时后他们才见到阳光。但是，作为经验丰富的人，我们还是应该勤剪灯芯，让灯芯燃烧到最后一刻，而不该去相信太阳的幻影。

看守人说，火焰的中心应该正对着反射器的中心，寒冷的冬日早上，他关灯芯时万一不小心，太阳从南面照进来，落在反射器上，就会像取火镜似的把灯芯点着，到正午他抬头一看，就会发现全部的灯都点燃了！可以发光的灯更加容易受光，太阳一照，它们就会自燃。他的继任者说，他只知道灯在这种情况下会冒烟，从没听说会自燃。

我发现这是一个神奇的地方。第二年夏天我在那里时，起了海雾或者说薄雾，头顶上看得很清楚，二十杆外的坝沿看起来就像是地平线上的山地牧场。我完全被它迷惑了，这才明白为什么水手有时会在这种情况下搁浅，尤其是在夜里，虽然可以望见陆地，但他们以为还远着呢。后来有一次，我随着一艘很大的采蚝船，来到距离此地两三百英里的洋面上，当时周围一片漆黑，陆地和海上都笼罩着一层薄薄的雾气，我们差点就搁浅了，幸亏船长及时意识到了危险，我最先发觉不对劲，因为听到手肘下竟然传来

1 约翰·富兰克林爵士（1786—1847），英国海军少将和北极探险家。

2 指富兰克林的写的《1819—1822年北极海岸探险记》一书。

海浪拍岸的声音。我几乎可以一跃就跳上岸，我们不得不突然掉头，以免一头撞到沙滩上。在距离我们不到六杆远的地方有一间渔民的简易房子，房屋的缝隙透出一丝亮光，原来罪魁祸首就是它，我们误以为它就是灯塔，正朝它驶去，并且以为还有五六英里哩。

我们住在看守人那座孤零零的海上小屋里，并受到了很好的招待。看守人非常有耐心，而且绝顶聪明，我们一有问题，他总能清楚地作答，就像钟的回响一样。灯塔的光从几英尺外照进来，我的房间亮得就跟白天一样，我因此清楚地知道高地灯塔整夜的表现如何，以及自己丝毫不会有沉船的危险。这一次和最后一次不一样，四周寂静得如同夏夜。我半睡半醒地躺在那儿，望着窗外头顶上方的灯光，心想，此时不知有多少只不眠的眼睛——不同国籍的水手正一边守夜一边讲故事——从遥远的海上望着我的卧榻呢。

Chapter 9

大海和沙漠

北美浣熊
raccoon

我起床，看见太阳从海上冉冉升起，这时灯塔的灯还亮着，发出银白色的光辉，因为太阳是在我们的东边升起，但我认为它肯定是从海水后面的陆地上升起来的，尽管看起来它是从水里升起的。

太阳再次照临大地，
它从水流缓缓的大海深处
一直升向天空。

此时，我们看到海面出现了无数片风帆，它们是出海捕鲭鱼的船队，北边有一只船队正陆陆续续地绕过海角，另外一只船队正往南朝查塔姆驶去，我们主人的儿子已经赶去海湾，加入前面一只船队，他上了一艘尚未离港的渔船。

离开灯塔之前，我们不得不认真地给鞋子上油，因为这些天在海滩上走，咸咸的海水和沙子已经把鞋变得又脆又红。为了证明这里并非一无是处，我要说，这片海滩非常干净，即便是在泥泞的地方（虽然这里并不泥泞）。在灯塔和小船之间来回走时，我经常会被泥浆和蛤类喷出来的水溅到，但我那条最好的黑裤却没有半点污渍或尘埃，要是在乡间，我可不会这么好运。

我们听说几天后普罗温斯敦银行遭到抢劫，当局立刻派出密使，特意到高地灯塔调查我们的踪迹。事实上他们一路跟踪着我们，最后得出结论，认为我们选择徒步走海角背面这条偏僻的路，是为了抢劫成功后有机会逃脱。海角这么狭窄，又这么荒凉，没有认识的居民，一般陌生人几乎不可能到这里来，除非他是夜里船只失事，被海水冲上来的。因此，一旦发生了抢劫案，所有人立刻怀疑是我们这两个刚刚离开的旅行者干的。假如我们不是碰巧这么快就离开科德角，很可能已经被捕了。真正的劫匪是两名从伍斯特县来的年轻人，他们随身带着一把转柄钻，据说他们作案的手法非常干净利落。然而我们窥探过的唯一一家银行是伟大的科德角沙坝银行[1]，并且只偷了它一枚法国旧银圆、一些贝壳和鹅卵石，以及这本书的素材。

我们在海滩上又消磨了一天，我们走在轰鸣的海岸边，决心把它刻入心扉。我们希望和大海待在一起，直至它不再是乡下人眼中那种像极了池塘的模样。我们依然认为自己可以看到海的那一边。海水的表面比前一天更闪亮，我们看到了“无数微笑的海浪”，虽然有些几乎是咧嘴大笑，因为海面上依然有风，海浪冲上沙滩，变成了白色的泡沫。我们朝着正东方向望去，在海的那一边，最靠近我们的是西班牙加利西亚省的沙滩（加利西亚的首府是圣地亚哥），虽然古代的诗人认为应该是亚特兰蒂斯[2]或者是金苹果园[3]，然而天堂现在在更加遥远的西边。刚开始，我们与葡萄牙杜罗河和米尼奥河之间的地区并肩而行，随着我们继续往前走，加利西亚和蓬特韦德拉港[4]向我们敞开了大门。然而我们并没有进港，因为浪太高了。接下来，东边稍微偏北的地方向我们伸过来的，是险峻的菲尼斯特雷角，它的夸耀注定是徒劳，因为他们抢白了它，“这里是科德角——陆地起始之角。”往北去陆地稍微缩进去一点，因为它就像海市蜃楼一般出现在我们的脑海，知道那就是比斯开湾[5]，我们唱了起来：

1 英语中“沙坝”和“银行”是同一个词（Bank），作者这里使用了幽默的双关写法。

2 传说史前位于直布罗陀以西的一个岛屿，因地震而沉入大西洋。

3 源自古希腊神话，后人常常将其比喻为神仙乐土。

4 西班牙西北部港口城市。

5 北大西洋东部的海湾，位于法国西海岸和西班牙北海岸之间。

我们躺在那里，直到第二天，

我们在比斯开湾啊！

稍微往东南方一点就是帕罗斯[1]，哥伦布启航的地方，再过去一点就是赫拉克勒斯竖立两根石柱的地方[2]。我们高声问柱子上刻着什么，因为早晨的阳光正照在我们脸上，使我们无法看清楚，当地居民回答我们说 Ne plus ultra[3]（不能更远），但是风不会说谎，它告诉我们那上面刻的是 plus ultra（走得更远），海湾[4]以西到处都回响着 ultra（更远）这个词。我们通过浪花向他们讲述远西地区[5]的故事，那里是真正的金苹果园，εω περαζ 或者说是一天结束的地方，日落之处（太阳在那里落入“太平洋”）。我们建议他们举家迁移，带着那两根柱子一起搬到加利福尼亚海岸去，我们的同胞全都跑去那了，那里是目前唯一“不能更远”的地方。他们听后，垂头丧气地坐在悬崖上，我们已经把他们的气焰打压下去了。

我们没发现他们留下什么东西，虽然我们捡到了一个小孩玩具，一艘已经散架的小船，这些可能是他们在蓬特韦德拉失落的。

我们越是接近特鲁罗和普罗温斯敦之间的手腕处[6]，海角就越狭窄，海岸也更加坚决地向西拐去。在东港溪的源头，只有一段十几杆的沙地将大西洋和海湾的潮汐区域分隔开。从黄泥坝开始一直到最顶端的雷斯角，最后十英里的沙坝逐渐变得平坦。雷斯角地势最高，被称为“小岛”，因为从海上隔着一定距离看，这里仍高出海平面七八十英尺。站在雷斯角上，大西洋的景色可尽收眼底，还可以一直望到海湾，因为中间没有一棵树阻隔，也没有一座足以阻挡视线的山丘。沙丘也开始变本加厉地侵占陆地，直到最后完全占据了两个海洋之间最狭窄的部分。在特鲁罗和普罗温斯敦之间，连续三四

1 1492年8月3日，哥伦布从这里启航前往美洲大陆。这里现名为韦尔瓦（Huelva）。

2 即直布罗陀海峡。

3 传说中刻在赫拉克勒斯之柱上的文字，意为“世界尽头”。

4 这里指直布罗陀附近的海湾，不是上文说的比斯开湾。

5 指美国的远西地区（落基山至太平洋沿岸之间的地区），当时是美国的新疆土，尚待开发。

6 科德角整个就像一只手腕弯曲的手臂，手腕处刚好位于特鲁罗和普罗温斯敦之间。

英里没有见到人烟，而在两倍这么远的距离内只有三四户人家。

我们缓慢前行，时而走在海边，看着沙子迅速地吸干打湿自己的上一波海浪，时而走在沙丘上。在我们的北面十或者十五英里远处，无数只渔船继续绕过海角，直至形成一座海上之城。密密匝匝的渔船看起来好像纠缠到了一起，一会儿全部朝这边开，一会儿又全部都朝那边开。1616 年，约翰·史密斯船长[1]对捕鱼业提了些建议，我们知道新英格兰人已经非常好地听从了他的建议，他们将这一行业做得风生水起，现在已经可以媲美荷兰人了。史密斯船长曾意味深长地称这一行业为“卑鄙的鱼类贸易”，并以荷兰人为例，激励英国人赶超他们。“在这一行，”他说，“前者有过人的天赋，他们对自己船上的通风口了如指掌，看起来似乎永远不可能赶上他们，他们拥有两三百艘双桅渔船、平底船、剑形尖尾渔船、托德船[2]等等，还有水手、船员、士兵和商人，他们永远不会被淘汰而转投其他行业。”为了描绘眼前出现的无数艘渔船，我们认为需要列举的并不仅仅是上面这些船的名称。即便在那时，我们的“著名父辈”偕同他们“盖世无双的太太”踏上普利茅斯岩[3]的前几年，他写道，“纽芬兰确实每年都为他们的近八百艘船，装满了那种愚蠢、干瘪、精瘦的鳕鱼干。”他们的全部供给必须每年从欧洲运来。那为什么不在这里建立殖民地，种植粮食呢？“在我见过世界上四个无人居住的地方，”他说，“要是能够把一群人都迁到这里，我宁愿在这里住下来。如果我们无法养活自己，如果我们的装备太差，那就让我们饿死吧。”那时，你可以“在家门口捕鱼”，你“可以每晚都兴致勃勃地睡在安静的海边，你怎么热情都不为过，你也可以与老婆和家人一起”。他已经预见到“新英格兰的新城镇会以他们老家的城镇名命名”，“看着这块大陆的边缘”，谁知道它的“内部”会发现什么呢，等等。

1 约翰·史密斯船长（Captain John Smith，1580—1631），英国军人、探险家和作家。

2 小型渔船。

3 位于波士顿东南部的普利茅斯海边的一块石头，又称为“移民石”，是 1620 年清教徒涉过浅滩，首次踏上美洲大陆的地方。

所有这些都已经实现了，甚至还不止，荷兰现在在哪里？荷兰人确实曾经占领过这里。史密斯的建议和伯克[1]的颂词之间间隔的时间并不长。

捕鲭鱼的纵帆式帆船一艘接一艘地绕过海角，进入我们的视野，“海上一片白色”，我们全神贯注地看着每一艘经过的渔船。这似乎是一项很不错的消遣。在乡下，只有一些懒散的少年和无所事事的人才会在雨天去捕鱼。而这里，海湾里每一个身强力壮的大人和能帮上忙的男孩，都驾驶着自己的小帆船，准备出海好好玩耍一番似的，且所有人最后上岸时都会喝上一碗杂烩汤[2]。地方志会严肃地告诉你，这些城镇有多少大人和小男孩在从事捕捉鲸鱼、鳕鱼和鲭鱼这类行当，有多少人会去纽芬兰[3]的沙洲，或者是拉布拉多半岛[4]、贝尔岛海峡[5]沿岸，或者是沙勒尔湾[6]（水手们叫它“沙劳尔”）。就好像我要计算康科德夏天有多少男孩去抓鲈鱼、狗鱼、太阳鱼、云斑鮰和小银鱼[7]一样，没有人做这些统计——虽然我认为这项事业使大人（或者小男孩）在精神和脑力方面受益匪浅，而且对他们身体上的伤害很小。

我有一个玩伴进了印刷厂当学徒，他有些贪玩，一天下午他问师傅他可不可以去捕鱼，师傅答应了。他去了三个月。回来之后，他说自己去了大浅滩[8]，然后就继续排起字来，好像他只去了一个下午似的。

1　可能是指埃德蒙·伯克（Edmund Burke，1729—1797），爱尔兰政治家、作家、演说家、政治评论家和哲学家，他曾反对英王乔治三世和英国政府，支持美国殖民地以及后来美国革命。

2　盛行于纽芬兰、美国和新英格兰地区的一种羹汤，由鱼、蛤等海鲜加上洋葱、青红椒、猪肉等做成。

3　加拿大东部的岛屿。

4　位于加拿大东部。

5　位于加拿大东部纽芬兰岛和拉布拉多半岛之间的狭窄海峡。

6　位于加拿大新布伦瑞克省北部和魁北克省的加斯佩半岛之间的圣劳伦斯湾。

7　一般特指美洲鲅鱼。

8　位于加拿大纽芬兰岛东南方的大西洋浅滩，是著名的大渔场。

暗色狗鱼
chain pickerel

看到这么多人一整天，唉，几乎一辈子都在捕鱼，我承认自己有些吃惊。他们为了填饱肚子而从事着一项多么危险的工作，而在这种纯蚂蚁式的勤劳之中，隐藏着多么普遍的得过且过和低声下气的滋味，真是令人不可思议。我认为宁可不吃饭，也好过像鸬鹚一样永无休止地捕鱼。当然了，在他们看来，我们在内陆从事的职业同样毫无意义。

我有一次亲自乘坐捕鱼船航行了三英里。那是一个星期天的傍晚，白日里天气非常暖和，下过好几次雷阵雨，我沿着海滩从科哈西特走到了达克斯伯里。我希望从后面这个地方渡海到克拉克岛去，但是他们说，水位这么低，船没法开，他们的船都陷在海边的泥淖里，动弹不得。后来我听说，旅馆主人温莎那天晚上要和另外七个人一起出海捕鲭鱼，答应把我带上。在一番预料之中的延迟之后，我们一个接一个，慢吞吞地朝着海边走去，似乎还在等待涨潮，大家都穿着胶鞋，或者把鞋拿在手里，涉水向船走去，每个成员都抱着一捆柴火，旁边拎着一桶新挖的土豆。后来他们决定让每人再拿一捆柴火，这样才够用。他们已经有了一大桶水，船上还有一些。我们推着船在泥淖上滑出十几杆远，直到它浮起来，接着划了半英里，登上大船。我们就这样坐在一艘捕鲭鱼的纵帆船上，这艘船载重四十三吨，非常结实漂亮，船的名字我忘了。鱼饵并不是干的，也不是挂在鱼钩上。他们用磨粉机把鲭鱼磨碎，盛在盆里，然后用一根有长柄的勺子舀了撒向水面。我们在港湾已经看到水面泛着涟漪，那是一群群的小鲭鱼，是真正的大西洋鲭鱼。船员们懒洋洋地起碇，扬帆，风不错，但是非常小。太阳正在落下，夕阳照在被雷阵雨洗过的船上，非常清楚明亮。我想，我的航行不可能比这更顺利了。他们有四艘平底小船，通常坐在船里捕鱼，或在右舷靠近船尾的地方捕鱼，那里渔网已经准备好了，一个人两张网。下桁转过一两次之后，温莎将盆里剩下的混合着雨水的发臭的鲭鱼汁舀向海面，然后我们就聚集在舵手周围讲故事。我记得指南针受到周围铁器的影响，发生了几度的偏差。我们中有个人刚从加利福尼亚回来，他现在的身份是一名游客，为了锻炼身体和觉得好玩才和我们一起出海的。他们准备在海上待一个星期左右，明天早上

大西洋鲭
Atlantic mackerel

开始捕鱼，然后把新打来的鱼运到波士顿去。他们把我送到克拉克岛，在清教徒登陆的地方让我上岸，因为我的同伴希望买些牛奶在船上喝。我已经知道他们是怎么捕鱼的了。其他人一门心思地想出海捕鱼。考虑到他们带的食物这么少，我想我没有和他们一起去是对的。

现在我看到了捕鲭鱼的船队是如何在渔场上作业的，虽然刚开始我并没有意识到这一点。我的经历就这样变得完整了。

今天的天气比前几天更冷，风也更大，我们高兴地躲在沙丘后面。没有一样东西是静止的。海滩永远也不消停，总是有事情发生，无论是大风天还是晴天，冬天还是夏天，白天还是晚上。即使你坐着不动，你的视野也几乎和身体移动时一样广阔。在晴朗的日子里，最懒惰的人也只需抬一抬眼皮，就能看到海湾那边的普利茅斯，或者是极目远眺大西洋。要是他连看都不想看，也是会听到海浪不断冲击岸边的轰鸣声的。这片永不停歇的海洋随时都可能把一条鲸鱼或者一艘失事的船只送到你的脚下。世界上所有的记者，那些写得最快的速记员，也无法报完它带来的消息。在一个如此生机勃勃的地方，每一种生物的动作都慢不下来。那几个漂流木打捞者一直在走来走去，还有各种船只和鹬，以及在头顶叽叽叫的海鸥。除了海滩，没有一样东西是静止的。那些小小的海鸟掐着海浪的节奏，小跑着来到水边，或者只停留一瞬，以吞下食物。我想知道它们是何时适应大海的，竟然敢离海浪如此之近。这些陆地养育的细小生命！一只狐狸除外。一只狐狸站在高高的沙坝上望着大西洋干什么呢？大海对于狐狸来说意味着什么？有时我们会遇到一位推着车的漂流木打捞者，他的后面跟着狗——那条狗朝我们这些过路人无力地叫了几声，在汹涌的海浪声中，狗的叫声听起来非常微弱，还显得有些滑稽。看着一只长着秀气小脚的土狗站在海边，在大西洋的怒吼声中，浑身颤抖地对着一只海鸟狂吠，而后者却丝毫不为所动！恐怕它还打算朝一只鲸鱼大喊大叫呢！这种叫声只适合于农家庭院。似乎所有的狗都不该出现在这里，它们全身赤裸，战栗不已，浩瀚无边的大海似乎令它们感到恐惧。我想，要不是因为主人，它们也不会出现在这里。你更不会想到猫会弓着腰来到这里，在大西洋边甩着它那弄湿的脚丫子。然而他们跟我说，这种事情偶尔也会发生。夏天，我看到了笛鸻的幼鸟，像一窝刚出壳的小鸡，两条腿顶着一撮绒毛，成群结队地在海边跑来跑去，发出细声细气的叫声。我经常在纽约湾斯塔腾岛以南的无人海滩上，看到成群的野狗，它们在吃海水冲上来的腐肉。我记得有一次，沼泽地的高草丛中传来一阵愤怒的狗叫声，叫声持续了很久，突然，六七条大狗冲到沙滩上来，它们在追赶一只小狗，那只小狗径直向我跑来，请求我的庇护，我冒着危险朝那群狗掷石子，但是第二天这只小狗却第一个朝我大喊大叫。在这种情况下，我不禁想起了下面的诗句：

吹吧，吹吧，你这冬天的风
你不像他那么冷酷无情
不像他那么忘恩负义；
你的牙齿没有那么锋利，
因为你本无形，
虽然你寒冷刺骨。

冷吧，冷吧，你这严寒的天，
你不像那些忘恩负义的人
他们的啃噬深入骨髓；
虽然你让水面起了涟漪，
但是跟被朋友抛弃的人相比

这种痛实在不算什么。[1]

有时候，当我走近海滩上的一具马尸或者牛尸时，并没看到那里有什么东西在活动，然而会冷不丁出现了一条狗，它溜走时嘴里还塞着满满一嘴的杂碎。

海滩是中立之地，是最适合思考尘世的地方。它甚至是一个普通的地方。波涛滚滚，一刻不停地卷向陆地，它们走过了太远的地方，难以驯服，无法亲近。我们慢慢地走在无穷无尽的海滩上，走在“日之号哭”水母和浪花中间，突然意识到，我们也是海泥的产物。

这是一个荒凉的，令人不快的地方，这么说并无谄媚的意思。遍布着螃蟹、蛍、竹蛏和一切大海抛上来的东西，这是一片广袤的陈尸所，挨饿的野狗成群地在这里游荡，短嘴鸦也每天来这里捡拾潮水留给它们的少量食物。人和动物的尸体一起庄严地躺在海边的沙洲上，经过日晒和水淹，慢慢地腐烂变白，每一次潮水来，都会给它们翻个身，并给它们垫上新鲜的沙子。这就是赤裸裸的大自然，残忍而真诚，毫不考虑人类，只是不停地啃噬着陡峭的海岸，任由海鸥在浪花中飞舞。

今天上午，我们远远地看到一根发白的东西，像是木头，上面还带着树枝。最后发现那是一条鲸鱼的主干骨，这条鲸鱼在海上被人取了脂肪后抛弃，几个月前被海水冲到了岸边。想不到这是我们碰到的最为确凿的证据，证明了哥本哈根古文物专家的观点，即这一带海岸就是Furdustrandas[2]，是1007年随梭芬[3]远征文兰（Vinland）[4]途中令梭豪[5]感到厌恶的地方。他们似乎离开了海角，转而探索

1 此诗出自莎士比亚的喜剧《皆大欢喜》（*As You Like It*）。

2 冰岛语，即“神奇海岸”（Wonderstrands），冰岛古代传说中提到探险家红胡子埃里克（Eric the Red）抵达的一处海岸，据说位于急流湾（Straum-Fiordr）以北，卡加拉纳斯海角（Kjalarnes promontory）以南。其具体地点一直存疑。

3 指梭芬·卡尔塞夫尼（Thorfinn Karlsefini），冰岛探险家，1010年左右，他沿着列夫·埃里克森（红胡子埃里克的儿子）的路线来到文兰，在那里建立了一个殖民地，并与妻子和随行人员在那里短暂居住。

4 古代北欧探险家对北美大陆的称呼。公元1000年左右，冰岛探险家列夫·埃里克森首次到达遍布葡萄的文兰，据说文兰之名即来源于此（Vinland即Wineland，意为葡萄之国）。

5 古代冰岛探险家，曾随同梭芬远征文兰。

急流湾(巴泽兹湾！)，梭豪因为没有找到葡萄而感到失望，决定再次向北行驶，寻找传说中的文兰。虽然古文物专家为我们提供了原始的冰岛文，但我还是喜欢引用译文，因为这是我所知道的唯一一段和科德角有关的拉丁文。

Cum parati errant，sublato
Velo，cecinit Thorhallus：
Eò redeamus，ubi conterranei
Sunt nostril！ faciamus aliter，
expansi arenosi peritum，
lata navis explorare curricula：
dum porcellam incitantes gladii
morœ impatientes，qui terram
collaudant，Furdustrandas
inhabitant et coquunt balœnas

缟鬣狗
striped hyena

意思就是："他们准备好并把帆升起来，这时梭豪唱道：让我们回到乡民们居住的地方。让我们像鸟一样，在沙之天堂翱翔，探索广阔的航道。与此同时，那些勇敢的猛士，那些赞美大地的猛士，将在神奇海岸住下，并以鲸鱼为食。"他就这样，沿着科德角向北驶去，就像古文物专家所说的，"因为船只失事而漂到了爱尔兰。"

虽然以前有更多的鲸鱼在这里搁浅，但是我想那场面不会比现在更野蛮。我们不会将海洋和古老联系在一起，也不会像对陆地一样，对它一千年前的模样感到好奇，因为海洋一直以来都既狂暴又深不可测。印第安人没有在它表面留下什么痕迹，可是文明人和野蛮人同样也没有。改变的只是海滩的外貌。荒无人烟的大海遍及世界的每个角落，它比孟加拉丛林还要荒凉，野兽更多，它不停地冲刷着我们城市的码头和海边住宅的庭院。随着文明的推进，蛇、熊、鬣狗、老虎都迅速消失了，但是文明程度最高、人口最多的城市也无法吓退一条鲨鱼。在这方面，没有国家比新加坡更先进了，但是它依然阻止不了老虎[1]。波士顿的报纸从未告诉我港口有海豹出没。我一直以来都将它们和爱斯基摩人以及其他边缘地区的人联想在一起。可是从客厅的窗户望去，你可以看到它们成群结队地在沿岸的浅滩上嬉戏。从未踏足森林，从未出过海的女士们，到海上去吧！为什么呢，因为这样可以体验当诺亚的感觉，并了解大洪水是怎么一回事。每一艘船都是方舟。

1 从1819年英国人莱佛士在新加坡建立殖民地开始，新加坡的人口激增，到作者写本书时，新加坡已经是世界上最繁忙的港口之一。而直到20世纪中期，新加坡才彻底消灭老虎。

我们在海滩没有看到篱笆，也没有看到那种很高的，一直延伸到海里的桦木横梁，这种围栏可以防止牛蹚水而走失。没有东西令我们想到人类是这片沙滩的主宰。然而确实有个特鲁罗人跟我说过，镇子东面的海滩被认为属于那块地的业主所有，这样才能保护土地免受沙子和滨草的侵袭——因为即便这个朋友有时也会被视为敌人，但他说海湾那边就不是这样。我在海湾的隐蔽处同样看到了一些临时围栏，一直延伸到低水位线附近，这些围栏都是把杆子当横梁，或者把枕木横着放。

我们走了几小时，渔船依旧在北面的地平线附近，方位几乎没怎么变，可是距离却更远了，看不到船体，只能看到船上的桅杆。虽然挂着帆，船却没有开走，也没有抛锚，而是朝着不同的航向，挤在一起，就像停泊在港口的船一样，我们无知地以为它们正在耐心地和逆风周旋，准备向东驶去。我们后来才得知，原来他们当时就已经到了渔场，而且他们捕鲭鱼时既不用收帆，也不用抛锚，"这么好的风（这种风因而被称为'鲭鱼风'）"。有人这么说，捕鲭鱼"最适合不过了"。我们数了数，地平线上的一小段弧线就聚集了大约两百条捕鲭船，还有几乎同等数目的渔船已经消失在南方。它们在海角的尽头徘徊，就像飞蛾围着蜡烛一样，夜里，明亮的雷斯角和长角灯塔就是它们的烛光。远远望去，它们是那么的美丽洁白，好像尚未扑向火光，可是我们走进之后发现，它们有些已经灼伤了翅膀和身体。

看来这里的村子就是这样，全部的劳动力都到海上捕鱼去了，仿佛集体到田里劳动一样。北特鲁罗的妇女和女孩会坐在家门口，就像农妇有时会望着远处山坡上劳作的丈夫一样，望着十五或二十英里外的海面，那里有几百艘的白色渔船，就像运货马车一样，丈夫和哥哥正在那捕捉鲭鱼，然而开饭的铃声却传不到渔人的耳朵里。

我们走过了海角腰部最狭窄的地带，依然处于特鲁罗的地界，因为这个镇有二十英里长的海岸线。我们穿过海角，来到距离不到半英里的海湾一侧，我们打算在一个名为亚拉腊山[1]的沙丘上消磨一下午，这座沙丘海拔有一百英尺，长满了灌木，是距离最近的普罗温斯敦沙丘。一路上，我们有机会欣赏到沙漠的各种不同的美丽

1 是《圣经》中诺亚方舟停靠的地方，此山即以此命名。

形态和颜色，我们注意到了一个有趣的海市蜃楼的现象，后来我发现希区柯克在科德角的沙漠中也观察到了同样的现象。当时我们正走在沙漠中一个很浅的谷地里，光滑而洁净的沙子从四面八方平缓地向上延伸，谷底是一串长长的湖泊，湖水很浅，但是非常清澈。我们斜着穿过谷地，打算到湖边饮水，虽然这些相连的湖泊平坦而宽阔，当时也没有一丝风，因为湖面上没有半点涟漪，可是我们看到的湖面却是微微倾斜的，与地平线形成了一个明显的交角。因此当我们到达离我们最近的那个湖边时，就好像是爬高了几英尺。这些湖泊就像变魔术一般地躺在溪谷的边上，仿佛一面斜放的镜子。这是普罗温斯敦沙漠出现的美丽蜃景，然而并不是梵文所说的“羚羊之渴”[1]，因为这里有真正的水源，而且我们最终解决了口渴的问题。

我跟一个上了年纪的普罗温斯顿居民说起这件事，他却说自己从未见过，也从未听说过有这种事。哥本哈根的拉芬教授[2]认为，我看到的这个蜃景与冰岛传说中 1007 年梭芬远征文兰时登陆的那片“神奇海岸”有关。然而这片沙漠更加令人叹为观止的是其长度，而非蜃景，因为但凡沙漠皆有蜃景，而北欧人之所以叫它这个名字，是——“因为花了好长时间才驶过这片海岸”——这个理由非常充分，而且更加适合这片海滩。但是，如果你从格陵兰岛沿着海岸一路航行到巴泽兹湾，你会看到许多沙滩。无论梭芬是否看到过这里的蜃景，他的族人梭罗是看到了[3]。或许因为“幸运列夫（Leif the Lucky）”[4]之前远航时，将一个姓梭的人及其随从从海中的一块岩石上解救下来，梭罗才得以出生，并看到这一切。

这并非我在海角上看到的唯一蜃景。毗邻沙坝的半边沙滩通常都很平坦，或者说接近了平坦；而另一半则向下倾斜，直到水面。

1 又称为“鹿之水”，起源于梵文的一个短语，意为沙漠中口渴的羚羊（鹿）看到水，以为是真的，等到跑到那里才发现什么也没有。

2 指卡尔·克里斯蒂安·拉芬（Carl Christian Rafn，1795—1864），丹麦历史学家、翻译家和古文物专家。

3 梭芬（Thorfinn）和作者梭罗（Thoreau）的名字都以 Thor 开头，作者在这里幽默地认为自己和梭芬属于同一家族。

4 即列夫·埃里克森（Leif Erikson，970—1020），因为他在远征文兰返航时，搭救了一艘失事的冰岛船上的船员，因此而得到了“幸运列夫”的绰号。

日落时分，我走在韦尔弗利特的沙坝上，看起来却像是里面的这半沙滩为了接上另一半沙滩而向上倾斜，伸向水面，形成了一条比整片海滩高十到二十英尺的沙脊，而且这条沙脊总是比我站的地方高。直到我走下沙坝，才相信刚才看到的都是假象，虽然前面一股波浪留下的阴影明显只到斜坡的一半处，这个现象本来是可以提醒我的。陌生人可以轻易地察觉出当地人的奇怪之处，因为他的职责就是发现这些奇怪之处。采蚝的老人在讲述猎杀海鸥的经过时曾经说过，当你从沙坝往下射击时，必须瞄得低一点。

1 位于科德角的西南方，是伊丽莎白群岛中的一个小岛，在玛撒葡萄园岛的西北方。

一个邻居告诉我，有一年八月，他在诺申岛[1]用望远镜看到有几艘船行驶在玛撒葡萄园岛附近，周围的水面非常平静，他可以清楚地看到船在海中的倒影，可是这些船却张着满帆，说明当时一定有风，周围的人都认为这是蜃景，也就是说，是雾气的反射。

我们从上面提到的那个沙丘俯瞰普罗温斯敦及其港口，那里现在一艘船也没有，只剩一片开阔的海面。我们打算天黑之后再进入普罗温斯敦，尽管天气寒冷，狂风呼啸，我们还是横跨沙漠，回到大西洋一侧，再次沿着海滩走到雷斯角附近，我们欣然接受着海的影响。与此同时，大海并非读者们想象的那么平静，它一直在吹，吹，吹，——吼，吼，吼，——嗵，嗵，嗵，——没有停歇。海滩现在几乎变成了东西走向。

日落之前，渔船纷纷返回海湾，我们离开普罗温斯敦北面的海岸，穿过沙漠，朝镇子的最东边走去。我们从沙漠边上第一个长满了滨草和灌木的高沙丘上俯瞰四周，只见这一带全是长着灌木的沙丘和沼泽地，从北面环绕着普罗温斯敦，某种程度上保护着小镇免受风沙的侵袭。虽然一片荒芜，又与沙漠接壤，可是我却从未见过如此美丽的秋景。它就像是一块色彩最绚丽的地毯铺在凹凸不平的地面上，无论是锦缎还是天鹅绒，泰雅紫[2]还是各种

2 古代地中海沿岸出产的一种贵重染料，也指这种颜料染制而成的布料和衣服。

料子，任何织布机织出来的布料，都无法与它媲美。它有着佳露果那不可思议的鲜红和杨梅的红棕色，混合着刚松树那充满活力的艳绿，还有杨梅、匍枝白珠和李树叶子的暗绿色，冬青叶栎的黄绿色，以及桦树、槭树和杨树。那深浅不一的金色、黄色和浅褐色，每一种色彩都绚烂至极，而且，在这些颜色中间，山坡上那些黄色的溜沙坡看起来就像是从地毯破裂处透出来的地板。虽然我来自乡下，见过许多林中秋色，然而这也许是我在海角上看到的最奇异的景色了。或许小径周围沙子形成的反差，增强了这些色彩的鲜明度。它们是海角的部分家具。我们曾在它那条沿着大西洋延伸的长廊走了好几天，接着又走过它那铺满了沙子的客厅，现在被领进了它的闺房。成百只白色帆船拥挤着绕过长角，驶入普罗温斯敦港，透过彩色的山丘看过来，它们就像是壁炉架上的玩具船。

这片秋色的独特之处在于灌木丛的低矮和浓密，丝毫不亚于其明艳的色彩。它就像是一块厚厚的精纺羊毛或者羊绒，似乎巨人可以捏住它的包边，或者是边上的流苏，把它拎起来抖一抖似的，虽然它并不需要抖。可是毫无疑问，这样一来灰尘将消失得无影无踪，因为它下面连一点灰也没有。这样的秋色不正使人联想到我们那些色彩鲜艳的地毯吗？从今以后，每当我看到一块色彩丰富的地毯，并研究它的花纹时，我就会想，这是一片长满了佳露果树的小山丘，那是一块长满了匍枝白珠和蓝莓的密集的沼泽地；这里长着一小片冬青叶栎和杨梅，那里长着几棵槭树、桦树和松树。还有什么染料可以和它们媲美呢？它们的色彩比我想象中的新英格兰海岸还要让人感到温暖。

穿过一片满是匍枝白珠的沼泽地，爬过几座满是冬青叶栎的小山丘，我们来到了贯穿整条普罗温斯敦大街的木板路（由四块木板拼成）的最东端，沿途没有一条路，失事的船员夜里在这里有死亡的危险。这里是海角上最后一个小镇，居民主要居住在大街的两侧，大街面向东南方，顺着弧形的海滩延伸。小镇背后紧接长满了灌木的沙丘群，中间不时地出现一片沼泽地和池塘，沙丘群呈新月形，宽度从半英里到一英里不等，中间或许还要

银白杨
silver poplar

再宽一点，再过去就是沙漠了，它占据了绝大部分领地，从东、西、北三面延伸开去，一直到海边。这里的房屋非常紧凑，因为小镇地方狭小，只占据了港口和沙丘之间十到五十杆宽的一带地方，当时的居民人数大约为两千六百人。从房屋来看，矫饰的现代风格终于压倒了渔民的小屋，占了上风，这些房子矗立于街道的内侧或者说木板路的一侧，而鱼铺和商店，则和盐厂的漂亮风车一起，位于靠海的一侧。两者之间那段大约十八英尺宽的狭窄沙滩便是街道，这是唯一一条两辆马车可以同时通过的街道，假如镇上同时出现不止一辆马车的话，街道看起来会比我们走过的任何一段海滩或者沙漠“难走”许多，因为这里位于高水位以上，而且沙子被偶然经过的旅行者踩得疏松。我们得知我们走着的那条木板路是用小镇的剩余收入购买的，如何处置这笔收入成了小镇居民争论的焦点，直到他们决定将其踩在脚下，这真是个英明的决定。但是，据说有些人因为未能拿到属于自己的那部分钱而感到愤怒，在人行道建好之后很长时间他们还偏偏选择走沙路。这是我碰巧听到的将剩余收入用于民生的唯一例子。将国库的剩余收入用于阻挡海洋的剩余收入——沙子的邪恶入侵。他们打算在木板路烂掉时，修建一条坚实的公路。事实上，我们走后他们已经把公路修好，而且几乎已经忘了沙子曾给予他们的严峻考验。

我们一边走，一边看见当地居民在忙着晒鱼干，或者是粗糙的干盐草，他们将盐草拖回家，摊在门口的沙滩上晾晒，这些草看上去黄黄的，好像是从海里耙出来的一样。屋前的院子似乎挺像那么回事，是围起来的一块沙滩，里面长着滨草，好像这些院子偶尔还会被海水淹没似的。你仍然可以在这里捡到贝壳和鹅卵石。房屋之间种着树，主要是银白杨、柳树和白亮杨（balm-of-Gilead）。有人指给我看一棵他误以为是苹果树的小栎树。人各通其本行。虽然他没什么林中识路的技巧，但他也很会预测天气，并教给我们一些诀窍。也就是说，他观察到如果涨潮时有雷雨云，就不会下雨。在我们到过的城镇之中，普罗温斯敦受海洋的影响最深。它就是一个天然良港，四周被干燥的（假如不是坚固的话）陆地包围着。这是一块有人居住的沙滩，渔民在这里晒制鱼干，没有任何偏远的地区。居民们在岸上行走时依然是走在木板路上。人们开垦了一些沼泽地，每块地通常只有六平方杆那么大。我们看到过用四根栏杆围起来的一块地，还有将整块整块的桶板插在地里做成的围栏。这些以及类似这样围起来的地，就是普罗温斯敦全部已开垦和可开垦的土地。当地人告诉我们，一共有三十或四十英亩这样的地，我们看到的还不到四分之一，而且这些地都布满沙子，看起来好像沙漠要将它夺去似的。他们现在正大规模地将一些沼泽地变成种植红梅苔子的草甸。

普罗温斯敦丝毫说不上偏僻，它正好位于航路上，航海者只有非常幸运的时候，才不会在夜里撞在它身上。它地处重要的商业航道，世界各地的人每年都会在这里相遇。

已经是星期六的夜晚，捕捞鲭鱼的船队在我们之前几乎已经全部归港，早上往南朝查塔姆去的那些船除外。我们登上一座小山丘，以便欣赏海湾落日，我们在山丘上数了数，一共有两百艘漂亮的纵帆式帆船停泊在港里，有些船距离岸边远一点，有些近一点，还有更多的船正绕过海角，朝这里驶来。每艘船一抛锚，就收帆转身，并放下小船。这些船主要归韦尔弗利特、特鲁罗和安角所有。这就是我们在地平线上看到的那座风帆之城。如今它们近在咫尺，且只有光秃秃的桅杆，却竟然是黑色的，μελαιναι υηεζ。一个渔民告诉我们，捕鲭鱼的船队一共有一千五百艘船，他有一次数了数停泊在普罗温斯敦港的渔船，一共有三百五十艘。由于担心搁浅，这些船停泊的地方不得不离岸远一点，因此看起来似乎比大城市的码头停泊的船只还要多。我们沿着大西洋朝西北方向走去时，它们整天在海上行动，似乎是为了给我们取乐，现在我们刚到普罗温斯敦，就看到它们夜鸟归巢似的回到港口，好像是为了和我们见面，向我们近距离展示自己。它们以不同的航速驶过雷斯角和长角的样子，令我想起了归巢的禽鸟。

它们是真正的新英格兰船。在《摩西・普林斯日记》（*Journal of Moses*

Prince）一书中，记录着摩西（即那位编年史作者[1]的弟弟）1721年来过格洛斯特[2]，并说大约八年前，安德鲁·罗宾逊在格洛斯特建造了第一艘纵帆式帆船。同一世纪晚些时候，一个名为克顿·塔弗茨的人造访格洛斯特后，为我们提供了一些传说的细节。根据塔弗茨的说法，罗宾逊建造了一艘桅杆和帆索装配均与众不同的船，当这艘船滑下船架时，一个看热闹的人喊了一声，"噢，看它滑得哧溜快！"罗宾逊听了，回应说，"就叫它斯库纳吧！"[3]"从那时起，"塔弗茨说，"这种船就叫斯库纳了，在此之前，欧洲人还从未听说过这种船。"可是我却无法相信这种说法，因为在我看来，纵帆式帆船一直以来都很常见。

1 指托马斯·普林斯。

2 美国马萨诸塞州海港城市，在科德角北面。

3 斯库纳是纵帆式帆船（Schooner）的音译。

根据来自新罕布什尔州曼彻斯特的C. E.波特的说法，"斯库纳"这个词起源于新英格兰，来自印第安语中的"斯库恩"或"斯库特"，意为"急速前进"，就跟"斯库迪克"[4]一样，这个地名来源于"斯库特"和"安克"，意思是河流湍急的地方。注意，1859年3月3日，某位来自格洛斯特的人士将于波士顿在家谱协会朗读一篇与此问题有关的论文，请参看《波士顿日报》（*Boston Journal*）。

4 缅因州的一个半岛。

几乎所有人出门都要走我刚才说过的那条木板路，因此你肯定会和普罗温斯敦所有外出的居民相遇，只要你自己坚持待在外面。今天傍晚，木板路上挤满了捕鱼归来的渔民，我们把好走的路让给他们走，回来时，他们又把好走的路让给了我们。这家旅馆的主人是一名裁缝，他的店就在大门的一侧，旅馆在门的另一侧，他的生活似乎被分成了两半，一半切肉，一半裁衣。

第二天早上，虽然跟昨天比起来，天气更冷，风也更大，但我们还是又去了一趟沙漠，我们整天都在外面，沐浴着阳光（出太阳的时候），风在耳边不停地吹。我们在锚绳沼泽以西的镇西南端，一带长有矮灌木丛的山丘中穿行，锚绳沼泽这个名字何其生动，使它在我们心目中显得无比重要——因为我们一开始是以内陆来的人固有的方式来理解这个词汇的。我们穿过沙漠，来到雷斯角以南的海边，这里距离雷斯角有三英里，我们接着向东穿过沙漠，来到我们前天傍晚离开海边的地方。我们离开那里，沿着曲线，在一个个巨大的沙盘中走了五六英里，也可能是走了九或者十英里，我们没有见到一棵植物，除了远处如镶边般矗立的稀疏滨草形成的一道道岗子，沙子从四面八方朝着它们聚拢。——从头到尾我们都忍受着如一月般刺骨的寒风，事实上，接下来将近两个月，我们都没有遇到如此寒冷的天气。这片沙漠从海角的尽头，穿过普罗温斯敦，一直延伸到特鲁罗，我们在横穿这片沙漠时，尽管天气寒冷，我还是不时想到《莱利的故事》[1]一书中描述作者被困于撒哈拉沙漠的不幸遭遇。我们的眼睛将地平线上的滨草地看成了一块块玉米地，因为蜃景的缘故，岗子的高度可能也被我们夸大了。后来我很高兴地在卡尔姆的《北美之旅》（*Travels in North America*）一书中读到，圣·劳伦斯河[2]下游地区的居民将这种学名为 *Ammophila arenaria* 的滨草和学名为 *Leymus arenarius*[3]的沙生赖草称为 *Seigle de mer*。他还说，“我很肯定，这种草在纽芬兰岛和北美其他海岸非常多。从远处看，长有这种草的地方和玉米地很像。这也许可以解释我们北欧故事中对那片长满葡萄的沃土（Vinland det goda）的描写，其中提到他们发现了成片的野麦地。”

这种滨草“高两到四英尺，呈海绿色”，据说广泛分布于世界各地。赫布里底群岛的人用它来制作草垫、驮鞍、袋子、草帽等；马萨诸塞州多切斯特的居民用它来造纸，牛会吃它们的嫩叶子。这种草和黑麦一样有穗，穗长六英寸到一英尺不等，这种草既可以

1 当时非常有影响的一本书，书的全名为《美国帆船“贸易”号沉没的真实故事》（*An Authentic Narrative of the Loss of the American Brig Commerce*），作者为詹姆斯·莱利（James Riley，1777—1840），书中讲述莱利1815年驾驶商船经过摩洛哥海岸时不幸遇险，全体船员在撒哈拉沙漠沦为奴隶，受尽虐待的故事。这本书对后来的废奴运动产生了很大影响。

2 流经美国和加拿大的一条河流，其下游位于加拿大境内，是加拿大的法语区。

3 出版时，这两种草的学名已更正。

拟鳄龟
common snapping turtle

通过根部繁殖，也可以通过种植传播。由于它们总是和沙子在一起，一些植物学家称它们为 *Psamma arenaria* [1]（滨草属滨草），*Psamma* 是希腊语中沙子的意思，拉丁语中用来形容沙子，或者说沙地。被风吹得四处摇摆的草同时又被根系固定住，它们在沙地上画了无数个圆圈，精准得就像圆规画出来的一样。

这是你能想象到的最沉闷的风景。我们当时在沙漠上看到的唯一动物就是蜘蛛，在雪地、冰河或者沙地上，几乎到处可见它们的身影，这种身材细长的多足类昆虫看起来不怀好意。我们惊讶地在流沙中发现了边缘如石墙般坚硬的蜘蛛洞。

六月里，这片沙漠会布满大大小小的乌龟脚印，那是它们夜里从沼泽出来活动时留下的。一个在沙漠边缘经营“农场”并且熟悉普罗温斯敦传闻的老百姓告诉我，去年春天，有个人在这里捉了二十五只鳄龟。他自己的方法是，把一只癞蛤蟆穿进鲭鱼钩，扔进水塘，把钓丝绑在岸上的树桩或者柱子上。鳄龟上钩后，无一例外会顺着钓丝爬到树桩那里，等待被抓，不管等多长时间，它们都不会跑。他还说水鼬、麝鼠、狐狸、浣熊和野鼠也会上钩，只有松鼠不会。我们听说海滩和东港沼泽有桶那么大的海龟，但它们要么不是本地固有的物种，要么就是从某艘船上掉下来的，反正我们没有看到。也许它们是国境最北发现钻纹龟。在除了沙子和滨草之外空

1 现学名为 *Ammophila arenaria*。

无一物的地方，有许多的癞蛤蟆。在特鲁罗的时候，浅色大癞蛤蟆的数量曾令我惊讶不已，到处可见它们在干燥的沙地上跳来跳去，它们身上的颜色和沙子的颜色一致。蛇也是这片纯净沙滩的常客，而且我从未像现在这样受到蚊子的困扰。这个季节，沙漠边缘的小山谷长着大量的草莓，它们从滨草中探出头来，山坡上长满了当地人称为“乔希梨”[1]（有人认为是因为这种水果的汁比较多，是这样吗？）的唐棣。我偶然遇到一个热心人，他把我领到了一个草莓最多的地方。他说要不是看我是个陌生人，明年不可能赶在他前面采摘草莓，他才不会带我来呢，因此我认为自己有责任不透露这个地点。当我们来到一片水塘前面时，他尽了尽地主之谊，像辛巴达[2]那样把我背了过去。善有善报，如果他来我的家乡，我也会好好地款待他。

在一望无际的沙漠之中，我们看到有

1 乔希（Josh）和多汁（Juicy）的读音相近。

2 辛巴达是《天方夜谭》中的航海家，他第五次航海时，因船只失事而漂流到一座荒岛上，他在岛上遇到了一个老人，老人以背自己过河为由，借机骑到辛巴达的肩膀上，两腿紧紧地夹住他的脖子，终日把他当坐骑来奴役。后来辛巴达趁老人喝醉酒之机砸死了他，终于摆脱了对方。

美洲水鼬
American mink

个地方聚集了无数枯死的树木，树干从黄沙中伸出来。我们后来得知，这个地方三四十年前曾是一片茂密的森林，现在，树木一直裸露着，居民们便把它们砍来当柴烧。

那天我们在镇外没有碰到任何人。对于那些已经看过，或者说对于大部分从未想过要了解海角背面的人来说，这样的大风天并不适宜外出，我们在沙漠几乎看不到有人走过的脚印。可是人们说，不管天气多么恶劣，海角背面总是日夜有人在寻找失事的船只，希望可以获得卸货的工作，而失事的船员也因此得到救助。但是，一般来说，当地人极少来到这片沙滩。一个在普罗温斯敦住了三十年的人告诉我，他在三十年里从未去过北边。在刮暴风雪的天气里，当地人偶尔也会因迷路而差点丧命。

这里的风既不是西洛可风（Sirocco）[1]，也不是西蒙风（Simoon）[2]这类我们常常与沙漠联系在一起的风是一种新英格兰的东北风。我们无法躲在沙丘下面，因为从四面刮来的风把沙丘转成了一个个圆锥体，无论我们坐在哪一侧，都无法避免被风吹袭。我们不时地躺在沙漠之中的小水塘边喝水，这里的水清澈洁净，可能是池塘或者沼泽蒸发后剩下的。空气中弥漫着雪花一样的灰尘，刀片似的沙子割得人脸生疼，我们知道，天气要是再干燥点，风再大点，我们的情形将会是多么狼狈——我们将不得不对付那些收拾好行李，准备搬迁的沙洲。那情形，就像是被一只九尾猫，不对，是被一只长着无数尾巴，而且每条尾巴上都有刺的猫鞭打一样。韦尔弗利特的前牧师惠特曼先生经常写信告诉内陆的朋友，风沙太大，窗户都被刮花了，为了可以望见窗外，他不得不每星期换一次窗玻璃。

1 由非洲吹向南欧一带的热风。

2 撒哈拉及阿拉伯沙漠所刮的一种干燥而带有尘沙的热风。

灌木林看起来有被边上的沙漠淹没之势，一道高出地面好几英尺的沙坝壁立在前方，挡住了它们的去路，还把外侧的树埋在底下。

英国的移动沙丘和这里的类似，它们不是被海水冲上来的，就是先由陆地风化后形成的，再向内陆推进。这里的沙子是由海潮带来的，它们被风浪推动着，慢慢地从海洋流向城镇。据说这里的东北风最大，移动沙子的却是西北风，因为西北风干燥。以前，比斯开湾沿岸的许多村庄就是这样毁掉的。我们看到一垄一垄的滨草，有些就是多年前政府为了保护普罗温斯敦港和海角末端而种植的。我和几个当初被雇用的人聊了聊。我前面提到的《东海岸纪事》一书写道："春夏两季，滨草高达两英尺半。如果四周都是光秃秃的沙子，秋冬两季的风暴则会从四面八方把沙子堆积起来，直到沙子几乎和滨草一样高。第二年春天，滨草开始发新芽，冬天又会被沙子掩盖。只要有足够支撑它的基础，一座山丘或者一道山脊就这样不断升高，直到周围的沙子（同样为滨草所覆盖）不再屈服于风的威力。"这样形成的沙丘有时高达一百英尺，就像雪堆或者阿拉伯人的帐篷一样，形态各异，而且不停地迁徙。滨草的根本身非常牢固。我竭尽全力想把它拔出来，通常它都会在地下十英寸或者一英尺处折断。从生出的许多枝杈的地方来看，这里就是去年地面所在的地方，这棵圆形的嫩苗又硬又直，它的长度就是去年沙子堆积的高度。有时候还会连带拔上来一些埋得更深的前年残根和一些已经腐烂的嫩芽。因此沙丘的年纪，和几年来的增长率，就这样被准确地记录下来。

在第 1250 页上，英国草药师老杰拉尔德[1]说："我在《斯托纪事》（*Stowe's Chronicle*）一书中看到，1555 年，有种人们称为豆子或者豌豆的东西，帮助当时的穷人度过了大饥荒：书中是这么说的。八月，在萨福克郡[2]奥福德镇和奥尔德伯勒镇之间的海边，有一处满是硬石头，当地称为暗礁的地方，那里既不长草也没有任何泥土。无须耕耘，也无须播种，这个贫瘠的地方突然一夜之间长出了大片豌豆，（人们推测）穷人摘了一百多夸脱，留下一些老的

1 可能是指约翰·杰拉尔德（John Gerard，1545—1612），英国草药师，于1597年写成了《草木志，植物通史》（*The Herball, or General Historie of Plantes*）一书。

2 英国郡名，位于英格兰东部，东临北海。

和正开花的，可是看起来仍和原来一样多。诺里奇主教（Bishop of Norwich）和威洛比爵士（Lord Willoughby）以及大批随从骑马来到这里，发现豌豆根下面除了一块三码宽的硬石头外，什么也没有，这些豌豆根则又大又长，而且很甜。”他还告诉我们，格斯纳[1]从凯厄斯医生[2]那里得知，那些豌豆足以养活几千人。他接着说道：“毫无疑问，它们许多年前就长在那里，但是没人发现，直到饥肠辘辘时，人们才注意到了它们，而此时人们的创造力也得以加速发挥，通常我们的反应都很迟钝，尤其是在从自然界寻找食物这方面。我的可敬的朋友阿琴特曾经跟我说，许多年前他到过这个地方，并让随行的人用手拔海边的豌豆，发现有些豌豆根有他的身高那么长，而且还没有到头。”格斯纳没有见过这种豆子，因此不知道它们属于哪一种类。

德怀特[3]在他的《新英格兰之旅》[4]中说到，以前，特鲁罗的居民每年四月都会收到法院的通知，不是要他们种滨草，就是要他们修路。他们把草挖出来，束成一捆一捆，然后将其分成小份，每隔三英尺种上一株，让它们排列成行，目的是为了打破连成一片的沙漠，阻止风沙入侵。草很快就蔓延开来，成熟的草籽会把叶子压弯，然后落到附近的地面上，并在那里生根发芽。举个例子，特鲁罗和普罗温斯敦之间有个地方在 18 世纪曾被海水冲垮，他们就用这种方法重新修复了土地。现在那里有一条公路，就是通过铺设草皮建起来的，草皮里面缠绕着草根，他们把草皮底朝上，紧紧地铺在沙地上，路的中间铺上两层草皮，然后分别在马路两侧六英尺宽的沙地上均匀地种上低矮的灌木，并且按照上面说的方法，在沙坝上种了几排滨草，同时在坑谷处种上一排灌木篱笆。

大约三十年前，马萨诸塞州政府最初注意到科德角港有被风沙侵袭的危险，于是当时委派了一个调查团进行实地考察。考察团于

1 康拉德·格斯纳（Conrad Gesner，1516—1565），瑞士生物学家和目录学家，著名的植物学家、医生和古典语言学家。

2 原文为 Dr. Cajus，可能是 Dr. Caius 之误，即约翰·凯厄斯（John Caius，1510—1573），英国著名医生，生于诺里奇，曾是英国皇室的御医。

3 蒂莫西·德怀特（Timothy Dwight，1752—1817），美国学者、教育家，公理会牧师、神学家和作家。

4 蒂莫西·德怀特的著作《新英格兰和纽约之旅》（*Travels in New England and New York*）一书的简称。

1825年6月提交报告称，由于“林木和灌木遭到砍伐，港口对面，向海一侧的滨草受到破坏”。原来的地表变得支离破碎，在风的作用下，正朝着科德角港移动，过去十四年中，移动的范围达到“宽半英里，长约四点五英里”。“那个地方几年前还长满了树和灌木，为海角最高的几处地方之一”现在已经变成了“一大片起伏的荒漠”。而且，过去十二个月里，沙子“已经向海港平均移动了五十杆，而且范围达到四点五英里！”除非采取措施阻止沙漠继续前进，否则几年后海港和城镇都将不复存在。因此，他们建议在一段十杆宽，四点五英里长的范围内按弧线种植滨草，并禁止牛、马、羊到处乱跑，同时禁止当地居民砍伐灌木。

人们告诉我，这项工程总共花费了大约三万美金，尽管大家抱怨说大部分钱都花得糊里糊涂，而且一直如此。有人说就在政府为了保护海港而在镇后栽种滨草时，居民们却为了建房而用手推车往港里填沙子。专利局最近从荷兰进口了草种，分发给了全体居民，可是我们拥有的种子也许本和荷兰人一样多。

科德角就这样和天堂连在一起，仿佛有一根由无数细细的滨草搓成的草绳拉着一样，假如这根绳子断了，科德角将完全沉没，不久就会沉入海底。以前，牛群是放养的，它们吃掉了这根用以维系科德角的草绳的一部分，使得科德角几乎漂走，就像公牛咬断系船的草绳一样，然而现在它们不可以到处乱跑了。

不久前，特鲁罗有一部分相当可观的可税财产割给了普罗温斯敦。一个特鲁罗人告诉我，他们镇的人正在讨论请求立法机关，把接下来的那一英里地也割给普罗温斯敦，好让它既吃了肥肉，也吃点瘦肉，同时看护那条贯穿其间的公路。因为毫不夸张地说，这条公路的全部价值就在于将海角维系在一起，即使这点它也并非总能做到。然而，普罗温斯敦竭力婉拒了这份礼物。

东北风非常强劲，虽然天气很冷，我们还是决定到大西洋一侧去看海，整个上午，我们都听到它在轰鸣。我们向东走，穿过沙漠，再次来到位于普罗温斯敦东北方的海边，任由震耳欲聋的咆哮声在我们四周回响。海水奋力地冲刷着海边的大片沙洲。距离岸边半英里的海面是一片白茫茫的浪花，它们在风的作用下，发出嘈杂的声响，我们差点连自己说话的声音都听不到。关于这片海岸，书里是这么说的：“一股对水手来说堪称致命的猛烈的东北风，常常伴随着大雪，直接吹向陆地，强大的海潮顺着岸边流去。此外，船只在这种风暴的吹袭下，只想努力地向北航行，进入海湾。它们要是无法顺利地通过雷斯角，大风将把它们吹向岸边，一场海难将无法避免。因此，海滩上到处都是船只的残骸和碎片。”但是自从建了高地灯塔，这一带就没那么危险了，据说海难多发生在灯塔以南的区域，那里以前几乎不为人所知。

这是我们见过最汹涌的海水，比尼亚加拉瀑布还要激烈，我的同伴说，而且，当然了，其规模也大得多。这是一片风暴吹袭之下的海洋，天气晴朗而寒冷，我们的视野里只有一艘船出现，它奋力向前，似乎正焦急地寻找避风港。我们到达海滩时水位很高，有一大段沙滩的海浪太高，我们很难从海浪和沙坝之间穿过去。再往南沙坝更高，从那里穿过去的话非常危险。一个当地人告诉我，许多年前，有三个男孩子（都是他的小伙伴）到韦尔弗利特的海滩看沉船，当时海水退到了沉船的位置，他们在海水上涨之前跑回沙坝，但是随后跟到的海水冲垮了沙坝，他们被活活埋在了下面。

就是这片汹涌的海水，φαλασσα ηχηεσσα——

αμφι δε τ ακραι

Ηιουεζ βοοωσιυ，ερευγομευηζ αλοζ εξω。[1]

堤坝的顶端

回响着，海水倾吐的声音。

我们站在那里，看着这幅场景，慢慢地确信，在这里捕鱼和在池塘里捕鱼是完全不同的事情。如果等待天气晴朗，风平浪静时再

1 节选自《伊利亚特》，下面即为它的译文。

出海，他可能永远也见不到闪光的鲭鱼鳞，永远无法接近鳕鱼一步，就像无法接近州议会大厦墙壁上悬挂的木制鳕鱼[1]一样。

我们在海滩上逗留了很久，直到几乎被风吹得僵硬，随时准备到慈善小屋去躲一躲，于是我们将饱经风霜的脸转向普罗温斯敦和海湾，再次向那里走去，我们已经横穿海角不止一个来回了。

1 马萨诸塞州议会大厦的墙壁上挂着一条木制的鳕鱼，以彰显捕鱼业对于马萨诸塞州的重要性。

Chapter 10

普罗温斯敦

大西洋鲑
Atlantic salmon

第二天一早，我走进旅馆对面的一家鱼铺，里面有三四个人正忙着用手推车把腌鱼推出来，摊开晾晒。他们告诉我，不久前，一艘从大浅滩回来的渔船带回来四万三千条鳕鱼。蒂莫西·德怀特说，就在他到达普罗温斯敦之前，“一艘纵帆船一次就从大浅滩那带回了五万六千条鱼，几乎重达一千五百英担；渔船返航时，主甲板位于水面以下八英尺，当时风平浪静。”这家鱼铺将刚刚出卤的鳕鱼码在一起，鳕鱼堆足足有几英尺高，三四个男人穿着牛皮靴子站在上面，用一根尖叉将鳕鱼叉进手推车。一个口嚼烟草的年轻人好几次将唾沫吐在鱼上。我想，哎呀，先生，那个年纪大点的人看到的话会说你的。可是不久我就看到，那个年纪大点的人也照样把痰吐在鳕鱼上。我想到了士麦那[1]的无花果。“腌这些鱼需要多长时间？”我问。

“天气好的话要两天，先生。”有人回答说。

我穿过街道，回到旅馆吃早餐，我的房东问我想吃“碎鱼肉还是豆子”。我选了豆子，虽然豆子从来都不是我的最爱。第二年夏天我发现它们仍然是这里仅有的两种食品，而房东仍旧在变着法子用这两种材料烹调菜肴。就像你到内陆旅行，所有菜都是土豆一样。

1 士麦那是土耳其港口城市伊兹密尔的旧称，士麦那附近是著名的无花果产区。

说起来也是巧，我在科德角没有吃过任何新鲜的鱼，我很肯定，他们的鲜鱼吃得没有内陆的人多。这里是腌制咸鱼的地方，有时也是使旅行者对鱼失去胃口的地方。普罗温斯敦没有屠宰场，因此吃不到新鲜的肉类，酒吧卖的那点肉是轮船从波士顿运来的。

这儿的绝大部分房子四周都被和窗台差不多高的晒鱼架所包围，只在前门留有一条两三英尺宽的狭窄通道。因此你向外看，不是看到什么花花草草，而是看到一大片一大片鱼肉朝外翻的鳕鱼。据说在盛夏的好日子里，这里的花园最不像花园了。这些鱼架年代和式样各不相同，有些已经陈旧，长满了苔藓，看起来可能服务过这里的渔业创始人。一些鱼架在连年丰收的重压之下折断了。此刻居民的主要任务似乎就是，早上用手推车把鱼推出去，将其摊开，晚上再把它们收回来。我看到许多游手好闲的人早早就出门去，从邻居那得到将鱼推出去晒的工作，因为邻居迫切希望最大限度地利用这个好天气。行啦，我知道咸鱼是怎么来的了。它们正四仰八叉地躺得到处都是，它们的锁骨突出，就像舰队士兵大衣的翻领一样，在邀请一切的生物到它的胸膛去。而所有生物，除了几种以外，全都接受了邀请。顺便说一下，我想，如果你给一个小男孩裹上一条大咸鱼，他将拥有一件那样的大衣，我曾看到许多人穿着那种大衣集合。堆在码头上的咸鱼，看起来就像一捆捆带着树皮的槭木和黄桦木。一开始我将它们错看成了木头，而且从某种意义上来说它们与木头无异——是维持我们生命之火的燃料，是一种长在大浅滩的东方木头。有些鱼被叠成了巨大的花盆形，这些鱼的尾巴朝外，蜷成一个一个的小圆圈，每个小圆圈都比前面的一个大点，直到最后圆圈消失，形成了一个三四英尺高的圆锥形屋盖。在新不伦瑞克[1]的海边，当地人给这种咸鱼堆盖上桦树皮，还在上面压上石头，这样就不怕雨淋，咸鱼就这样被风干，然后包装出口。

[1] 加拿大东部一省份，临近大西洋。

传说，秋天这里的牛有时会吃鳕鱼的头！那是鳕鱼身上最神圣的部位，其就像人的脑袋一样，有着非常奇妙的构造，虽然里面的脑浆不多，但竟然得到了这样的下场！竟然是被牛吃掉！我感到自己的脑壳出于同情心而咔咔作响。要是把人的头砍下来，喂食某种住在天上的高级牛，将会怎么样？你那聪明的头脑，那充满思想和天赋的部位，将用来填充一只反刍动物的瘤胃[1]！然而一名当地居民让我放心，他们从未用鳕鱼头喂牛，只不过牛有时会吃鳕鱼头，但我有可能住在这里一辈子也看不到牛吃鱼头。牛缺盐时偶尔也会舔干净鱼架上残余的肉渣。他想让我相信，这就是牛吃鱼头故事的起源。

拉丁文和希腊文的著作中经常提到有个流传了几千年的海外奇谈（也许是诽谤），说是哪个国家用鱼喂牛，或者马，或者羊。爱奥利安和普林尼[2]的著作中都有描写，然而在亚历山大的部将尼阿卡斯（Nearchus）的《日记》（*Journal*）中（公元前326年尼阿卡斯奉亚历山大之命考察印度河到幼发拉底河之间的海岸线），则说沿岸有一地区的居民（他称他们为伊克图欧法基人或食鱼族）不仅吃生鱼，还将鱼晒干，用鲸鱼的一截脊椎骨作臼，将鱼捣成肉酱，然后喂给牛吃，因为岸边没有草可供牛吃。几位现代的旅行家——布雷波萨、尼布尔[3]等人也都有过类似的描述。因此，权衡一番之后，我对普罗温斯敦的牛依然心存怀疑。至于其他的家养禽畜，金船长[4]在1779年续写的《库克船长[5]的航海日记》（*Captain Cook's Journal*）中，提到了堪察加半岛的狗，他说“大西洋鲑鱼的头、内脏和脊椎骨是它们冬季的唯一食物，人们把这些东西储存起来，晒干后

1 反刍类动物的第一胃。

2 普林尼（公元23—79），又称老普林尼，古罗马百科全书式的作家，以《博物志》（*Natural History*）而著名。

3 指卡尔斯顿·尼布尔（Carsten Niebuhr，1733—1815），德国数学家、制图员和探险家，曾参加丹麦组织的阿拉伯探险队，到过阿拉伯和红海地区。

4 詹姆斯·金（James King，1750—1784），英国皇家海军军官，曾参加詹姆斯·库克最后一次环游世界的探险。库克死后金接替他指挥船队，并完成了库克的航海日记。

5 詹姆斯·库克（James Cook，1728—1779），英国探险家、航海家、制图员，曾三次率领船队环游世界，进行探险考察。

用来喂狗，但他们每次只喂一点点。”

说到这些令人难以置信的事，让我插一段普林尼的话，他说“亚历山大大帝的舰队司令曾经说过，住在阿拉伯河[1]两岸的葛德罗西亚人，习惯用鱼的颚骨做门，用鱼的骨头做屋椽。”斯特拉波[2]对伊克图欧法基人也有类似的描述。“哈杜安[3]说，他生活的那个时代，巴斯克人[4]习惯用鲸鱼的肋骨制作篱笆，有时编出的篱笆长度超过了二十英尺。居维叶[5]说，挪威人时至今日仍用鲸鱼的颚骨做屋梁或者房柱。”希罗多德[6]说，色雷斯[7]普拉西斯湖边的居民（住在高脚屋上）“用鱼喂马和牲畜”。

普罗温斯敦显然是一个所谓的欣欣向荣的城市。一些当地居民问我，有没有觉得他们总的来说看起来过得不错？我说有，并问他们有多少人住在救济院？“噢，只有一两个，不是体弱多病就是傻瓜白痴。”他们回答说。房子和商店的外观令人联想到贫穷，而室内的舒适甚至奢华则否定了这一点。安息日的早上，你可能会遇到一位身着盛装的女子从教堂出来，费力地行走在沙丘之间，似乎没有一所房子适合接待她，可是房子的内饰无疑配得上该女子的外表。至于当地居民的内心，我仍不清楚。我与街上遇到的一些人短暂交谈过，常常发现他们智力一般，属于那种没什么前途的人，我对此既感到欣喜，又感到失望。不仅如此，第二年夏天，我因受到特别邀请而来拜访镇上的一位居民。那是一个安息日的傍晚，我看见他坐在前门口，在等我上门。然而，不幸的是，由于他好客的美名，一只蜘蛛也欣欣然来了，在门口结了一个巨大的网，而且相当完整。这看起来不太吉利，我竟绕过门口，从后门进了屋。

这个星期一的上午风和日丽，天气非常好，预示着我们横渡海湾的旅程将会很顺利，渔民们则担心天气没有前一天冷，风也太小，不太适合晒鱼。天气的对比没有比这里更明显的了。这是小阳春[8]

1 今巴基斯坦卡拉奇附近的赫布河（Hab River）。

2 斯特拉波（Strabo，约公元前64—约公元前23），古罗马地理学家、历史学家。

3 让·哈杜安（Jean Hardouin，1646—1729），法国古典文学学者。

4 西南欧民族，主要分布于西班牙北部以及西班牙和法国交界地区，传说他们是世界上最早的捕鲸能手。

5 乔治·居维叶（George Cuvier，1769—1832），法国自然科学家，比较解剖学的创始人。

6 希罗多德（约公元前485—公元前425），古希腊历史学家。

7 古代巴尔干半岛东部的一个部落名称，大致位于今天希腊、保加利亚和土耳其接壤的地区。

8 原文为 Indian summer days，是美国东海岸各州秋天一段温暖晴朗的天气，往往出现在九月下旬、十月和十一月。

的第一天，虽然快到中午了，但是我们发现镇后沙漠的水井中夜里结下的冰还没有融化。经过一番风吹日晒，我脸上最突出的部位已经开始蜕皮，那样子简直太难看了。但是你放心，仅仅两个艳阳天，是不足以阻挡我那颗欲到处乱跑的心的。我们在锚绳沼泽附近的山丘中逛了一番，做了一点本职工作[1]，然后爬到那个最高的沙丘顶上（可以俯瞰小镇），坐在一块悬空架在两个小沙丘之间的长长的厚木板上，看小孩子放风筝，他们很努力，可是风筝怎么也飞不起来。那天下午余下的时间我们一直望着平静的港湾，看看韦尔弗利特来的轮船是不是到了，那样我们才可能在听到长角的汽笛声后，及时地上船。

1 指梭罗担任土地测量员的工作。

与此同时，我们从孩子口中听到了我们想知道的一切。普罗温斯敦的男孩子当然都是水手，他们生来就具有水手的眼睛。去年夏天，一个星期天上午，我们正在距离普罗温斯敦港七八英里的高地灯塔那儿，我们想知道波士顿来的“奥拉塔”号（一艘著名的快艇）是否已经入港，一个十岁左右的普罗温斯敦男孩当时刚好在桌旁，他说船已经进港了。我问他怎么知道的。“我刚刚看见它进来的。”他说。我表示惊讶，因为隔着这么远，他居然能辨认出它来。他说，附近没那么多纵帆船有两面上桅帆，因此他能认出它来。帕尔弗雷在巴恩斯特布演讲时说，鸭子的水性也没有巴恩斯特布的男孩好。（他对科德角的男孩也可以这么说。）他们从婴儿学步的扶手嗖地一下子跳进了船上的护桅索，就像从母亲的怀抱一下子跳到桅顶一样。他们一边像婴儿一样自言自语，一边将指南针装进盒子里。他们从会放风筝起，就学会了卷帆、缩帆和掌舵。

这样的天气，最适合坐在山顶上，一边冥想，一边俯瞰海洋和陆地。捕鲭鱼的船队正在迅速离港，它们一艘接一艘地驶过海角，就像早晨海鸟飞散着离开巢穴，到远处捕食一样。小镇过去就是盐厂的棚屋，它们像乌龟一样，被挤到了沙丘的各个角落，而那些现在停摆的风车，则沿海岸线排成了一列。了解一下这种生活必需品竟出自这么简单粗糙的设备，是非常值得的。偌大的厂房只需太阳，一个熟练工人，外加一个干杂活的学徒。这是炎热地区的一种职业，同样是在艳阳高照的季节进行，比淘金或者洗钻更有趣，我想，它们之间虽然相距甚远，却有着某种相似性。在生产这种生活必需品时，大自然真是帮了人类的大忙。我在赫尔看到的钾碱工厂也是这样，他们燃烧大海藻梗，然后煮海藻灰，以获得钾碱。确实，假如你的实验室里有六个毫无经验的爱尔兰人，那么就不是钻牛角尖这么简单了。据说，由于沙丘对阳光的反射作用，再加上港口完全没有淡水注入，这里的产盐量要比县里其他任何地方都高。下一点雨是必要的，因为可以清洁空气，同时使盐紧密结实，就像三伏天的油漆无法干透一样，三伏天的水也无法蒸发。可是他们现在关停了盐厂，打算以木头的价格将其出售，就像海角上的其他地方一样。

站在高处俯瞰普罗温斯敦，居民们的一举一动都在我们的眼皮底下，就好像屋顶被摘掉了一样。他们正在屋子的四周忙着将咸鱼摆到柳条制成的鱼架上，此时我们发现，屋子的后院经过改造，功能已经和前院没什么两样。我们观察到，几乎每个院子都有一间小房子，他们正是从那里将宝贝推出来，然后有规律地将其摊开。而且我们发现，晒鱼是一门技术活，其中有窍门，有些人以此赚钱。有个人正将自己的鱼往后移，因为邻居的牛已经把脖子伸过了栅栏，准备偷吃呢。这种工作看起来很像家务劳动，就跟晾衣服一样，而在本县的一些地方，确实有妇女从事这项工作。

我在海角的几处地方看到过一种晾衣架。他们将柴火放在地上，用篱笆围起来，然后把衣服放在上面，这样衣服就不会沾到沙子。这里是科德角的晾衣场。

沙子是这里的大敌。一些沙丘的顶部用木板围了起来，禁止任何人进入，以免他们的脚把沙子搅乱，形成飞沙或者流沙。居民们必须得到许可，才能砍伐镇后的树木，制作鱼架、豆架等，虽然我听说，他们未经许可就可以将树从镇上的一个地方移到另一个地方。沙子像雪团一样移动，有时会埋住房子的底层，即使房子有围墙保护。这里的房子最初都建在木桩上，以便沙子从下面经过。我们看到这里有几栋老房子依然建在木桩上，然而现在却围上了木板，因为周围比它们新的房子都围上了木板。我们坐着的那座沙丘底下原来有间学校，里面的沙子和课桌一样高，老师和学生当然都消失了。也许是因为他们有一天不小心没有关窗，或者是忘了修理一扇破窗。可是有个地方竟然挂着“此处有细沙出售”的牌子，我几乎不敢相信自己的眼睛。或许街上有些居民在筛选沙子，这是一个很好的例子，人们可以通过处理，而使一件最无价值的东西也产生价值。根据这一原理，我们应该把科德角的整个背面都利用起来。但是我想，如果他们的招牌写的是“此处有肥沃的土壤”，或者是“去除细沙”，没错，或“倒鞋里沙子服务”，听上去会更加诱人。我们望着下面的市镇，我似乎看到有个住在木板路尽头的人，正穿着雪鞋艰难地行走，也有可能是我看错了。在一些描绘普罗温斯敦的画作中，当地居民的脚踝以下统统没有画出来，这很容易使人浮想联翩，以为他们的脚都埋在沙里。尽管如此，普罗温斯敦的居民向我保证，他们会挑马路的中间走，这样即使穿着拖鞋也不会进沙子，因为他们已经学会怎么把脚放下，怎么提起，如何才不会进沙子。有个人说，要是他晚上发现布鞋里有几颗沙子的话，会很吃惊，他还说，年轻的小姐们能敏捷地清除鞋里的沙子，这种巧妙的方法陌生人是学不来的。公共马车的轮胎宽约五英寸，而海角上一般运货马车的轮胎要再宽上一两英寸，因为这里的沙子比其他地方要深一两英寸。我看到有辆婴儿车的轮胎有六英尺宽，这是为了保证车子不会陷到沙里去。车子的轮胎越宽，马拉起来就越轻松。但是，我们在普罗温斯敦的两天两夜里，却只看到过一辆单马拉的二轮马车，而且当时正在运棺材。他们一般不轻易尝试马车。第二年夏天，我只看到一辆单马二轮马车，并让它把我拉到三十杆外的港口去坐船。可是书里说，1791 年，这里有两匹马拉的马车和两头牛拉的牛车，人们还告诉我们，我们在那里时，除了公共马车之外，还有好几

1 约翰·沃纳·巴伯（John Warner Barber，1798—1885），美国雕刻家和历史学家。文中的《历史》指他的《马萨诸塞州历史》（*Historical Collections of Massachusetts*）。

辆马车。巴伯的《历史》[1]一书中说道，“马车在这个地方如此罕见，以至于年轻人对其颇为好奇。有个在行船方面颇有经验的小伙子，看到有人驾车穿过街道，感到非常惊讶，因为这人不用掌舵就能驶得这么直。”这里听不到马车经过时发出的嘎嘎声，即使有马车经过，也不会发出这种声音。夜里有人骑马经过旅馆，也只听到沙子扬起发出的沙沙声，就像作家在奋笔疾书的声音一样，却听不到马蹄声。毫无疑问，这里的马和车现在多起来了。雪橇则从未出现过，或者至少也是海角上的新鲜事物，因为落下的雪不是被沙子吸收了，就是被风吹成了雪堆。

不过，你一般听不到当地居民抱怨他们的“土质”，他们会跟你说，这里的土质很好，很适合晒鱼。

到处都是沙子，然而这条街上却有三间教堂，四间是几乎和教堂一样大的学校，其中的一些为了保护地面平整结实而用木板围得严严实实。许多这种栅栏距离房子甚至不到一英尺，这使得整个镇的外观显得阴沉而不太友好，虽然实际上并非如此。他们告诉我们，过去十年沙子大体上没有再向前移动，牛群不再被允许到处乱跑，为了阻止沙子他们可谓用尽了一切方法。

1727年，为了促进当地的发展，普罗温斯敦被“授予许多特权”。这个镇有一两次几乎被弃，但是现在临街的地块售价颇高，虽然一开始你必须通过占有和提高其使用率，才能获得土地的所有权，而且产权的转让只能通过签订产权转让契约，因为小镇的财产全部归州所有。尽管街道两侧的地价这么贵，你仍然可以在许多地方扔颗石子，越过这些地方，让它落在一处尚未被人占领的空地，然后你可以通过在上面定居或提高其使用价值，从而占有这块土地或沙滩。

海角上的石头非常罕见。我在散步时，看到有些人行道和堤坝是用小石子砌成，可是石头依然很少见，有人告诉我，政府禁止船只拿海滩上的石头当压舱物，因此船员常常在夜里上岸偷石头。从奥尔良往下，我就没有听说过一杆普通砌成的石墙。可是我却在伊斯特姆看到一个人正在用“岩石”（他这么叫它们）给新房子加塞地基，他说他一个邻居花了好几年，费了好大劲才收集到这些“岩石”，最后都转给他了。我认为这个礼物值得一书——几乎等同于转让加利福尼亚“岩石”[1]。另外有个人在帮他，这个人似乎是观察自然的好手，他向我暗示附近有一块“周长四十二步，高十五英尺”的岩石，因为他看出我是外地人，而且不太可能把它搬走。可是我猜，海角前臂的居民一般都清楚这几块大石头的位置。我甚至遇到过一个对矿物学略懂一二的人，他的这些知识是从哪来的，我不知道。我想，他要是到大陆去，例如到科哈西特或者马布尔黑德[2]去，将有机会遇到并解决一些有趣的地质难题。

灯塔的砌井石是从欣厄姆[3]运来的，然而海角上的井和地窖一般都是砖砌的，砖头也是从外地运来的。地窖和井都建成了圆形，以避免进沙子。地窖的直径只有九到十二英尺，而且据说建造成本非常低，因为一排砖头建一个大点的地窖还绰绰有余。当然了，如果你住在沙漠里，你不会需要一个大地窖来装你那些根茎作物。以前，恼人的沙子经常横扫普罗温斯敦的房子下部，将地窖仅有的一点雏形也抹去，那时他们不种蔬菜，因此不需要地窖。韦尔弗利特有个农民收获了五十蒲式耳的土豆，他给我看了他的地窖，位于房子一角的下面，直径不超过九英尺，看起来就像个水箱，但他在谷仓那还有个地窖，和这个一样大。

几乎在科德角海边的任何地方，你只需掘上几英尺，就会有淡水冒出来。我们尝了尝，水质无一例外，都很糟糕，然而当地居民说这些水很甜，好像是拿它和海水比较似的。书中在描写特鲁罗的

1 19世纪40年代加利福尼亚发现了金矿，所以加利福尼亚“岩石”的价值也变大了。

2 位于马萨诸塞州东北部，是著名的度假胜地。

3 马萨诸塞州州中部波士顿以南的一海滨城市。

时候说，“海边的井，水位低时（或者更确切地说，是初汛时）会干涸，但是上涨的潮水会补充井水”。似乎沙滩最底层的咸水会把淡水顶上来。如果你在干旱的季节，看到普罗温斯敦的庭院里绿意盎然，你感到吃惊的话，他们有时会跟你说，是潮水将土壤中的水分逼上来，滋润了植物。一个有趣的现象是，海水中间的那些低矮的沙洲，它们甚至可能只有在低潮时才露出水面，却贮藏着丰富的淡水，饥渴的水手可以在那里找到水喝。它们就像巨大的海绵，将落到表面的雨水和露珠储存起来，通过毛细管作用[1]，避免与周围的咸水混淆。

我们坐在高处远眺，将普罗温斯敦港、大部分的海湾和大片的海洋尽收眼底——普罗温斯敦港是当之无愧的名港。它开口朝南，没有一块礁石，而且常年不冻。据说唯一见到的浮冰是从巴恩斯特布或者普利茅斯漂来的。德怀特说：“美国海岸肆虐的暴风雪一般来自东边，两百英里内没有其他位于上风区的港口。”J. D. 格雷厄姆仔细测量过普罗温斯敦港和附近的水域之后，说“这个港的水很深，有很好的下锚地，而且永远风平浪静，是我们海岸线上最优的港口之一”。它是科德角和马萨诸塞州渔民主要停靠的港口。它为航海家们所知，至少比普利茅斯殖民地还要早几年。在约翰·史密斯船长1641年绘制的新英格兰地图上，它的名字是米尔福德港，而马萨诸塞湾的名字则是史都华湾。查理王子殿下[2]将科德角更名为詹姆士角，然而即使亲王也并非总有权力把好名字改成坏名字，正如科顿·马瑟[3]所说的，科德角“这个名字我想永远都会存在，除非人们在它最高的山顶上看到成群的鳕鱼”。

许多早期的航海家都会意外地被它钩住[4]，最后发现自己进了港里。在接下来的地图上，科德角被标上了五花八门的地名，有法语的、荷兰语的，还有英语的，因为它曾是新法兰西、新荷兰和新

1　又称毛细现象，指当含有细微缝隙的物体与液体接触时，在浸润情况下液体沿缝隙上升或渗入，在不浸润情况下液体沿缝隙下降的现象。

2　即后来的查理一世（1625—1649在位），当时的英国国王是其父亲詹姆士一世。

3　科顿·马瑟（Cotton Mather，1663—1728），出生于新英格兰的清教徒牧师和作家。

4　科德角的外形像一只钩子，所以作者这么说。

英格兰的一部分。在一幅地图上，普罗温斯敦港被称为“Fuic（弓网？）湾”，巴恩斯特布湾叫“斯塔滕湾”，它北面的海则叫“Mare del Noort”，或者说北海。在另一幅地图上，科德角的尽头被称为“Staten Hoeck”[1]，或者说“States Hook”。在绘制的另外一幅地图上，这里被称为Noord Zee[2]、Staten hoeck或者是Hit hoeck，然而剑桥版的地图上没有标注日期，整个海角被称为“Niew Hollant”[3]（哈德逊[4]到过这里之后）。还有一幅地图上，雷斯角和伍德恩[5]之间的沙滩被称为“比夫砌尔”。尚普兰绘制的那幅珍贵的新法兰西地图，清晰地描绘了我所熟悉的现今新英格兰海岸，在这幅最古老的新英格兰地图上，科德角的名称是C.Blan（即白角），这个名字来源于白色的沙滩，马萨诸塞湾则被称为Baye Blanche[6]。1605年，德蒙[7]和尚普兰来过这里，第二年，普特林库尔和尚普兰更是深入到海角的腹地探险。后者在其《探险记》中详细描述过这个地方，还为两个港口配上了单独的航线图和水深图，这两个港口分别是——Malle Barre，即坏沙洲（瑙塞特港？），这个名字现在被用来称呼法国人所谓的Cap Baturier和Port Fortune，显然是指查塔姆港。奥格尔比的《美洲》一书中的“新荷兰”地图上，照搬了这两个名字。他还详细描绘了野蛮人的风俗习惯，并用整页插图表现了野蛮人突袭法国人，并杀死五六个法国人的事件。法国人后来杀死了几个原住民，还掳走了几个人，把他们带回皇家港[8]，并让他们徒手磨面粉，以此作为报复。

奇怪的是，关于法国人1604-1608年在现今新英格兰海岸的探险活动，英语著作中竟没有充分或者说正确的描述，虽然我们承认他们建立了当时北美圣·奥古斯丁[9]以北最早的欧洲人定居

1 荷兰语，意为“国家钩”。

2 荷兰语，意为“北海”。

3 荷兰语，意为“新荷兰”的意思。

4 亨利·哈德逊，17世纪的英国探险家和航海家。1609年，哈德逊受雇于荷兰东印度公司，试图找到通往亚洲的航道。哈德逊于4月4日从阿姆斯特丹出发，第二年七月到达纽芬兰，同年8月4日抵达科德角。

5 伍德恩（Wood End）是科德角的弯钩处，原意为“树林的尽头”。

6 法语，意为“白湾”。

7 德蒙（Du Gua de Monts，1558—1628），法国商人、探险家和殖民者。

8 皇家港（Port Royal），即后来的Annapolis Royal（安纳波利斯罗亚尔），是加拿大最早的欧洲人定居点，位于今天的新斯科舍省，芬迪湾的南岸。

9 位于今天美国佛罗里达州东北部的海岸城市，是欧洲人在北美的第一个定居点。

点。如果这是英国人[1]，情况将大不一样。这一疏漏可能部分原因在于，没有人为此而去查阅早期出版的尚普兰的《探险记》。对于我们可称之为清教徒到来之前的新英格兰历史，我认为，这本书给出了迄今为止最为详细也最为有趣的描写，这本书是四开本，一共一百六十页，然而好像历史学家和普利茅斯岩上的演说家都对它一无所知。在班克罗夫特[2]描写德蒙探险经历的权威著作中，对尚普兰只字未提，也没有说他来过新英格兰海岸。班克罗夫特称德蒙为领路人，然而在另一意义上，尚普兰是探险队的领袖，也是探险史的记录者。霍姆斯[3]、希尔德雷斯[4]和巴里，以及似乎美国所有提到了尚普兰的历史学家们，参考的都是他 1632 年的版本，其中漏掉了美国港口的全部单列图表，以及大约一半的原文。因为作者后来考察了那么多地方，完全可能忘记其中的一部分。希尔德雷斯在提到

1 原文用 lion（狮子）来指代英国。

2 乔治·班克罗夫特（George Bancroft，1800—1891），美国历史学家和外交家。

3 埃比尔·霍姆斯（Abiel Holmes，1763—1837），美国公理会牧师和历史学家。

4 理查德·希尔德雷斯（Richard Hildreth，1807—1865）美国记者、作家和历史学家。

白檫木
sassafras

德蒙的探险时说，“他深入考察了普林[1]两年前发现的佩诺布斯科特河[2]（1605 年）。”他只字未提尚普兰 1604 年（霍姆斯说是 1608 年，他根据的是珀切斯[3]的说法）代表德蒙而做的深入考察，还提到德蒙跟随普林的步伐沿海岸线来到“他称之为 Malabarre 的科德角”。（在他之前，哈利伯顿[4]早在 1829 年就说过同样的话。他称科德角为 Cap Blanc，而 Malle Barre 则是海角东面一个港口的名字。）普林没有提到那里有条河。贝尔纳普[5]说韦茅斯[6] 1605 年发现了这条河。F. 乔治斯爵士在其 1658 年的著作中说，1606 年，普林“圆满地发现了全部的河流和港口”。这些就是我所能找到的全部资料。班克罗夫特说尚普兰发现了几条缅因州西部的河流，但没有说是佩诺布斯科特河。尽管如此，他一定测量过这条河的长度，普林离开英国的时间只有大约六个月，他驶过科德角（马勒巴雷）这一带时，没有停留，因为发现上面没有檫树。而法国人可能没有听说过普林，他们一年又一年耐心地沿着海岸探索，测量各个港口的水深和海岸线，希望找到合适的地点定居。

1 马丁·普林（Martin Pring，1580—1626），英国探险家。

2 佩诺布斯科特河（Penobscot），缅因州中部河流，向南注入大西洋。

3 塞缪尔·珀切斯（Samuel Purchas，1577—1626），英国牧师，终身只在家乡方圆两百英里的范围内活动，却出版了多本外国游记。

4 托马斯·钱德勒·哈利伯顿（Thomas Chandler Haliburton，1796—1865），新斯科舍的政治家、法官和作家。

5 杰里米·贝尔纳普（Jeremy Belknap，1744—1798），美国牧师和历史学家。

6 乔治·韦茅斯（George Weymouth，1585—1612），英国探险家，考察过现今的缅因州一带。

1616 年，约翰·史密斯以自己 1614-1615 年的观测为基础，绘制并出版了一幅新英格兰地图，许多人认为它是最古老的新英格兰地图。它是这一地区被称为新英格兰之后的第一幅地图，因为史密斯就是这么命名的。可是在 1613 年出版的尚普兰的《探险记》中（而莱斯卡博[7]早在 1612 年就引述了尚普兰的探险记），有一张新英格兰的地图，当时基督教世界称这里为新法兰西，图的标题为 Carte

7 马克·莱斯卡博（Marc Lescarbot，1570—1641），法国作家、诗人和律师，曾于 1606—1607 年到阿卡迪亚（Acadia 当时法国在新法兰西的殖民地）探险，回国后，他根据所见所闻，于 1609—1618 年出版了《新法兰西史》（*Histoire de la Nouvelle France*），这套书被认为是加拿大历史上最伟大的书籍之一。

Géographique de la Nouvelle Franse faictte par le Sieur de Champlain Saint Tongois Cappitaine ordinaire pour le roi en Marine,——faict l' en 1612。[1]尚普兰根据 1604-1607 年的观测所得而绘制了这张地图，这张地图绘制了从拉布拉多到科德角，西至大湖区的广袤地区，上面密密麻麻地标注着有关地理、人种和动植物的各种信息。他甚至描绘了当时在沿岸许多地方观察到的指南针的变化。这幅地图，连同书中大量出现的港口和水深测绘图——Qui ni be quy（肯纳贝克[2]）、Chouacoit R.（萨科河[3]）、Le Beau Port（勒波港）、Port St. Louis（圣·路易斯港），以及我国海岸线上的其他港口。然而 1632 年的版本中并没有发现它们的踪影，使其成为之后半个世纪新英格兰和临近北部海岸最完整的地图，我们甚至可以说，直到另一名法国人德斯·巴雷斯[4]为我们重新绘制了一幅地图为止。而巴雷斯的这幅地图，直到最近才被我们的海岸测量图所取代。在之后很长的时间里，这一地区的大多数海岸图都受惠于尚普兰。他受雇于法国国王，是一名经验丰富的航海家、一个有科学精神的人、一名地理学家。他曾二十次横跨大西洋，可二十次都无功而返，今天不会有几个人敢乘坐他经常搭乘的那种小船。有一次，他花了十八天从塔杜萨克[5]航行到圣·马洛[6]。从 1604 年 5 月起，到 1706 年 9 月止，或者说大约三年半的时间里，他就在新斯科舍的安纳波利斯[7]和科德角之间徘徊，观察这里的地形和居民，同时绘制海岸图，他还详细描述了自己测量港口的方法。据他自己说，他的一部分地图于 1604（？）年付印。1606 年，就在庞特 - 格拉维[8]等人返回法国时，他和普特林库尔留在了皇家港。"目的，"他说，"是为了在上帝的帮助下，将我已经开始的海岸测绘工作完成。"这本书在约翰·史密斯来到北美之前便已付梓，尚普兰在书中还说：

1 意为"圣徒尚普兰将军在为国王出航远征中时所绘制的新法兰西地图，绘于 1612 年"。

2 肯纳贝克，美国缅因州西部一条河流的名字。

3 萨科河（Saco River），发源于新罕布什尔州北部的一条河流，流经缅因州西南部，最后注入大西洋。

4 德斯·巴雷斯（Des Barres，1721—1824），制图员。

5 加拿大魁北克省一个小镇，位于萨格奈河（Saguenay）和圣劳伦斯河的交汇处。

6 法国西北部不列塔尼地区的港口城市。

7 安纳波利斯（Annapolis）即前文提到的皇家港。

8 庞特 - 格拉维（Pont-Gravé，1560—1629），法国航海家，早期到新世界探险的皮毛商人。

“在我看来，我已经尽力了，也尽到了自己的职责，如果我没有忘记将自己的全部所见绘制成图，并向公众提供他们前所未闻的，独特而详细的见闻的话，虽然此前可能有人已经提到过，但那些和我们最近十年的发现相比，实在不值一提。”

清教徒的后代通常忘记了（假如他们曾经知道的话）这件事，当他们的祖先在新世界度过第一个令人难忘的冬天时，法国人就在离他们最远也不过三百英里（普林斯似乎认为是五百英里左右）的皇家港（新斯科舍的安纳波利斯），而且已经在那里住了十五年，虽然中间有过兴衰变化。早在 1606 年，他们就在那里建起了磨坊。威廉森[1]说，他们 1606 年还在河边烧制砖块和松节油。信奉新教的德蒙将牧师也带来了，在宗教问题上，新教牧师和天主教神父由于观点不合经常大打出手。虽然阿卡迪亚（Acadia）[2]的创建者所受的苦不亚于新教徒，而且他们中有同样比例的人——七十九人中有三十五人（威廉森的《缅因州史》说是七十人中有三十六人）——第一个冬天死于圣·克鲁瓦[3]。那是 16 年前的 1604—1605 年冬，据我所知，没有一位演说家歌颂过他们的大胆尝试（威廉森的《缅因州史》确实大力歌颂过他们）。而他们的继承人和后代在英国人那里所吃的苦，则为历史学家和诗人提供了写作的素材。（请参考班克罗夫特的《美国史》和朗费罗[1]的《伊万杰琳》。）18 世纪末，人们在圣·克鲁瓦发现了他们的城堡遗址，这为确认圣·克鲁瓦真正的地点和划分我们的边界提供了帮助。

这些法国人的墓碑，年代很可能比新英格兰伊丽莎白群岛以北（或许新英格兰的任何地方）最早的英国人遗址还要久远，因为即使戈斯诺德的仓库有留下任何痕迹，他那些坚固的工事也已经烟消

1 威廉·D. 威廉森（William D. Williamson，1779—1846）美国缅因州第二任州长，缅因州最早的历史学家之一。

2 阿卡迪亚（法文：Acadie），法国 17 世纪初在北美建立的殖民地。

3 指圣·克鲁瓦岛（St. Croix Island），为加拿大和美国交界的圣克鲁瓦河口的一个小岛，1604 年，法国移民曾在岛上建立过定居点。

4 亨利·沃兹沃斯·朗费罗（Henry Wadsworth Longfellow，1807—1882），美国诗人和教育家。《伊万杰琳》（*Evangeline*）是他创作的一部叙事诗，讲述了阿卡迪亚人被迫在新婚之时与情人分别的故事。

云散。1834 年，班克罗夫特审慎地说："需要一双轻信的眼睛，才能看出城堡的遗址。"1837 年，那里并没有发现任何城堡遗址。查尔斯・T. 杰克逊医生[1]跟我说，他在 1827 年的一次地质勘查中，在皇家港对面的戈特岛上发现了一块墓碑，碑石是火成岩，上面刻着共济会的标志和 1606 年，比清教徒登上北美大陆的时间早了十四年。这块碑石现在由新斯科舍的哈利伯顿法官保存。

1613 年，耶稣会[2]教士也来到这个后来被称为新英格兰的地方，他们在荒山岛[3]，后来又在圣・萨维尔劝导野蛮人归化。1611 年，他们来到皇家港，虽然几乎立刻就被英国人阻止了，但是仍比那些来此处享受宗教自由的清教徒早了好几年——这是尚普兰的说法。沙勒瓦[4]也这么说，还说他们 1611 年从法国来之后，从皇家港向西，沿着海岸一直往南走，1612 年到达肯纳贝克[5]，而且他们经常坐船从皇家港来到荒山岛。

实际上，只有当这里不再是新法兰西时，英国人的新英格兰史才真正开始。虽然卡博[6]第一个发现了北美大陆，尚普兰在 1632 年（在英国暂时占领了魁北克和皇家港之后）版的《探险记》中，却不无公正地抱怨道："欧洲各国的共识是，新法兰西的范围至少延伸至北纬三十五度和三十六度，西班牙、意大利、荷兰、佛兰德斯、德国和英国出版的世界地图均如此标明，直到他们占领了新法兰西的沿海地带，包括阿卡迪亚、艾彻明（缅因和新布伦瑞克？）、阿尔莫其索瓦（马萨诸塞？）和圣・劳伦斯大河。他们根据自己的喜好，给这些地方起了新英格兰、苏格兰之类的名字，但是，要抹去整个基督教世界业已熟知的记忆，并非易事。

卡博仅仅在不适宜人类居住的拉布拉多海岸登陆，这使得英

1 指查尔斯・托马斯・杰克逊（Charles Thomas Jackson，1805—1880），美国医生和科学家，在医学、化学、矿物学和地质学等方面均有积极贡献。

2 诞生于 16 世纪的天主教一个分支。这里指的是法国耶稣会教士，受到信仰新教的英国人的抵制。

3 荒山岛（Mount Desert），美国缅因州大西洋沿岸的一个小岛，今属阿卡迪亚国家公园。

4 皮埃尔・沙勒瓦（Pierre Charlevoix，1682—1761），新法兰西的法国耶稣会教士、旅行家和历史学家，常被认为是新法兰西的第一位历史学家。

5 指肯纳贝克河（Kennebec River），位于今缅因州西部。

6 约翰・卡博（John Cabot），意大利航海家和探险家。

国人缺乏拥有新英格兰（或者说美国）的合法权利，就跟他们无权拥有巴塔哥尼亚[1]一样。他那位谨慎的传记作者（比德尔[2]），无法确定他顺着美国海岸航行是在何时，就像传闻的那样，也没人告诉我们他都看到了什么。米勒在《纽约史集》第一卷第28页上说，他似乎并没有在哪个地方登陆。与之相反，韦拉扎诺[3]在新英格兰海岸的每个地方都要停留了十五天，而且常常深入内地。碰巧的是，后者在1524年写给弗兰西斯一世的信中，包含了“对合众国大西洋沿岸现存最早的原始记录”。甚至从那时起，其北部就开始被称为La Terra Francese了，或者说法国的土地。其中一部分被称为新荷兰，后来才改称新英格兰。英国人很晚才对他们偶然发现的这块陆地进行探险和殖民。法国人尝试在北美大陆（卡罗莱纳和佛罗里达，1562—1564年）开拓殖民地，并建立第一个永久居住点（皇家港，1605年），在这两方面法国人都遥遥领先。从亨利七世开始，西班牙和葡萄牙的占有权便自然而然地受到英国的大致尊重和承认，法国的占有权也是这样。

1 巴塔哥尼亚高原位于南美洲南部，大部分位于阿根廷境内，少部分位于智利境内。1519年麦哲伦环球旅行时发现了此地，随后的16–18世纪，西班牙和英国的殖民者曾对这一地区展开争夺。

2 理查德·比德尔（Richard Biddle，1796—1847），美国作家和政治家，1831年出版了《塞巴斯蒂安·卡博回忆录，及对航海大发现的历史回顾》（*A Memoir of Sebastian Cabot, with a Review of the History of Maritime Discovery*）。

3 乔万尼·德·韦拉扎诺（Giovanni da Verrazzano，1485–1528），意大利探险家。

法国人的多次探索，给全世界带来了这些海岸的第一份珍贵地图。1506年，翁弗勒尔的丹尼斯绘制了一幅圣·劳伦斯湾地图。1535年卡蒂亚[4]沿圣·劳伦斯河逆流而上时，法国人就开始出版这条河从河口至蒙特利尔的地图。这幅地图绘制得异常精确。在以后不止一代人的时间里，你几乎可以在地图上辨别出佛罗里达以北的所有地区——尽管哈克鲁伊特[5]认为韦拉扎诺绘制的略图（在法国国王的资助下），是其（1524年）后五十多年时间里，对我们海岸最准确的描绘。法国人的足迹非常清楚，他们一路测量，一回到家乡，就将他们的航行和探险所得展示出来。他们绘制的地图丝毫

4 雅克·卡蒂亚（Jacques Cartier，1491—1557），法国探险家。

5 理查德·哈克鲁伊特（Richard Hakluyt，1553—1616），英国作家。

没有丢失的危险，而卡博的就遗失了。

那个时代最杰出的航海家是意大利人，或者说拥有意大利血统的人，和葡萄牙人。法国人和西班牙人虽说在航海技术方面比不过前者，可是跟英国人相比，他们却拥有更加丰富的想象力和冒险精神，即使晚至 1751 年，他们也要比英国人更适合探索新大陆。

在这种精神的驱使下，法国人早早就来到大湖区和密西西比河北段，西班牙人则来到这条河的南段。这比我们的开拓者们来到西部的时间要早得多，而且 voyageur[1] 或者 Coureur de bois[2] 仍是我们在那个地区的向导。Prairie[3] 是法语，就跟 Sierra[4] 是西班牙语一样。佛罗里达的奥古斯丁和新墨西哥的圣·达菲（1582 年），这两座美国最古老的城镇，都是西班牙人建的。在老人们的回忆里，有盎格鲁血统的美国人[5] 活动的区域只局限于阿巴拉契亚山脉和大海之间，“一块不足两百英里宽的地方”。而根据条约，密西西比河为新法兰西的东部边界。（请参考 1763 年伦敦出版的约翰·巴特拉姆[6] 先生游记，其中有关于处理俄亥俄问题的单行本。）就发现内陆而言，英国人的探险精神是那种水手式的，他们只上岸停留一天，而他们的进取心也是那种商人式的。有篇文章说，当卡博发现美洲大陆竟向北延伸时，非常失望，因为这阻挡了他去印度的路，假如卡博确实说过这样的话，那他的口气简直太像英国人了。但是对于一位如此伟大的探险家，我们宁可增加，也不愿降低他的声望。

塞缪尔·彭哈洛[7] 在《交战史》一书的第 51 页讲到“皇家港和新斯科舍”时说，后者“最先是被为大不列颠皇室服务的塞巴斯蒂安·科博[8] 先生所攫取，直

1 法语，意为（从前在加拿大水道上为毛皮公司运送货物、人员的）包运船户。

2 法语，意为（早期在加拿大边界流窜的）法国非法毛皮贩子，非法猎取毛皮者。

3 意为大草原。

4 意为山脉。

5 指有英国血统的美国人。

6 约翰·巴特拉姆（John Bartram，1699—1777），美国植物学家、园艺学家和探险家。

7 塞缪尔·彭哈洛（Samuel Penhallow，1665—1726），来自英国康沃尔的移民，历史学家和民兵组织领导。这里指的是他的《新英格兰与东部印第安人交战史》（*History of the Wars of New-England with the Eastern Indians*）一书。

8 原文是 Sebastian Cobbet，怀疑应为 Sebastian Cabot（1474—1557）意大利探险家，约翰·卡博之子，曾跟随其父到过北美大陆，并在其父死后，继续为英国皇室探索西北航道。

到 1621 年（威廉·亚历山大爵士[1]获得了几年的专有权），这个地方才开始有了动静”。后来戴维·柯克爵士[2]成了这里的主人，但是不久后，“这块地就给了法国人，所有的有识之士都为此感到诧异”。

我们发现，迟至 1633 年，温斯罗普[3]还在谈论“大湖”及“其周围那些可疑的沼泽”（康涅狄格河及“波多马克河”的发源地）。温斯罗普是马萨诸塞殖民地的第一任总督，不太可能搞错，因为他发现了沃楚西特山[4]（内陆四十英里处），并至少因此而声名鹊起。而在 1642 年众多值得记录的事件当中，他记录了爱尔兰人达比·菲尔德[5]对“白山”（White hill）[6]的考察。温斯罗普说菲尔德从山顶向东极目远眺，看到了一个港湾，他“认为那里是加拿大湾”，菲尔德又向西，望见了“加拿大河的发源地大湖”，他还在山上发现了许多白云母（muscovy glass），“可以劈成长四十英尺，宽七八英尺的薄片”。就在新英格兰的居民们这么煞有介事地讲述着一百英里外，那个对他们来说是 terra incognita[7]的内陆时——更确切地说，比最早提到的那个日期还要早许多年——早在清教徒听说过新英格兰之前，身为加拿大第一任总督的尚普兰（更不用说卡蒂亚[8]、罗伯威尔[9]等人 18 世纪在内陆所进行的探险了，和他自己早先的航行了）已经和易洛魁人[10]在林中的城堡展开激战，而且已经深入大湖区并在那里过冬。在尚普兰 1613 年出版的《探险记》中，有一幅插图描绘了 1609 年 7 月，他在

1. 威廉·亚历山大爵士（Sir William Alexander，1567—1640），苏格兰廷臣和诗人。

2 戴维·柯克爵士（Sir David Kirk，1597—1654），英国探险家和殖民者。

3 约翰·温斯罗普（John Winthrop，1587—1649），英国清教徒律师，英国在新英格兰的第二个殖民地马萨诸塞湾殖民地的主要创建者之一。

4 沃楚西特山（Mount Wachusett），马萨诸塞州中部的一座山脉。

5 达比·菲尔德（Darby Field，1610-1649），出生于波士顿的爱尔兰人后裔，是第一个攀登新罕布什尔州华盛顿山的欧洲人。

6 即华盛顿山。

7 拉丁语，意即“未知的土地”。

8 1535 年，即戈斯诺德发现科德角的六十七年前，卡蒂亚从蒙特利尔山上向南望，第一眼看到的新英格兰是佛蒙特（他还看到了纽约的山），真是不可思议。如果看到即等于发现，那么卡蒂亚（略去韦拉扎诺和戈麦斯）就是第一个发现新英格兰的人，而不是通常所认为的戈斯诺德。

9 让-弗朗索瓦·罗伯威尔（Jean-Francois Roberval，1500-1560），法国贵族、探险家和海盗，曾在加拿大建立过殖民地，后放弃。

10 易洛魁（Iroquois），美国殖民史上纽约州的印第安部落联盟，是美国东北部和加拿大东部最强大的原住民势力。

尚普兰湖[1]南面附近协助加拿大印第安人进攻易洛魁人的场景，这个时间要比普利茅斯殖民地设立的时间早十一年。班克罗夫特说，尚普兰参加了阿尔贡金人[2]征讨纽约[3]西北部的易洛魁人，或者说五部落联盟[4]的斗争。这就是那个“大湖”，很久以后，英国人从法国人那里听说了这个地方，想象它位于“一个虚幻的省份拉科尼亚省，并在 1630 年前后花了几年时间徒劳地寻找这个地方”。托马斯·莫顿也曾在书中用一章的篇幅讲述这个“大湖”。在尚普兰 1632 年出版的地图上，出现了尼亚加拉瀑布。Mer Douce（休伦湖）西北的大湖中有个小岛，上面写着“Isle ou il y á une mine de cuivre”，即“岛上有铜矿”。这补充了我们总督的“云母”一说。所有这些探险和发现都有详尽真实的描述信息，除了地图和测绘图，还有事实和日期，一切就像法国人的做事方式，非常精确，没有半点虚构。

也许，欧洲人早在 17 世纪以前就已经来到科德角了，卡博亲眼看到了这个地方。根据韦拉扎诺自己的描述，1524 年他在我们海岸北纬 41° 41′ 的地方停留了五十天（有些人猜是纽波特港），且经常深入到五六里格以外的内陆考察。他说他有一次从那里向东北航行了一百五十里格，“一直能看到海岸”。在哈克鲁伊特的《若干次航行》[5]一书中，有一张地图，可是我在上面找不到科德角，除非“阿瑞纳斯角”即是，“阿瑞纳斯角”的纬度没错，虽然它的经度在“克劳迪娅岛”（人们认为是布洛克岛[6]）以西十度。哈克鲁伊特这本书是根据韦拉扎诺绘制的地图而写的，哈克鲁伊特还称赞了后者的准确性。

《传记集锦》[7]告诉我们，“西班牙制图员迭戈·里贝罗[8] 1529 年画了一份古老的手稿图，保存了戈麦斯（葡萄牙

1 尚普兰湖（Lake Champlain），位于今美国纽约州和佛蒙特州交界处，一小部分位于加拿大境内

2 北美最大的印第安人部落群体，由讲阿尔贡金语的几百个大小部落组成

3 这里指纽约州。

4 五部落联盟，指易洛魁联盟，因其最初由五个印第安部落组成。

5 即《发现美洲的若干次航行》一书。

6 布洛克岛位于现在的罗得岛州。

7 《传记集锦》（*Biographie Universelle*）是法国历史学家和出版商约瑟夫·弗朗索瓦·米绍（Joseph François Michaud，1767-1839）撰写的一本多人传记集。

8 迭戈·里贝罗（Diego Ribeiro），葡萄牙制图员和探险家，一生大部分时间在西班牙度过。

人，受查理五世[1]的差遣）的航行记录。在这张地图上，纽约州、康涅狄格州和罗得岛州所在的位置下方（au dessous），写着 Terre d' Etienne Gomez,qu' il découvrit en 1525（艾蒂安·戈麦斯 1525 年发现的土地）。”这张地图和传记一起，18 世纪由魏玛出版。

让·阿方斯[2]是 1642 年罗伯威尔在加拿大的向导，他是当时最有经验的航海家，在轮船沿圣·劳伦斯河溯流而上时，他详细而精确地指引了轮船前进的方向，这说明他知道自己在说什么，他在自己的《路》（在哈克鲁伊特的书中）一书中说，“我甚至到了北纬四十二度的一个港湾，在诺林贝格河（佩诺布斯科特河？）和佛罗里达之间，可是我没有穷其尽头，因此不知道它是否流向另一块陆地”，意即亚洲。他指的可能是马萨诸塞湾，假如大家认为他指的不可能是再往南一点向西倾斜的那段海岸的话。他在说“关于诺林贝格河流入加拿大湾这一点，我深信不疑”时，可能是在解释印第安人所描绘的，从圣·劳伦斯河通往大西洋的一条水路（圣·约翰河[3]，或者佩诺布斯科特河，甚至可能是哈德逊河[4]）。

我们从许多方面听说过“诺伦贝格”[5]这个地方及那里的伟大城市。根据拉姆西奥[6]的书里的第三卷中一位伟大法国船长的说法，这个名字据说是当地居民所起，韦拉扎诺则被称为这个地方的发现者，1607 年的一本书则说当地土著称那个地方（或者那条河）为阿坤西亚，随附的一张地图则显示它是个岛屿。过去的作家经常将其描绘为加拿大和佛罗里达之间一片广袤的土地，从哈克鲁伊特《若干次航行》中的地图（根据韦拉扎诺的图绘制而成）来看，它似乎是个很大的岛屿，最东边是布雷顿角[7]。早期移民普遍认为新英格兰是个岛屿，这些地图和传闻可能正是产生这种观点的根源。

1 查理五世（Charles the Fifth），神圣罗马帝国皇帝，即西班牙国王卡洛斯一世，1519—1556 年在位。

2 让·阿方斯（Jean Alphonse，1484—1544），葡萄牙航海家、探险家。

3 发源于缅因州西北部，向东北流经加拿大新不伦瑞克，注入芬迪湾。

4 发源于纽约州的一条河流，向南注入大西洋。

5 似乎应该是“诺林贝格”（Norimbega），作者这里写成了“诺伦贝格”（Norumbega）。

6 乔万尼·巴蒂斯塔·拉姆西奥（Giovanni Battista Ramusio，1485—1557），意大利地理学家和游记作者。

7 指布雷顿角岛（Cape Breton Island），位于加拿大新斯科舍省东部，以狭窄的坎索海峡与大陆分开。

在奥特柳斯[1]的地图上，“诺伦贝格”位于现在缅因州所在的地方，而“格兰德河”则画在了佩诺布斯科特河或者圣·约翰河所在的位置。

1604年，尚普兰受德蒙先生的差遣，对诺伦贝格进行探索，他从“豪特岛”[2]出发，沿着佩诺布斯科特河上溯了二十二三里格，直到被大瀑布拦住去路。他说：“我想这条河就是许多向导和历史学家所说的诺伦贝格了，大部分人说它是条大河，水面非常宽阔，有无数的小岛，它的入海口在北纬四十三度或者四十三点五度，或者根据其他的说法，在北纬四十四度附近。”他深信，那些说有座大城市的人“大部分”都不是亲眼所见，只是以讹传讹，不过他认为有些人见过这条河的河口，因为这和他们的描述一致。

在1607年的日期下面，尚普兰写道：“从普特林库尔角（在新斯科向舍芬迪湾伸出的海角附近）往北三四里格，我们发现了一个很旧的十字架，上面长满了青苔，几乎已经全部腐烂，这是一个明显的标志，说明基督徒曾经来过这里。”

下文引述一段莱斯卡博的文字，从中可以看出，欧洲人16世纪曾频繁地光顾附近的海岸。莱斯卡博在提到1607年从皇家港返回法国时说：“最终，在距离坎索（坎索海峡）不到四里格的地方，我们发现了一个港口（在新斯科舍），一个从圣·让德吕兹[3]来的，名为“萨维尔船长”的可敬的老人正在那里捕鱼，他非常客气地接待了我们。这个港虽小，却是个良港，由于还没有名字，我便在自己的地图上为它起了个名字叫“萨瓦列”。（尚普兰的地图上也是这个名字。）这名可敬的老人告诉我们，这是他第四十二次来到这里，而纽芬兰人一年只来一次。他对自己的收获感到非常满意，他跟我们说，他捕捞鳕鱼，一天能挣五十个银圆，来一趟能挣一万法郎。

1 亚伯拉罕·奥特柳斯（Abraham Ortelius，1527–1598）佛兰德斯制图员和地理学家，绘制了第一部现代地图集《寰宇概观》（*Theatrum Orbis Terrarum*）。

2 豪特岛（Isle Haute），加拿大新斯科舍西部芬迪湾一小岛。

3 原文为St. John de Lus，似乎应为St. John de Luz（即St. Jean de Luz，Jean为John的法文写法），即圣·让德吕兹，法国西南部港口，毗邻西班牙，居民多为巴斯克人。

他雇了十六个帮工，他的船载重八十吨，可以装运十万条鳕鱼干。”他们在岸边的岩石上晒鱼。

在拉姆西奥1556—1565年出版的第三卷《航海旅行》中，“蕾娜岛”（塞布尔岛？）出现在了“新法兰西”和诺伦贝格的地图上，拉姆西奥还引述了上面这段话。1604年，尚普兰说塞布尔岛上有“牛群在吃草，它们是葡萄牙人六十多年前带过来的”。也就是说，1613年之前六十年。后来再版时他说，这些牛是从一艘西班牙船上跑出来的，西班牙人当时努力想在塞布尔岛定居。他说，从1598年起，拉罗什的人被留在这座小岛上长达七年之久，他们以岛上发现的大量牛肉为食，还利用漂到岛上的沉船残骸（“可能是吉尔伯特的”）建造房屋，因为岛上没有树也没有石头。莱斯卡博说，他们“靠吃鱼肉和留在那里的奶牛所产的奶生活了八年，直到最后被德莱利男爵和圣·茹斯特带走”。沙勒瓦说那里的牛群是谣传。根据班克罗夫特的说法（他参考了沙勒瓦的说法），德莱利和圣·茹斯特早在1515年（或者是1508年？）就建议殖民塞布尔岛。这些就是我所能引用的仅有几个例子。

通常认为科德角是1602年被发现的。我们来详细分析一下，看看历史能清楚地辨识出来的第一批英国人是在什么情况下，怀着怎样的心情和愿望，来到新英格兰海岸的。根据阿切尔和布里尔顿（两人都跟随戈斯诺德）的记录，旧历1602年3月26日，巴塞洛缪·戈斯诺德船长驾驶小帆船“康科德”号，从英格兰的法尔茅斯[1]启航，朝弗吉尼亚的北部驶去，根据记录，他们一共“三十二人，其中八名是船员、水手，十二个人准备一完成探险便随船回国，其余的留在那里殖民”。这次探险被认为是“英国人首次尝试在新英格兰建立殖民地”。他们没有按照常规的路线经过加纳利群岛，而是走了一条新的捷径。“同年4月14日”，他们看到了亚速尔群岛中的圣·玛

1 英国西南部港口。

北美山毛榉
American beech

丽岛。由于水手的人数有限，且“个个平庸”（我引用他们的原话），他们又“正处于一片未知的海岸”，因此不敢“冒冒失失地上岸，除非天气和暖”，于是他们先用铅垂测量这里的水深。4月23日，海水呈黄色，然而用小桶打水，“却发现这些水的颜色和味道跟蓝色的海水没有什么分别”。5月7日，他们看到了一些海鸟，对其中几只他们叫得出名字，许多是“英语中尚未有名字”的鸟。5月8日“海水变成了蓝绿色”，他们“在水深70英寻时探到了海底”。5月9日，他们的铅垂上有“许多闪闪发光的颗粒”，“这可能预示着海底有矿物质”。5月10日，他们来到一片浅滩，并看到了鱼群，他们认为是在圣·约翰岛[1]的西端附近。5月12日，他们说，“不断有 sea-oare[2] 从我们身边疾驰而过，似乎正朝东北方迁徙”。5

1 即加拿大东部的爱德华王子岛。

2 可能是一种海鸟，也可能是一种鱼。

月 13 日，他们看到有“大量的海草和木头，以及其他一些东西漂过”，他们“闻到了海岸的味道，就像南部海角和西班牙的安达卢西亚[1]一样”。5 月 14 日，星期五，一早他们就看到了北面的陆地，此处的纬度为四十三度，显然属于缅因州海岸的某个地方。威廉森（在《缅因州史》中）说他们到的地方当然不可能是绍尔岛[2]。贝尔纳普倾向于认为是在安角南面。他们沿着海岸行驶，十二点左右抛锚，有八个野蛮人“乘坐一艘有帆有桨的比斯开帆船来到这里”，“船上还有一根小铁锚和一把铜壶”。他们一开始以为这些人是“蒙难的基督徒”，其中一人“穿着和我们海员一样的马甲和黑哔叽马裤，脚上穿着鞋，其他人（除了一个穿着蓝布马裤外）则全部赤身裸体”。他们似乎和“圣·让德吕兹的巴斯克人”有过交易，“而且比我们了解得更多”。英国人说，“因为我们语言不通。”但他们不久就“撇下这些野蛮人和海岸向西驶去。”（对于探险者来说，这真是个惊人的发现。）

1 安达卢西亚位于西班牙的南部地区。

2 绍尔岛（Isle of Shoals），位于今缅因州和新罕布什尔州交界的几个小岛。

“15 日，”加布里埃尔·阿切尔写道，“我们又看到了陆地，就在我们的前方，我们以为那是个小岛，因为西面有条海峡将它和大陆分开，我们在它的最西边确实发现了一个很大的口子，我们将它命名为‘希望洲’。我们在海角附近水深五十英寻处下锚，并捕捉了大量的鳕鱼，因此我们将其易名为‘Cape Cod’（鳕鱼角）[3]。我们看到了成群的鲱鱼、鲭鱼和其他小鱼。这是一片低矮的沙洲，但是并不危险。我们还在水深 16 英寻，北纬四十二度，靠近大陆的地方下锚。这个海角宽度接近一英里，朝向为东北偏东。船长从这里上岸，发现地上长满了尚未成熟的豆子、草莓、越橘等，岸边的沙坡有点陡，我们从那里取了柏树、桦树、金缕梅和山毛榉[4]作为柴火。一个耳戴铜片，身跨弓箭的年轻印第安人来找船长，他表示愿意帮助我们。”

3 即音译为“科德角”。

4 原文作 beach，怀疑应为 beech，即山毛榉。

“16 日，我们沿着海岸向南行驶，只看到一片长满青草的原野，岛上却林木葱翠。”

或者，根据约翰·布里尔顿的描述，“我们来到这里”，即他们第一次和当地土著接触的地方，“找不到良港停泊，此外天气也叫人拿不准，下午大约三点钟我们起锚，向南驶去，那天余下的时间和之后的夜晚，我们都在清风吹拂的茫茫大海上航行。早上我们发现自己被一个巨大的海角围在中间，9 点钟左右，我们在离岸不到一里格的地方下锚，并将我们的半只小船升起来，船长巴塞洛缪·戈斯诺德、我和另外三个人上了岸，这是一片棱角分明的白色沙滩。我们脖子上挂着步枪，整个下午都在攀登我们看到的那些高山（天气非常炎热），后来我们发现这个海角是大陆的一部分，一些零星小岛散布在它的周围。晚上我们回到小船那儿（因为此时小船的另一半也被运到岸上，并已装好），路上见到一个印第安人，这个人身材健美，长着一张讨人喜欢的脸。我们和他寒暄了一番，然后离开，返回到我们的小船。五六个小时之后，鳕鱼多得已经成为负担，我们不得不再次把一些鳕鱼扔进海里：我相信，这一带最佳的捕鱼季节在三月、四月、五月，那时的渔获会更多，就跟纽芬兰一样。因为白天我们航行期间以及从岸边过来时，看到了成群的鲭鱼、鲱鱼、鳕鱼等鱼类，多得数也数不清。”诸如此类。

“我们从这里沿着海角绕了一圈，几乎把指南针上的所有方位都转遍了，海岸非常陡峭，但没有一处海岸是没有危险的，因此我认为这里和别处一样安全。陆地有点低，地上长满了漂亮的树木，然而有些地方却又一览无遗。”

我们不是很清楚他们是从科德角的哪一侧登陆的。如果是内侧的话，正如布里尔顿所说的，“我们从这里沿着海角绕了一圈，几乎把指南针上的所有方位都转遍了”，那么应该是在特鲁罗或者韦尔弗利特的西海岸。你沿着海角往南驶入巴恩斯特布湾，唯一能看到“棱角分明的白色沙滩”的地方就是这两个镇，虽然那里的沙坝没有东面高。从四五英里外的地方望去，那些沙崖就像是一列黄色砂岩筑成的堡垒，非常的平坦而有规律，特别是在韦尔弗利特——这座土堡保护了小镇免受大海的侵蚀。沙崖到处都是一条条的红色沙带，就像画上去的一样。再往南，海岸更加平坦，土壤的沙质没那么明显，也没那么陡，在有沼泽的地方时不时点缀着一抹绿色，在水手眼里，那就像是珍贵而稀罕的绿宝石一样。但是第二年出版的《普林航行记》（而且当时和普林一起的萨尔特曾经跟随戈斯诺德）写道，“我们离开此地（即野人岩），进入了去年戈斯诺德船长绕过的一个大海湾。”[1]

于是他们绕科德角走了一圈，将其东南端命名为“庞特洞”，最后他们来到一个小岛，并将其命名为“玛撒葡萄园岛”（现在叫“无人岛”）。他们在另外一个岛上逗留了一段时间，并以女王的名字，将这个岛命名为“伊丽莎白岛”，后来，“伊丽莎白”成了这个岛所在的那组岛屿的名称，这个岛现在叫“卡提汉克”，是一个印第安名字。他们在那里建了一个小仓库，这是英国人在新英格兰建造的第一间房屋，不久前还可看到它的地窖，房子的部分建筑材料来自于他们从沙滩上采集到的石头。班克罗夫特说（1837 年版），城堡的遗址已经不可辨认。那些留在那里的人渐渐变得不满起来，第二年的 6 月 18 日，他们全部启程回国，船上满载着檫木等物品。

第二年，马丁・普林来这里寻找檫树，从那以后，他们才频繁地造访这个地方，直到檫树不再出名。

这些就是我们所找到的有关科德角的最古老资料，除非正如一些人猜测的那样，它就是“基亚拉内斯”或者说“基尔角”[2]。根据冰岛古代传说，1004 年，红胡子埃里克的儿子梭瓦尔德从格陵兰出发，朝西南方航行了许多天之后，船的龙骨折了。而根据另外一个不是那么可信的传说，1007 年，梭芬・卡尔塞夫[3]（“意思是

1 许多人从字面上考虑，认为“野人岩”就是距离安角罗克兰两英里的“塞尔维奇斯暗礁”（塞尔维奇斯 Salvages，和野人 savage 一词近似）。“野人岩”可能是指缅因州约克港东面的一块巨大的岩石“纳布尔”（Nubble）。有经验的航海家们推测，戈斯诺德的第一个登陆点就在伊丽莎白角，而伊丽莎白角就在这一带。请参考巴步森（John James Babson，1809-1886）的《马萨诸塞州格洛斯特史》（*History of Gloucester, Massachusetts*）。作者原注。

2 基尔角（Ke-el-Cape），即前文提到的“龙骨岗子”。

3 原文是 Thorfinn Karlsefue，疑即梭芬・卡尔塞夫尼。

注定将有出息的伟大人物”，据说他在新英格兰生了个儿子，雕刻家梭瓦尔森[1]即其后代）和妻子古丽达及一班杰出的挪威人（斯诺里·梭布兰森、比亚涅·格里诺夫森和梭豪·格拉森）曾经坐船经过这里。他们一共乘坐三艘船，船上载有“一百六十个人和各种各样的牲畜”（其中也许还有几只挪威鼠[2]），陆地在他们的“右手边”，他们“上岸逛了逛”，并发现了“Or-œfi（人迹罕至的沙漠）”、“Strand-ir lang-ar ok sand-ar（狭长的海滩和沙丘）”，并“将这一带海岸称为 Furdu-strand-ir（神奇海岸），因为它看起来很长”。

1 贝特尔·梭瓦尔森（Bertel Thorvaldsen，1770-1844），一般译为托瓦尔森，丹麦伟大雕塑家，一生大部分时间在意大利度过。

2 原文为 Norway rat，即褐家鼠，是一种常见的大老鼠。

根据冰岛古代传说，梭瓦尔德是当时第一个强烈渴望旅行的人——也许除了一个名叫比亚涅·赫留夫森（即赫留夫之子）的人——他为了与移居格陵兰的父亲团聚，公元 986 年从冰岛航行到格陵兰岛，因为他决心（根据传说）“和以前一样，与父亲一起过冬”。风暴把他吹向了遥远的西南方，风暴过后，他隐隐约约地看见了远方的科德角，但是这个地方和格陵兰描述的不符，于是他改变航向，沿着海岸向北驶去，最后抵达格陵兰，找到了父亲。无论如何，他都极有资格称自己发现了美洲大陆。

这些北欧人有着坚毅的性格，他们的后辈年纪轻轻就继承父业，在海上闯荡，在没有航海图，也没有指南针的条件下横渡大洋，据说他们是“最早学会依靠风力航行的人”。不仅如此，他们还习惯将门柱扔到船上，遇到合适的地方就上岸定居。可是由于比亚涅、梭瓦尔德和梭芬均未清楚地提到经纬度，所以尽管我们对他们怀有崇高的敬意，视他们为有经验和冒险精神的航海家，但是目前，对于他们真正看到的海角，我们仍不得不心存怀疑。我们认为他们到的地点更靠近北方。

如果时间和空间允许，我可以再介绍几位可敬之人。1609 年，莱斯卡博断言法国水手从远古时代起，便经常造访纽芬兰浅滩，“几乎整个欧洲和所有的海船都在吃他们的鳕鱼”，因此“最近的几个地方说的话有一半是巴斯克语”。他还引用了波斯特尔[1]的话为证。波斯特尔是一名法国作家，知识渊博而且生活奢侈，他生于1510年，距离巴斯克人、不列塔尼人和诺曼底人据说发现大浅滩及附近岛屿的时间只过了六年，他在自己的《地理图》（*Charte Géographique*）一书（我们没有见过这本书）中说：“这个地方，由于捕鱼的收入非常可观，高卢人从亘古时代起，便经常来这里捕鱼，而从1600多年前起，更是频频造访这个地方，可是这里没有城市，到处一片荒凉，因此受到轻视。”

这是个老掉牙的故事。鲍勃·史密斯发现了矿，我则将这个发现告诉了全世界，现在鲍勃·史密斯站出来说矿是他最先发现的。

但是，请不要嘲笑波斯特尔和他的想象力。也许他比我们知道的更多；如果他确实是在吹牛皮[2]，可能是因为他要射得很远——横跨整个大西洋。如果美洲曾经被发现了，后来却失落了，就像我们大多数人认为的那样，那么它为什么不可能再次失落呢？特别是在早期的发现可能留下的记录寥寥无几的情况下。想想历史是怎么构成的吧——大部分历史仅仅是后代约定俗成的故事而已。谁能告诉我们那天有多少俄国人参加了乔尔纳亚的战役[3]？可是毫无疑问，历史学家斯克里波鲁斯先生会确定一个数字，以便学童们记忆。那么，参加萨拉米斯海战[1]的波斯人又有多少呢？我读到的那位历史学家对后面这场战争交战双方位置和战术的熟悉程度，就像最近发生的一场战争一样，他们手头没有任何详细资料，却可以给今天的报纸写稿，介绍这场战争。我相信，如果我手里拿着《世界历史》，

1 指吉约姆·波斯特尔（Guillaume Postel，1510-1581），法国语言学家、天文学家、地理学家。

2 原文是“draw the long-bow”，字面的意思是“把弓拉得很长”，比喻“说大话，吹牛皮”，作者这里使用了双关的写法。

3 乔尔纳亚之战（Battle of the Chernaya）是克里米亚战争中的一次战役，发生于1855年8月16日，交战双方为俄国军队和英法联军，最后英法联军取得了胜利。

4 公元前480年，希腊和波斯在萨拉米斯海湾进行了一场决定性的战斗，以波斯舰队战败，被迫撤退而告终，这场战争奠定了雅典海上帝国的基础。

自己把人类的历史再经历一次（没有人会雇我做这件事的），我将分不清哪是哪。

至少在波斯特尔说的那个时间以前，科德角完全处于黑暗之中，尚未接触文明世界，尽管那时的太阳也是每天从东边的海上升起，绕过海角，落入西边的海湾。那时也有海角和海湾，没错，也许就叫鳕鱼角，和马萨诸塞[1]湾。

1 马萨诸塞（Massachusetts）这个名称来源于印第安语，在欧洲人来之前，印第安人是美洲的原住民，所以作者这么说。

众所周知，不久前的旧历1620年11月11日，清教徒搭乘的“五月花”号停泊在了科德角港。他们9月6日从英国的普利茅斯启航，用《莫特的故事》一书中的话来说，“经过了千难万险，最终，在上帝的保佑下，我们在11月9日那天看到了陆地，我们断定那就是科德角，后来证明果然没错。11月11日，我们在海湾抛锚，这是个不错的港湾，四面环绕，除了出口，一端到另一端的距离约有四英里，整个港湾被栎树、松树、刺柏、檫树等芳香的树木所包围。港里可以安全地停泊一千艘船。我们补充了木柴和淡水，小船在为海湾巡游做准备的这段时间，大家精神抖擞地上岸寻找落脚点。”我们在那里时，住在富勒旅馆，我们曾经经过“清教徒之家”，但发现它的位置太高了（我们后来才知道不必如此挑剔），在吃了点碎鱼肉和豆子，喝了点酒之后（并没有喝醉），我们的体力得到恢复，可以继续沿着海角的背面旅行。清教徒接着说道：“我们在距离岸边四分之三英里处，便无法再靠近，因为水太浅，这对我们是非常不利的，因为我们中上岸的那些人不得不涉水走过一两箭之地，许多人因此而感冒，而此刻海水比冬天的还要冷上好几倍。”他们后来说：“我们中许多人因此而变得虚弱。”一些人在普利茅斯死去，无疑就是因为这个。

普罗温斯敦港岸边的水非常浅，尤其是在清教徒登陆的海岬。第二年夏天我离开这个地方时，轮船无法靠岸。我们坐在一辆马车上，在浅水区走了三十杆远。与此同时，一群小男孩围在马车四周，涉水护送我们上了一艘大船，我们再从那里挽着绳子，上了轮船。海滩附近的水浅而多沙，沿岸的贸易船经常开进来上漆，水位降低时，这些船就孤零零地留在高高的、干燥的沙滩上。

我们在那里的那个星期天上午，碰巧和一群男人待在一起，他们在其中一个码头的一堆木板中间或躺或卧，吞云吐雾，这时我们的旅馆主人（一个有几分像旧时英国村镇官吏的人）走过去阻止了几个正在给船涂漆的水手。不时有其他的居民加入我们，他们揉着眼睛，好像才刚刚起床。一个老人告诉我，当地人习惯星期天起得很晚，因为星期天就是用来休息的嘛。我说（我正是这么想的），应该让他们涂的。他们又不吵，不会干扰我们做祈祷。然而我们中间有个年轻人，只见他把烟斗从嘴里拿出来，说这完全违背了上帝的法则，接着他念了一遍这条法规，并说假如没有这类规定，船只会进来涂柏油、装索具、上油漆，这样他们根本就没有安息日了。这个理由很充分，如果他没有扯上宗教的话。第二年夏天的一个下午，天气闷热难耐，我坐在附近的一座小山上冥想，下面的教堂门户大开，牧师的声音就像大声吼叫的水手长，破坏了宁静的氛围，我猜他准是已经脱掉了大衣。再没有比这更让人厌恶和扫兴的了，我希望那个村镇官吏上去阻止他。

清教徒说："这里有大量的海鸟，比我们在任何地方看到的都要多。"

除了几种海鸥外，我们在那里没看到什么海鸟。然而，我们却在港口的东边，一块被浅水覆盖的低洼平地上，看到了数不清的海鸟，我们看到有个人从船上下来，沿着海岸悄悄前行，他想捕捉它们，但它们突然一下子全都飞了起来，一哄而散，速度快得他来不及行动，这些鸟显然已经吃饱了，虽然他还没有。

清教徒（或者他们的记者）在描述这一带时说，这里不仅有茂密的森林，还有深厚的优质土壤，几乎没有提到沙滩，这真是令人难以想象。旅客现在印象最深的是这里的贫瘠和荒凉。他们发现，"地上的沙丘很像荷兰那些起伏的丘陵，但是要好很多，地表土有一铲深，是优质的黑土。"我们发现表层土已经不见了——假如确实有过表层土的话——而且这里根本没有说得上是土壤的东西。除了沼泽地，我们在普罗温斯敦看到的黑土还不够填满一个花盆。他们看到这里“有茂密的树林，其中包括栎树、松树、檫树、刺柏、桦树、冬青、藤蔓、梣树、胡桃树，树林里大部分地方都很空旷，没有草丛，适合在里面走路或骑马。”我们几乎没有看到什么植物高到可以称之为树的，除了镇子东边有块小矮林，和院子里的几棵观赏树之外，镇后的山上只有几种上述的树木，而且没有几棵。然而，山上却布满了浓密的灌木，上面没有一棵大树，非常不适于行走，也不适于骑马。这里的大部分地方完全就是一片黄色的沙漠，在风的吹拂下泛着波浪般的皱纹，只零星点缀着一些滨草。他们走过东港溪的源头，过后他们说，粗大的树枝和灌木把他们的“盔甲钩

黑胡桃
eastern black walnut

美国白梣
white ash

成了碎片”（当我们好奇地走进灌木丛时，我们的盔甲也落得同样的下场），要不然就是他们来到“长着灌木、wood-gaile 和高高青草”的深谷，“看到一股股清澈的甘泉汩汩流出”。

我们在大部分地方既没有看到大的树枝，也没有看到足以钩住我们衣服的灌木丛（假如我们想的话），而绵羊的毛也不会减少哪怕一根，即便它们在这里能够吃到足够的青草，全身长满了卷毛。我看到的尽是滨草和穷草，和只能看出一点点颜色的酸模。因此，我猜，他们说的 wood-gaile 指的就是杨梅。

所有的资料都一致显示，一个世纪以前，科德角的这一部分被相对浓密的森林所覆盖。然而抛开这些方面的巨大变化，我忍不住想到，我们应该体谅清教徒在这些问题上的无知，正是这种无知才使他们看到了绿色[1]。我们不相信这里有大树，也不相信这里的土壤很深。他们的描述可能细节上很真实，但总体而言却是捏造的。他们确实只看到了科德角的一面（从象征意义上说也是如此）。他们很自然地夸大了这里的美好之处，因为他们很高兴在历经了艰难的海上之旅后能够抵达陆地，不管那是什么样的陆地。在他们眼里，每样东西都呈现出玫瑰般的色彩，都散发出刺柏和檫树的香味。约翰·史密斯船长六年前来过这里，并概括性地随便描述了一下这个地方，他的说法则与此迥异。他的语气像个老江湖、老游客和老士兵，他已经见过世面，因而不会夸张，甚至不会在一个地方多费笔墨。在 1616 年版的《新英格兰纪闻》中，史密斯在提到阿可麦克（后来称为普利茅斯）之后说：“下一个出现的是科德角，这只是一个海岬，上面尽是高高的沙丘，长满了矮松、越橘等没用的东西，却是一个不惧任何天气的优良港口。海角的形状像一把镰刀，一边是大海，另一边是巨大的海湾。”尚普兰已经说过：“我们将之命名为 Cap Blanc，因为看起来那里全是

1 英文的“无知”（greenness）和“绿色”（green）的词根相同，作者在这里玩了一把幽默。

北美齿叶冬青
American holly

沙漠和沙丘（sables et dunes）。”

清教徒到达普利茅斯之后，他们的记者又说，“表层的土壤有一铲深”，他们似乎认为这就是地表的组成部分，“非常优质的黑土，有些地方还很肥沃”。但是，根据布拉福德[1]（有些人认为他是《莫特的故事》一书的作者之一）的说法，第二年搭乘“幸运”号来的那些人在“进入科德角港，看到这里除了贫瘠和荒芜之外一无所有后”，不禁有些害怕。不久，他们就发现自己误解了普利茅斯的土质。几年后，他们终于对这个贫瘠之地感到完全满意，可是这时，布拉福德说，“大部分人都同意迁到一个叫瑙塞特的地方”。他们赞成全体搬迁到瑙塞特（现在的伊斯特姆），这无异于跳出火坑又入油锅，事实上，普利茅斯居民中一些最有名望的人确实搬到了那里。

必须承认，清教徒身上极少具备现代开拓者的品质。他们并非美洲偏远森林地区的人的祖先。他们并没有立刻带着斧头走进森林。他们的组织是家庭和教会，而且更加渴望抱在一起（虽然是在沙上），而不是去探索和殖民新大陆。上述那群人搬到伊斯特姆之后，普利茅斯的教堂就被遗弃了，用布拉福德的话说，“就像已届耄耋之年的老母亲，遭到儿孙们的遗弃”。“12 月 9 日（旧历）”，他们在普利茅斯的克拉克岛登陆，“16 日所有人来到普利茅斯，18 日他们在大陆四处漫游，19 日他们决定在那里住下来，但是直到第二年 1 月 8 日，弗兰西斯・比林顿[2]才和大副一起，去瞧了瞧那个现在名为‘比林顿海’的大湖，这个湖位于两英里之外，是他从树顶上发现的，他误以为那是一片大海”。3 月 7 日，“卡福船长带着五个人来到大池塘，看起来那里是个打鱼的好地方”，这两个地方的距离都不远，半天可以来回，虽然是在野外。没错，他们一开始确实在忙着造房子，恶劣的天气也阻碍了他们的进度，但是那些迁到加利福尼亚或者俄勒冈[3]的移民，手头的工作并不比他们少，

1 威廉・布拉福德（William Bradford，1590－1657），英国人，1620 年乘坐“五月花”号来到普利茅斯。

2 弗兰西斯・比林顿（Francis Billington，1606－1684），《五月花公约》的签署者约翰・比林顿（John Billington）的儿子。

3 加利福尼亚和俄勒冈都在美国西部，濒临太平洋。

还要面对更加凶狠的印第安人。他们第一天下午就会做类似的探索，而在比林顿爬树之前，尚普兰先生则已经和当地的野蛮人见过面，并一直探索到了康涅狄格，还画了一张地图。可将他们和 1603 年在芬迪湾寻找铜矿的法国人相比，后者在印第安人的带领下，沿着一条条小河不知疲倦地追流溯源。尽管如此，清教徒的事业也要伟大得多，他们是开拓者和开拓者的祖先。

这时我们看到“诺申”号小轮船正在进港，并听到了它的汽笛声，我们下山，以便和它在码头相遇。我们就这样告别了科德角和当地居民。我们非常喜欢后者的态度，虽然我们很少见到他们。他们特别直爽，而且很幽默。老年人看起来都保养得很好，就像空气里的盐分起了保鲜作用一样。在错过一次之后，我们再也无法确定自己交谈的对象是跟我们的祖父母同龄，还是跟我们自己同龄。据说他们是清教徒的后代，血统比马萨诸塞州其他地方的人更加纯粹。有人告诉我们说，“巡回法院有时来到巴恩斯特布，发现没有要判的案子，监狱都关门了。”我们在那里时，监狱正在招租。直到最近，奥尔良以下的地方[1]都没有正规律师。这样一来，谁还会抱怨海角的背面不时会有食人鲨出没呢？

我曾经问特鲁罗的一名牧师，渔民们冬天都做些什么，他回答说他们什么也不做，只是走家串户地聊天和讲故事。虽然他们夏天的劳作相当辛苦，但是他们的假期并不长。我很遗憾未能倾听他们的冬日闲谈。海角上几乎每个人都是一门手艺的领头人，至少都是自己行内的顶尖高手，虽然并非每个人都是，因为有些人具有否决一切的能力，他们把本来可以通过大自然考验的一切努力一笔勾销。大多数人只是被追随者，就像军队中的下士一样。和那些被邻居们称为“头儿”的人谈谈，是非常值得的，虽然他的手艺可能已经很生疏，可能他正叼着烟斗，就好像支撑着一根破碎的桅杆似的，而

1 指从奥尔良到普罗温斯敦这一带。一般把科德角分为上中下三部分，最接近大陆的部分为上部，巴恩斯特布、雅茅斯和丹尼斯为中部，丹尼斯以下至普罗温斯敦为下部。

且他此时已经喝醉。他最后肯定会证明自己是无愧于这个头衔的，因为他至少能为我们讲上一两个好故事。

对于大部分城镇而言，我们只看到了它们的背面[1]，但是我们的故事都是真实的。我们本来可以多看一点海湾的一侧，但我们希望到辽阔的大西洋开阔视野。我们不想看海角略逊一筹或者仅仅与大陆相媲美的那些特点，我们希望看到海角那些特有的或者说更胜一筹的特点。如果迎面走向这些城镇，它们会是什么样子，我们说不上来，我们看到的是它们背面的大海。它们只是我们站着的木筏，我们注意到了它上面黏附者藤壶，还有一些雕刻。

1 指面向大西洋的一面。

在离开码头之前，我们认识了一位我们在旅馆见过的旅客。我们问他是怎么来普罗温斯敦的，他回答说他是星期六夜里在伍德恩被抛上岸的，就是导致“圣・约翰”号失事的那次风暴期间。他是缅因州的一个木匠，当时乘坐一艘装满了木材的纵帆船，准备到波士顿去。风暴来临时，他们努力想驶进普罗温斯敦港。“四周一片黑暗，雾很大，”他说，“我们正朝长角灯塔驶去，突然，我们发现陆地触手可及，因为我们的指南针失灵了，有几度的偏差（船员经常将事故的原因归咎于指南针）。当时岸上有雾，我们以为距离岸边还很远，于是继续往前开，船立刻就撞上了沙洲。船长说，‘我们完全迷路了。’我对船长说，‘别再撞上去，打好方向。’船长想了一会，继续向前驶去。一个海浪打过来，我们全身都湿了，我吓得几乎魂都飞了。我紧紧地抓住活动吊索，但是我已经知道下次应该抓住固定索具。”“这样啊，那有没有人淹死呢？”我问。“没有。半夜里，我们全部安全抵达伍德恩的一所房子，当时我们已经全身湿透，差不多快冻死了。”后来的时间他似乎都在旅馆下棋，并庆祝自己赢了一个同住在那里的高个子。“船今天拍卖。”他加上一句。（我们曾听到法庭传令员广而告之的打铃声。）“船长感到很泄气，但我跟他说振作起来，他很快就会有一艘新船。”

就在这时，船长在码头喊他。他头上戴着一顶旱獭皮帽子，看起来就是像刚从乡下来的，由于我已经知道了一些关于他的过去，他看起来便显得格外地落魄——没有了船的船长，身上只有一件大衣！而且还可能是借来的！没有一只狗跟着他，只有头衔还在。我还看到了一名船员。他们全都戴着一样的帽子，目光温顺，再加上那天生的鹰隼般凌厉的五官，就好像一个海浪——“卷浪”——把他们打湿了似的。我们经过伍德恩时，看到岸上堆着木材，我们知道那就是他们船上装的货物。

夏天，你通常会看到他们在长角附近捕捉海螯虾，然后卖到纽约的市场，他们坐在岸边的小船上，或者说，是海螯虾主动缠在放有食饵的渔网上，然后就这样被拉上来的。刚抓来的海螯虾他们卖两分钱一只。你无须先了解什么，就可以去捉海螯虾了。从午夜开始，捕捞鲭鱼的船队就一只接一只地陆续出海，我们离开海角时，曾经与许多行驶中的鲭鱼船离得很近，因此得以近距离地观察它们。六个穿红色衬衫的男人和小伙子，正倚在栏杆上看着我们，当我们问他们捕获了多少桶时，船长大声地回答我们。所有的水手都停下来看轮船经过，一边欢呼或者嘲笑。其中一艘船上有一只很大的纽芬兰犬，这只狗趴在栏杆上，足有一人高，也在看着我们。但是船长不想让人家看到他和狗在做同样的事，于是敲了一下狗的鼻子，命令它下来。这就是人类的公正！我觉得自己听到狗在下面对人类的公正感到无望，正转向神灵，乞求神灵做出公正而有效的裁决。神灵肯定对两者的行为了然于胸。

在我们身后好几英里远的海湾上，张着白帆的鲭鱼船正在科德角周围徘徊，当它们变得只见船桅，不见船身时，海角的尽头处也看不见了，但他们的白帆依旧出现在两侧，这就是科德角港的独特之处。然而海角的尽头处在完全落下去之前，看起来就像是浮在海面的一张薄银片，后来，上方的薄雾就仅仅反映出一条沙洲而已。它的名字很朴素，如果名字能描绘出观者心目中产生的印象的话，那会更加诗意。一些海角的名字就非常奇特，例如位于苏格兰西北的愤怒角，这个名字用来形容阴云密布的天空之下，伸入遥远而黑暗的大海中的一个海角，真是再贴切不过！

今天早上岸上的风虽然很温和，海上的风却寒冷刺骨。虽然现在是气温最高的七月，航程也只需四小时，但还是带上你最厚的衣服吧，因为你将会航行在融化的浮冰上。第二年的 6 月 25 日，我坐轮船离开波士顿，那天岸上的天气相当暖和。乘客都穿着最薄的衣服，刚开始还坐在洋伞下面，可是当船驶入海湾时，那些穿了外套的人都被冻得够呛，不得不躲在驾驶室里，靠着烟囱取暖。但是就在我们抵达普罗温斯敦港时，我惊讶地发现那条又矮又窄，只有一两英里宽的沙带，对方圆好几英里范围内的气温影响非常大。我们进入到炎热的气温之中，薄外套又时兴起来，当地人正挥汗如雨。

我们离普利茅斯的马努米特角和锡楚埃特海滩越来越远，有一两个小时甚至完全看不见陆地，因为雾气很大，我们再次靠近科哈西特岩（即米诺特暗礁），看到锡楚埃特边缘那棵巨大的紫树[1]，它高高地矗立在茂密的树林中，陆上和海上许多英里都可看见它的身影。这就是那座新建的铁质灯塔，当时尚未完工，形状就像一颗涂成红色的鸡蛋，架在高高的铁柱上，仿佛随波荡漾的海怪卵，注定将发出磷光。我们经过时，海水正涨到一半，我们看到浪花几乎已经溅到蛋壳。蛋壳距离岸边有一英里，将会有一个人住在里面，他将日夜守在那里。第二年夏天我经过那里时，发现灯塔已经不见了，随之不见的还有住在那里的两个人。一名灯塔看守人说，他们告诉他，最近有一次刮大风，灯塔摇得厉害，桌上的盘子都掉下去了。想想看，睡在风口浪尖会是什么滋味！这些海浪，就像是一群饿狼，它们没日没夜地盯着你，时不时地向你扑过来，最后肯定会把你吃掉。而所有这些旅客，没有一个能来救你，然而只要那边的灯一灭，便预示着你们的生命也走到了尽头。这是什么鬼地方，居然要在浪

1 作者这里是将卵形的灯塔比喻为紫树。

花上工作！这座灯塔是聚焦所有人目光的地方，每个旅客至少盯着它看半小时。船上有个肤色黝黑的厨师，我好几次看见他从厨房里走出来，将手一挥，把盘子里的食物残渣倒在了船外。我们和灯塔并排时，他刚好走出来，此时灯塔距离我们不会超过四十杆，所有人的眼睛都盯着灯塔，他倒完残渣，把手收回来时，看到了这一幕，惊讶地叫了声，“那是什么？”他已经在船上工作了一年，而且每个星期都要经过这座灯塔，但是由于他从未刚好在这个时候出来倒盘子，因此从未见过这座灯塔。看灯塔是领航员的事，厨师的工作是看炉子。这使人想起一些环游世界的人看到的东西可能少得可怜。你几乎很容易就想到，有些人走出来的时间不对，因此从未见过太阳。如果你一辈子都住在山底，那么即使在山顶上放一盏灯，又有什么用呢？也可以把灯放在谷斗[1]里面。众所周知，1851 年 4 月的一场大风暴把这座灯塔连同里面的两个人都吹走了，第二天上午岸边没有留下一丝痕迹。

1 原文是 bushel，即蒲式耳，是欧洲人用来计量谷物、水果、蔬菜的容量单位，也指一蒲式耳的木制或者泥制容器，和我国的斗类似。英文有句谚语 Hide one' s light under a bushel，直译为“把光藏在斗下”，意思就是“韬光养晦，不露锋芒”的意思。作者在这里是幽默的说法。

一个赫尔来的人告诉我，几年前他曾经协助别人，将一根白橡木杆立在米诺特暗礁上。木杆的直径有十五英寸，高四十一英尺，插入礁石的部分深达四英尺，而且有四根拉索支撑，但是木杆只竖了一年。附近有一个用石头垒起来，像是玉米棒那样的东西则支撑了八年。

7 月，我乘坐“梅尔罗斯”号横穿海湾时，为了利用风力，我们尽可能地贴着锡楚埃特海岸行驶。我们惊动了海湾深处（正对着这片海岸）的一群雏鸭，也许是黑鸭子，它们正在附近一带育雏，来往的邮船经常会惊动它们。有个第一次坐船的城里人，只见他慢慢地绕到船尾，站在舵手那儿。当时我们正好行驶到海湾的中间，他看了看海面，然后坐下来，就像引用别人的话一般，说了一句别出心裁的话，“这是一个伟大的国家。”他曾是个木材商，后来我看见他在用手杖测量主桅的直径，并估算高度。我回来时乘坐的是“奥拉塔”号，这是一艘非常漂亮的帆船，而且速度很快，它与其他两艘船“梅尔罗斯”号和“弗洛丽克”号同时离开了普罗温斯敦。刚开始几乎没有一丝风，我们一起在长角附近逗留了一小时。我们把头伸到栏杆外，看巨大的圆形沙丘，以及鱼儿在五十英尺深的平静的海底游来游去。然而刚驶离海角，我们就扯起了三角帆，而且，就像船长预言的那样，很快就将两个伙伴抛在了后面。在海角附近，我们的东北方六或八英里处有一艘轮船，正拖着一艘三桅大帆船朝波士顿驶去。轮船喷出的烟几乎呈水平方向，在海上绵延好几英里，突然，烟的方向改变了，预示着风向变了，虽然我们尚未感觉到。轮船好像离大帆船很远，几个经常使用船长望远镜的年轻人没有意识到这两艘船是连在一起的，对它们连续好几小时都保持同样的距离表示惊叹。船长听后，不露声色地说，可能它们永远也不会再靠近一步。只要有风，我们就与轮船齐头并进，

北美黑鸭
American black duck

可是后来它还是几乎完全消失了，而我们的三角帆也已经尽了全力。我们经过米诺特暗礁时，“梅尔罗斯”号和“弗洛丽克”号在我们身后十英里处，刚好可以看见。

想想那些以圣人的名字命名的岛屿，上面就像栗子刺一样，耸立着一座座堡垒，但是警察却不允许两个爱尔兰人在上面私下来一场练习性的拳赛，因为这是一项政府垄断的运动。所有的大海港都摆好了拳击的架势，你必须小心翼翼地驶过两排坚硬的骨节中间，然后才能感受它们温暖的胸脯。

据说，百慕大群岛是由在那里遇险的一艘同名的西班牙帆船发现的。“六千年来它们一直籍籍无名，”约翰·史密斯船长说，“直到那时。”首批到弗吉尼亚的英国人没有发现它们，1593 年一艘英国船在那里失事，船上的人成为首个到达那里的英国人。史密斯说，“没有一个地方的城墙比这里更牢固，壕沟比这里更宽广。”然而，1612 年首次开垦那里时，第一任总督带领大约六十个人，同年“修筑并为八九座堡垒铺设了地基。”你会说，这是准备用来招待下一艘在那里失事的船员的。如果是建八九间“慈善小屋”，将会更加明智。这就是波涛汹涌的百慕大群岛[1]。

我们的几张大帆捕捉到了全部的风，而我们那又矮又窄的船身也使摩擦力降到最低。我们逆流而上，横扫一切地朝港口驶去。我们就这样稳步地靠近一艘返航的渔船，这时几个年轻人来到渔船的一侧，一边点头，一边尽可能优雅地说，“我们输了。”可是我们有时却几乎静止不动。船上的水手注视着岸上的（两个）物体，以此来判断我们是在前进还是在后退。港里一派假日傍晚的景象。东方轮船公司的轮船经过时，传来一阵阵的音乐和欢呼声，好像要去参加舞会似的，而他们去的地方

1 原文是 These are the vexed Bermoothees，Bermoothees 疑为 Bermoothes 之误。出自莎士比亚的戏剧《暴风雨》（*Tempest*），其中提到“the still-vexed Bermoothes”，意即“依然波涛汹涌的百慕大群岛”，Bermoothes 是莎士比亚时代对百慕大群岛的称呼。

可能是——海底。

船只经过尼克斯梅特[1]时，我听到有个男孩正在跟几个女孩讲这个小岛的故事。那是一个在岛上被绞死的水手的名字，他说。“如果我有罪，这个岛将会保持原样；但如果我是无辜的，这个岛将会被冲走。”现在它已经完全被冲走了！

接下来，我们看到的是乔治斯岛上的堡垒。这些真是拙劣的想法：不是我们的长处[2]，而是我们的缺点。沃尔夫[3]曾在黑暗中驶过北美最大的堡垒，并一举将其攻陷。

最终，在令人叹为观止的技术操纵下，帆船驶进码头，停靠在长码头的尽头附近。已是点灯时刻，我的眼睛无法看清那些向我们伸出来的码头，整个码头看起来就像是一片挤满了船舶的平滑的海滩。你想不到自己距离长码头不到四分之一英里。尽管如此，风却把我们吹进了其中的一条缝隙中，我们在迷宫里行驶。主帆降了下来，只剩下船首的三角帆在拉我们前进。我们也已避过了几艘外围的船，现在距离港口那些船不到四杆了，但周围仍然只是一片由帆桅、绳索和船体组成的迷宫，看不到一丝缝隙。三角帆拿下来了，但船只仍在前进。船长站在船尾，一只手抓着舵柄，一只手扶着夜用望远镜，他的儿子站在船头，正睁大眼睛努力看着前方，乘客们吓得要命，以为就要撞上了。“有地方吗？”船长平静地问。他必须在五秒之内做决定，否则不是把别人的，就是把自己的船首斜桅弄断。“是的，长官，这里有地方。”三分钟之后，我们已经牢牢地停在了两艘大船之间的小空隙里。

我们现在到波士顿了。任何人只要走到长码头的尽头，走过昆

1 尼克斯梅特（Nix' s Mate），意为“尼克斯的大副”，是波士顿港的一个小岛，相传一个名为尼克斯的船长在海上被杀，船上的大副被认为是凶手，并于这个岛上被绞死，然而大副至死都咬定自己没有杀人，并说这个岛将会沉没，以证实自己的清白，后来这个岛果然沉入海里。

2 原文是 fortes，和 fort（堡垒）一词的词根相同，作者这里使用双关手法，以批评在乔治斯岛上建筑堡垒，因为事实证明，这座堡垒并未起过什么防御作用。

3 指英国名将詹姆斯·沃尔夫（James Wolfe），14 岁参军，1756 年英法“七年战争”爆发，沃尔夫随英军远征加拿大，曾在魁北克之战和亚伯拉罕平原之战中立下赫赫战功。

西市场，就能见到波士顿。

波士顿、纽约、费城、查尔斯顿、新奥尔良，等等，这些伸入大海的码头（被商人的店铺和住宅所包围）名字，真是收发货物的好地方（将其他地区的产品卸下来，把我们自己的东西装上去）。我看到了许多的大桶和无花果桶，用作雨伞杆的成堆木材，大块大块的花岗岩和冰，堆积如山的货物，以及各式各样的包装和运输方法——大量的包装纸和细绳，许多的板条箱、大啤酒桶和卡车。这就是波士顿。桶越多，越像波士顿。博物馆、科学协会和图书馆则是附带的。它们聚集在沙滩的周围，以节省搬运时间。码头盗贼、海关官员和穷苦潦倒的诗人，都在木桶之间寻找财富。他们那些或好或差的演讲厅、布道和教义，也都是附带的，而且平民的商场里总是只有小土豆卖。每次去波士顿，我都会很自然地穿过市中心（半路会经过市场），径直到长码头的末尾，望向大海，因为我没有堂兄住在后面的巷子里。我看到很多穿着衬衫，从缅因州、宾夕法尼亚州，以及沿岸各州和内陆来的乡下人，旁边还有几个外国人，他们正在装卸货物，指挥同伴，就像在乡村集市上一样。

那年十月，我们抵达波士顿时，我的鞋里装着一及耳普罗温斯敦的沙子，到了康科德，仍剩下很多，使我的书页好几天都能看到沙子。过后一个星期，我好像还听到了海的咆哮声，就像住在贝壳里一样。

对我的老乡而言，我所描述的这些地方可能看起来有些遥远而且奇怪。确实，波士顿和普罗温斯敦之间的距离是英国和法国之间距离的两倍，可是一旦坐上车子，六小时候你就可以站在那条木板路上，看到那个据说是戈斯诺德发现，被我用拙劣的语言所描述的海角。如果你在我第一次建议时便出发，你也许已经看到了我们刚刚在沙滩上留下的脚印，这串脚印从瑙塞特灯塔一直到雷斯角，延续了大约三十英里。我们每走一步都在海角上留下了印记，虽然我们并没有意识到，虽然我们的描述可能并没有给你留下什么印象。然而我们描述的是什么？里面没有咆哮声，没有海鸟，也没有粗麻布。

现在，我们经常会想起海滩上人们的生活，至少在仲夏天气晴朗的时候。

他们生活在阳光明媚的沙滩上，在滨草和杨梅中间。他们的同伴是一头母牛，他们的财产是一小捆漂流木或者几把滨梅，他们的音乐是涛声和叽叽喳喳的海鸟叫声。

我们看到了大海，那里也许是我们海岸最适于看海的地方。如果你是走水路去的话，你可以看到船是如何离开和抵达岸边的；你还可以看到在海面上疾驰而过的海燕，θαλασσοδρομα，如果雾不大，船到中流陆地可能就消失了。我不知道大西洋沿岸各州哪里还有这样一片沙滩，既与大陆相连，又这么长，还这么直，而且完全没有被小溪、河湾、淡水河或沼泽打断。虽然那些地方从地图上看什么东西也没有，但是一旦徒步旅行，你可能会发它们被溪流和沼泽所截断——肯定没有一个地方有两条路，就像我描述的那样，一条沙滩一条沙坝，让你同时看到陆地和海洋，某些时候还可看到两个海洋。长岛的大南滩（我后来去过那里）更长，而且没有一个水湾，但它事实上只是长岛几英里外的一块裸露的沙洲，而不是向海洋延伸，并遭到海洋无数次侵袭的陆地边缘。它虽然也荒凉冷清，可是由于没有一条雄浑的沙坝，因此在我眼里，它的壮丽只及科德角的一半，而且在那里只能看到南面一面，想象力也无法得到满足。我曾听水手们说，泽西海岸[1]的巴尼加特，以及弗吉尼亚和北卡罗来纳之间的柯里塔克，是我国大西洋沿岸仅有的另外两条特别长的海滩。可是它们跟上面提到的大南滩一样，都是岸边低矮而狭窄的沙洲，和陆地隔着潟湖。而且，你越往南走，潮水越弱，海滩上那种变幻无常的壮丽景色也就消失无踪了。美国的太平洋沿岸无疑也值得去走一走。最近，一个住在那里的作家跟我们说，“从失望角（或哥伦比亚河）到弗拉特里角（位于胡安·德·富卡海峡[2]）之间的海岸线几乎呈南北走向，而且你几乎可以在美丽的沙滩上走完整个海岸。”除了有两个海湾，四五条河流，和几处突入海里的岬角以

1 指美国新泽西州的海岸地带。

2 胡安·德·富卡海峡（Strait of Juan de Fuca），加拿大不列颠哥伦比亚省温哥华岛和美国华盛顿州奥林匹克半岛之间的海洋通道。

外。一般说来，那里发现的普通贝类和科德角的品种相比，即使不是一模一样，也非常类似。但是，我所描述的这片海滩地基不够坚硬，马车无法在上面行驶，必须徒步旅行。一辆马车驶过之后，后来的马车会陷在原来的那条车辙里。它目前没有名字，也没有名气。瑙塞特港以南的那一段通常叫查塔姆海滩。伊斯特姆的那一段叫瑙塞特海滩，正对着韦尔弗利特和特鲁罗的海角背面那一段，有时叫科德角海滩。我认为从瑙塞特港到雷斯角这段没有间断的海滩应该叫科德角海滩，我就是这么叫的。

韦尔弗利特的东北部是最吸引游客的其中一个地方，在那里，离海岸不到半英里就可以找到住宿的地方（我的意思是，对那些身体还算健康，不是太挑剔的人而言）。这个地方将乡村和海边很好地融合在一起。虽然你看不到大海，却可以听到它那细微的低吟声，而且你只需爬到山上，便可发现它就在你的眼皮底下。你只需跨上一步，便可从波平如镜的鲱鱼湖来到波涛翻滚、永不停息的大西洋湖[1]。特鲁罗的高地灯塔或许可以和这个地方媲美，因为从那里可以眺望到一望无际的大西洋和海湾。夏天，沙坝的边缘总是微风习习，因此当地居民都不知酷暑为何物。至于风景，每次餐后，灯塔看守人都要带着至少一名家人，到沙坝边上四处眺望，好像他们每天都不是住在那里似的。简而言之，风景很耐看。你将在自己的墙壁上挂上什么画，来代替它呢？然而到目前为止，女士们没有滑轮组的帮忙，无法下到沙坝上去。

1 大西洋湖并不存在，作者这里是把大西洋比作一个大湖。

许多人在温暖的日子里到海边去，这个时候经常有雾，空气比较浑浊，大海的魅力也丧失了一些。但是我猜，秋天是最好的季节，因为那时的空气更加澄明，眺望大海的乐趣也就更大。为了使大海给你留下深刻的印象，清新的空气和秋冬时节的风暴甚至是必不可少的。十月，天气尚未冷到令人难以忍受的程度，一派秋意盎然的景象，这种绝美的景色，我想，只有科德角才有，特别是当你逗留期间恰好遇上了风暴，我认为这时去海滩最好不过了。秋天，即使是八月，沉思的日子开始了，我们到哪里去，都会有所裨益。而且，外面寒冷而凄凉，你必须找地方过夜，这将给你的漫步增添几分冒险的色彩。

这片海滩终将成为那些真正想看海的新英格兰人的度假胜地。目前时尚界对其一无所知，也许它永远无法被他们接受。假如游客寻找的只是一条十瓶式木球戏的滚球槽，或者是一条环形铁路，或者是一片注满薄荷朱丽酒的大海，假如他认为葡萄酒比海水更有意思（我怀疑有些纽波特人真是这么想的），我相信他在这里会长时间感到失望。可是这片海滩从未像现在这么吸引人。我几乎可以说，变幻的海水一天之间就塑造出了这些时髦的海滩，然后又将其抹去。林恩和楠塔基特[1]！正是这只裸露而弯曲的手臂，使它们得以舒适地躺在海湾里。泉水和瀑布是什么？这里就是泉水中的泉水，瀑布中的瀑布。秋冬时节的暴风天是造访它们的好时机，灯塔或者渔民的小屋是你真正的旅馆。你可以站在那里，把整个美洲大陆抛到脑后。

1 两地均为马萨诸塞湾著名的海滨度假胜地。

小海燕
least storm petrel